惡念的燃點

天地無限——著

目次

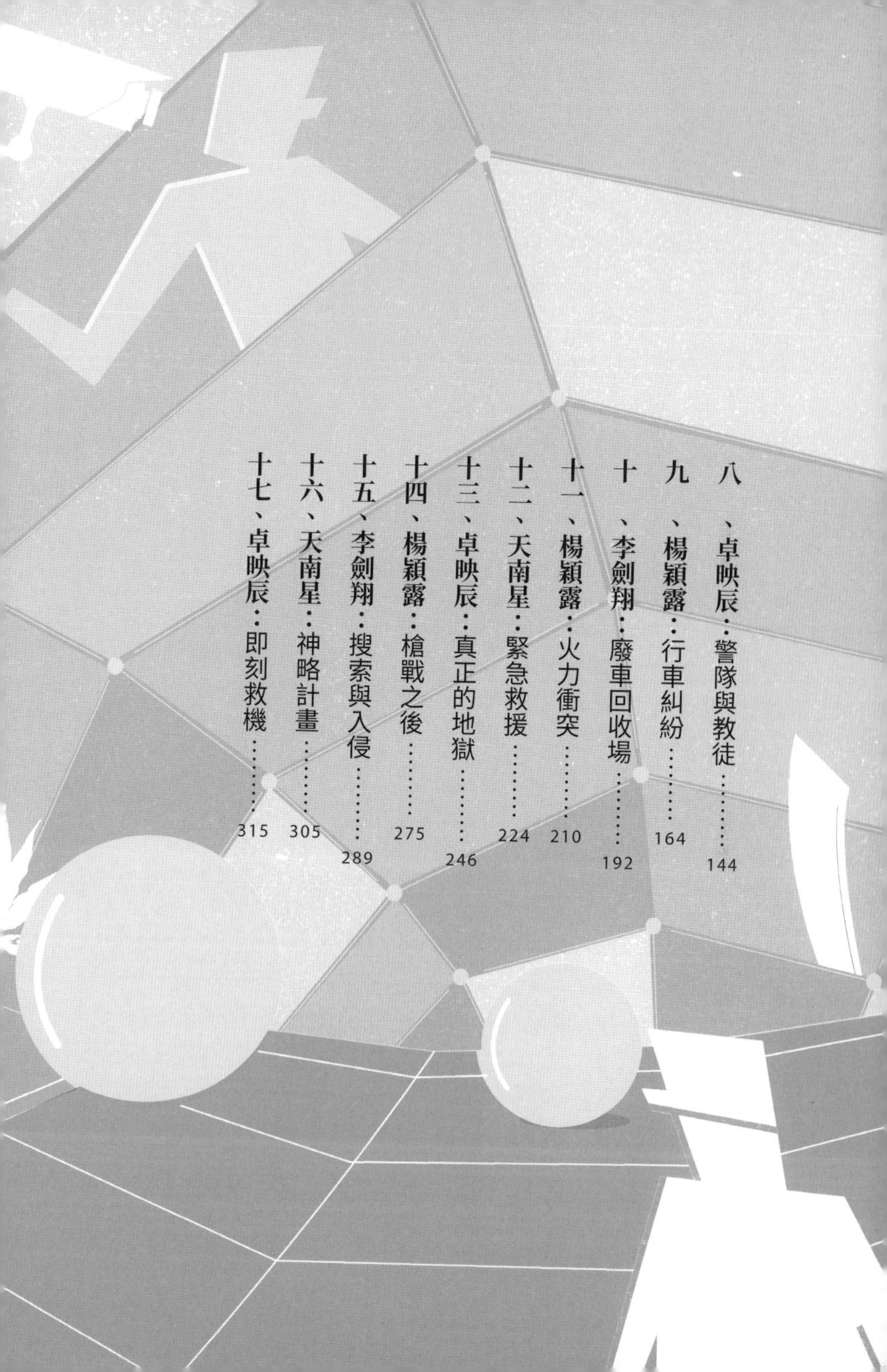

一、天南星：A&B新思維

流經臺灣中部的大里溪，有條支流名為「旱溪」，流域分布於大臺中的東半部。顧名思義，這條溪流的水量並不穩定，在雨季時往往激流洶湧，旱季時僅餘涓涓細流。

市政府在旱溪沿岸開闢了全長十五公里的自行車道。伴著潺潺水流、茂盛植被與蟲鳴鳥叫，儼然是這座城市中最為四季分明的地段。旱溪車道沿途每隔二十公尺就設一盞黃色路燈，因此即使在入夜後，仍有零星的民眾在此騎車、慢跑，藉以補足每日的運動量。

只是今晚有點不一樣。他們看到離入口約半公里處，有個穿著黑色運動服的男子，以詭異的跪趴姿勢栽倒在路燈下的水泥護欄旁。不少人擔心對方是否發生意外或身體不適，經過後都陸續停下腳步想施以援手。

眾人圍成一圈議論紛紛，但當有人拿起手機準備撥打一一九時，卻聽到那男子發出的如雷鼾聲，於是又搖頭作罷。「喝醉了吧」、「跑到脫力」、「中場休息」……眾人相視一笑，各自散去，繼續中斷的運動行程。

而那男子又再熟睡十多分鐘後，綁在左上臂的綠色手機臂套裡，忽地傳出一陣尖銳急促的嗶嗶聲，迴盪在空曠黑夜裡，顯得格外刺耳。

這串近似鬧鐘的手機鈴聲也確實發揮作用。男子的頭都還沒抬起，意識仍模糊著，但右手已循著聲源摸索，好不容易扯開臂套掏出手機，隨即本能地按下接聽鍵。他還沒來得及出聲，聽筒彼端已是一頓劈頭蓋臉的責罵：

「喂，媽的李劍翔啊，我離開辦公室前還特別給你千交代、萬叮嚀的，那個防彈背心的請領公文要追啊。隊長用完印後你得給我拿回來，現在到底是去哪兒了？啊，都來多久了你還在搞這種飛機？」

「……是，組長……我……是這樣的……。」從深眠中被突然喚醒，李劍翔的腦袋還處於一片混沌，支支吾吾地不知從何答起。

「這樣那樣個什麼啊，媽的還在睡啊，是不是過太爽，請調來行政組當米蟲的？每個組員都像你這副德行，我還敢去外頭開會啊？到底能不能讓我省點心，看看自己的表現……。」

李劍翔在這端「嗯嗯呀呀」個半天，誰知彼端仍沒想放過他的意思，自顧咆哮個沒完。忽然間，他胸中一股熱血湧動、蠻勁陡生，把手機拿離耳邊，俐落地爬起身，然後將手機高舉過頂，使勁拋向旱溪河道。那一連串不堪入耳的辱罵聲，隨著夜空中的一道拋物線，漸行漸遠……

半秒後，隨著溪底石頭處傳來「啪啦」一聲，世界忽然清靜了，「爽啦！」李劍翔朝夜空大吼道。

反正他已經趁追公文時跟大隊長口頭請辭過了，對方也照慣例慰留一番，想來外出開會的臭嘴組長，此刻還沒聽聞風聲吧。去他的！明天一到班就打辭呈上簽，省得再聽這些垃圾話。

假如不是身為刑警不能知法犯法，不然他離職前還真想朝那組長的下巴來一拳。還有，他也早就想換支新手機了，就趁這時候給自己一個正當理由，花起錢來才不心痛。

李劍翔穩了穩心神，深吸一口冰涼空氣，腦袋還是格外沉重。他看了一下錶，打從出家門來已經過了三十五分鐘。身上的汗水已經乾透，但小腿有些痠疼，他無法判斷自己到底是剛過來沒多久、還是已經跑完了一圈？他搖了搖頭，決定朝前方再跑一段。

這是他第七次毫無防備地睡倒在戶外。

都得怪半年多前那場該死的槍戰。除了猝不及防地帶走了二名弟兄、另有四人輕重傷外，身為帶隊官的他也在右大腿上挨了一發五點五六毫米機槍彈。他私心慶幸那顆子彈直接穿透肌肉，沒打斷腿骨，治療二個多禮拜後就能下床走路。

但直到一個多月後，他陸續在表揚典禮、專案會議與外出查訪等場合時，突然陷入沉睡不省人事，就算把左大腿給擰到處處瘀青也驅不走睡魔，他這才驚覺事情大條了。

對站在打擊犯罪前線的刑警來說，這種狀況簡直比斷了一條腿還糟糕！他上網去查閱大量資料，也私下看過他向來抗拒的身心科與心理師，目前判定他有創傷後壓力症候群（ＰＴＳＤ）的幾個典型症狀，但這些專家們表示從沒聽聞過會引發猝睡症的案例。

李劍翔也找過長輩打聽，自己的家族應該是沒有猝睡症病史。雖然還無法確定這到底跟ＰＴＳＤ有無關係，但他完全不敢讓同僚知道。甚至當大隊長詢問他是否願意從偵二隊暫時調往後勤行政組支援時，他只假意矜持半天便同意了。他真的不敢想像在開車跟監甚至破門捉人時，自己當場睡倒在地的慘烈糗樣。

他一直祈禱這突如其來的症狀，也能夠在過陣子後突然而去。但就這麼提心吊膽地過上一個月、三個月到現在都大半年了，這怪病仍始終與他同在，只是他也慢慢適應了。

如果他前一晚失眠或熬夜，那隔天下午就有九成的機率會發作。偏偏這猝睡症的另一個贈品就是失眠，彷彿白天猝睡效率特別好似地，搞得他晚上翻來覆去無法成眠，眼睜睜看著自己陷入萬劫不復的惡性循環。

為此，他不得不逼著自己在下班後，仍拖著疲累身軀，沿著旱溪車道狠狠跑上一圈，直到渾身乏力為止。這樣至少能換得一夜好眠，降低隔天發作的機率。說來好笑，要不是因為調到行政組，而不必像在偵二時輪花花班輪到天昏地暗，哪有可能會有這種規律運動的餘裕呢？

今天是第一次睡倒在這旱溪車道上，還好似乎沒什麼人發現他的糗樣？李劍翔暗自慶幸著。他繼續往前跑了一公里多，直到右大腿的舊槍傷發疼作疼，他才轉頭往回家的方向跑。

他一路跑到自家巷口外的檳榔攤，買了一瓶結冰水，然後放緩腳步走到公寓樓下，從自己的摩托車置物箱內拿起一條毛巾擦汗，爬著樓梯到三樓租屋處。儘管廊道裡的燈光昏暗，但當他一踏足三樓地面、本能地掃視周遭環境，立即發現異樣。

住處大門前的地板上，多出了一個小尺寸的電商購物紙箱。

他很確定自己出門前沒有這玩意兒，不然肯定給門板推往一邊去了。此外，他最近沒在這間電商買東西，而且都快凌晨時分了，哪個快遞膽敢打擾客戶送貨上門？真要這麼勤勞的話，他居然還不等客戶完成簽收，就直接把包裹扔門口？

出於職業本能，李劍翔的腦海中閃過至少十種「這包裹很可疑」的理由。他想打開手機補光燈來看個究竟，但當他伸向臂套卻摸了個空，這才赫然想起自己的手機已經長眠旱溪溪底了。

就在此時，包裹裡傳來了鈴聲。是尖銳刺耳的嗶嗶聲，其實也是李劍翔為自己手機特意設置的鬧鐘用鈴聲。據說人類耳朵對這類高頻率的單調嗶音很敏感，能更有效率地喚起深眠中的使用者。這樣他要是又無預警地陷入猝睡後，還有機會給吵醒過來。

只是，為什麼在這個可疑的包裹裡，會傳來自己再熟悉不過的鈴聲呢？李劍翔雙眉緊鎖，蹲下來定定盯視著眼前的包裹。

面臨重大中年危機的資深刑警與神略的相逢，從一支陌生手機開始了。

●

「早啊，楊穎露小姐。」

十點整，中年男面試官一把推開小會議室的門，朝已坐在裡頭等候的二十來歲女孩點頭招呼了聲。她連忙站起身微笑致意，對方揮手讓她坐下，自己也坐到她的正對面，打開了筆記型電腦。

「我們收到妳的履歷表有些訝異，還是頭一遭有警察朋友想來敝公司工作的。」面試官邊看著螢幕上的履歷表笑道。「看妳上頭寫的，目前還在職吧？」

楊穎露點頭答：「是，長官。我目前還在潭岡派出所服務，不過辭呈已經上簽，下個月可以正式報到。」

「哈，放輕鬆些，我也不是什麼長官啦，叫我傑森就行了。是說，警察這工作不是挺穩定的嗎？

怎麼會想離開？」

楊穎露看著傑森的眼睛，想確認那裡頭是不是潛藏著一絲蔑視意味。正如這問題背後衍生的惡意，像極了那些學長們在茶水間或排除她的ＬＩＮＥ群裡，邊嘲罵著她的一舉一動，邊為她取了「草莓族」、「小公主」等稱號。

從身體到心理，她都已經狠狠自我鍛鍊過了，無論是深夜值勤、三輪車值班、單警處理鬥毆糾紛等等的，她認為自己都能跟學長做得一樣好。可是在這種扭曲封閉的職場裡，生為女兒身彷彿是原罪似地。那些自以為是的長官、欺上瞞下的職場文化，沒完沒了的性暗示笑話，都一再一再地消磨她的熱情。

直到前兩個月發生的女廁偷拍事件，像是壓垮駱駝的最後一根稻草……不，若再算上長官們息事寧人的態度，簡直就是轟殺駱駝的最後一枚地雷。

「我會私下做出懲戒的，也會讓他花錢賠償妳的不舒服。我最不希望的就是把事情鬧大。畢竟這不單單是妳的事，事關潭岡派出所甚至整個城市的警方顏面。算我拜託妳，為大局忍一忍，好嗎？」

當時所長如此真心誠意地說著。

傑森壓根兒沒想過，原本是一個用來破冰的簡單問題，卻如衝入溝渠的滔天洪水，將回憶裡的陳年髒汙全給沖刷出來。他不自在地避開對方的犀利眼神，楊穎露此時才驚覺自己的職業病又犯了，忙讓目光柔和下來。「我不太適應那種封閉的職場文化，個性不合適。」她輕描淡寫地回道。

傑森臉上高掛一副「這不是早該知道」的表情，好奇地問：「我們都清楚，當警察就跟當兵差不多吧。那妳當初怎麼會想當警察的？」

楊穎露忍住翻白眼的衝動，畢竟這是下單位以來，她每天都會反覆自問的問題。也許有人當警察是為了鐵飯碗或想主持正義，但她的初衷卻是與眾不同。她的大哥是罪案受害人，當時承辦刑警的淡漠態度，對難過的家人們造成了二次傷害……很可能也是導致自己與母親決裂的原因。

她自我期許能做個更稱職、更有同理心的警察，最好能夠親手捕獲犯人以撫慰那些悲傷痛苦的親友們，讓被害者的靈魂可以安心回家，讓憾事不要一再發生。只是現在的她連「刑警」的邊都搆不著，卻已經堅持不下去了……

一份不得不放棄的初衷，要是大哥知道的話會怎麼想呢？他肯定會拍拍自己的頭，告訴自己已經盡力、問心無愧了。畢竟人生苦短，就為了自己的人生而活吧，別把寶貴的青春年華消耗在討厭的地方。

楊穎露心中上演一番小劇場，被晾在一旁的傑森顯得尷尬。他以為這些會是日後同事們最感興趣的問題，但現在有些後悔自己的自以為是。不管是誰，決定離開一份穩定工作，肯定都經過了一番天人交戰吧。

「……當初想當警察，是為了正義感，只是現在覺得那不是很重要了。」半晌，楊穎露吐出這句。

傑森莞爾一笑，暗地裡倒是鬆了口氣，他不敢再開任何關於警察的話題了，以免又把氣氛弄僵。

「好的，了解！那我們現在進入正題，先說說妳為什麼會想來瘋時尚吧。」

始終保持嚴肅表情的楊穎露，此刻臉上總算換了一副甜美笑容。她清了清喉嚨，陳述預想好的答案：「一直以來，我對時尚小物跟電子商務都很感興趣……。」

只是還沒談上幾句，傑森的手機便放聲大響。他比了個暫停手勢，接起電話一聽，突然臉色大變，「不好意思，公司現在有點急事要處理。妳先坐一下，我馬上回來。」說罷便匆匆離開。

楊穎露本想一鼓作氣說完，但中途給硬生生打斷，心中難免有種洩氣的感覺。不，雖然從下個月起，就要恢復普通民眾的身分了，但一日警察、終身警魂，未來再怎麼艱困坎坷，她有信心努力克服，完成每個任務。她要為勇敢跳出安逸圈的自己喝采！

一時間她心潮澎湃，站起身走到落地窗旁，探頭打量著外頭的辦公隔間。那些男女職員們個個穿得光鮮亮麗，有的盯著桌上的雙螢幕電腦運指如飛、有的在挑揀搭配韓版少女服飾的掛件，也有人站在走廊上喝著咖啡閒聊。比起每天如打仗的轄區現場，此時此地簡直如天堂般的上班時光。

也許再過兩個禮拜，自己有幸成為其中一員。而每天最煩惱的，除了達成銷售業績外，再來就是下午茶該吃些什麼吧。但這種安逸平淡的辦公桌生涯，真的是自己想要的嗎？願意朝九晚五地安於一室……想著想著，她又有些迷惘起來了。

就在此時，她聽見了警車的警笛聲。瞬時間她感到渾身發熱，心跳加速，右手不由自主地摸向肩上無線電，「潭岡六一七收到，馬上前往現場」的回報都要脫口而出了。但當她摸了個空後，這才驚覺過來。

那警笛聲居然是從面試官的筆電裡發出來的！

她轉頭看向門外，仍然是一片悠哉從容的景象，沒人聽到這突兀的音效。接著她走到對面座位旁，好奇地看著電腦畫面。在自己的履歷表Word檔案上，彈現了一個視訊聊天框。

聊天框裡有個二十出頭的年輕男子，三角臉形戴著一副大圓眼鏡，一頭復古捲髮髮型，一身藍直條紋襯衫，偏著頭以銳利眼神狂熱地掃視螢幕，雙手也似在忙碌什麼地來回游移，這很像她過去曾接觸的典型宅男……不，他散發出的那種精明氣息，應該說更像是「駭客」——一種電腦技術超強的典型宅男。她在兩年多前曾經支援偵九隊在轄區裡捉過一位，那種入魔般的狂熱表情至今仍讓她印象深刻。

那年輕人一看到她出現在電腦前，隨即露出笑容，警笛聲戛然而止。接著他湊近麥克風，朝楊穎露擺了擺手：「楊警官，妳好啊。」

「呃，您好。」楊穎露迷惑地問：「請問您是？現在要改成線上面試嗎？」

對方擺出一副「誤會大了」的誇張表情，揮舞雙手道：「不是啦，我不是這間……瘋時尚有限公司的人，妳可以叫我天南星。是中藥不是星座啊，別搞錯。」接著他賣弄似地一彈手指，畫面右上角彈現出一張九葉植株的照片。他繼續說：「其實呢，我算是警政署的……類似承包商的僱傭關係，負責一個非公開的資訊專案。」

楊穎露下意識地站直身子，一臉肅然道：「明白了。我這次的面試是私人行程，已按照程序請假，此外辭呈已送分局批示，一切都合乎規定。」

天南星大搖其頭，說道：「不是啦，楊警官，妳想去哪兒面試我都管不著。我只是想請妳回答一個問題而已。」

楊穎露看著這自稱是「警方承包商」的視訊畫面，心中疑竇大起。這幾年來的從警經驗，讓她的腦海裡一股腦兒冒出七、八個不合理的問題：這傢伙為什麼知道自己的身分？能掌握自己在此時此地面試？又為何能透過面試官的筆電視訊，然後面試官偏偏這麼巧又暫時離開……

想到這兒，她不禁又轉頭看向落地窗外，尋找面試官的行蹤，甚至在思考這或許是整間公司想測試她即時反應的整人秀？只是她觀察片刻，並沒有發現任何蹊蹺。

倒是這個天南星洞悉了她的心意，笑道：「傑森去處理網路問題了，我修改了路由器的DNS位址，內網能通但外網怎麼都連不上，他一時半會兒應該回不來了……嗯，比我想像得還要快，等等有人要帶妳出去，稍後連絡。」

果然，不到半分鐘，一位女職員便走進會議室向她致歉，表示面試官正在處理公司的突發狀況，這場面試要改期。楊穎露讓她領著去櫃檯做了日程登記，然後又給客客氣氣地送到電梯口。

電梯門一關上，楊穎露的手機像是迫不及待地響了起來。她接起一看，是那位天南星從臉書通訊程式撥視訊電話過來的，但她不記得曾加過這位好友呀？她滿腹狐疑地接通視訊，但謹慎地關閉了己方攝影機，只見天南星的大臉占滿整個螢幕，這回他單刀直入地說：「我就問個問題，很簡單的，電梯到一樓肯定能搞定。我想問的是，妳真的想去賣女裝，勝過當警察嗎？如果有個工作，能夠讓妳換個環境、保持警察身分，同時還有親手抓到真凶、主持正義的機會，妳願意試試看嗎？」

站在人生抉擇路口的小警員與神略的相見，是從一通不請自來的視訊電話開始的。

●

隔天早上九點四十分，李劍翔來到了天南星給他的城市南區黎明路地址，當時他一看就知道這裡是前瞻新興計畫的聯合辦公大樓。只是當他站在大門口換證處，仰望這棟雄偉建築物時，心中居然有一絲忐忑。他不知道在上頭的三一八辦公室裡，有什麼人在等著他。

昨晚放在他家門口的購物紙箱裡，是一支最新款的蘋果手機。但細看那包裝，有被重新拆封過的痕跡，不像是直接從電商出貨的。他仔細檢查手機周邊，確認沒有什麼爆裂物之類的跡象，這才滑動螢幕上的「接聽鍵」，接起那通臉書通訊的視訊電話。

裡頭一個自稱「天南星」的老鼠臉小屁孩，劈頭就問自己願不願意換個環境，重返調查辦案的行列？這年頭詐騙犯橫行，他對這種莫名其妙的提議向來都是嚴詞回絕。昨晚對方是這麼說的：

「……我們很想邀請像您這樣有豐富辦案經驗的刑警，協助這個全新刑案偵辦工具的實驗。這是國家型計畫，背後有警政署的大力支持，我們會從刑警大隊把您借調出來，職階、薪津跟福利都照舊。藉助這新的辦案工具，您不必面臨跟歹徒駁火的壓力，也能順利破案。」

聽到這番外行話，李劍翔嗤之以鼻，冷笑道：「辦案呢，是一步一腳印去找線索、找疑犯，用科學跟經驗來破案，不用靠什麼奇怪工具。刑警呢，專門除暴安良，不是給你們做什麼實驗的小白鼠。」

天南星聳了聳肩，左手一揮，畫面上彈現出「偵二隊偵查正李劍翔調任行政組」的公告。「依您勇猛敢衝的個性，我猜您絕對不想天天坐辦公桌，很想回去跑現場吧。」

「老子幹刑警多少年了，還用不著你這小星星來教我……。」李劍翔猶豫了一會兒，問道：「但真要借調過去的話，是要多久啊？」

「看計畫成果，短則半年、長則直到計畫結束。」天南星再一次強調：「李警官您在刑偵上的表現非常傑出，如果因為什麼奇怪的槍傷後遺症，讓你無法做最拿手的事，那實在是太可惜了。您若願意參與這計畫，不管任何後遺症，都不必擔心。」

李劍翔一時無語，愕然地看著對方，感覺這小屁孩似乎知道點什麼了。當然，他還有滿腔疑問，比如這傢伙是怎麼知道自己的身分、住址在哪、最近才有的離職念頭……等等。最重要的一個問題是，他又怎麼知道自己正需要一支新手機的？

天南星似乎看穿自己的想法，說道：「因為您沒在用社群網站，也不會接聽陌生人的即時通訊電話，所以我乾脆快遞一支手機過去，還申請了社群帳號，您就當見面禮吧。」之後他把地址傳給李劍翔，約定今日十點來談談，等了解更多細節後再決定無妨。

李劍翔當下不置可否便掛斷電話。一來他還半信半疑的，二來隔天還得值早八的班，他其實也沒什麼意願去赴約。但說也神奇，不到半小時，隊裡的內部ＬＩＮＥ群組就貼出緊急調班公告，隔天李劍翔的班表居然全被取消了。

他有些驚訝。感覺那小屁孩說的什麼「有署裡的大力支持」，似乎不是空話？也好，衝著這支蘋果新手機，就給他個面子，走上一遭吧。另外想想整晚都連絡不上自己的組長，肯定要氣瘋了，也許正磨刀霍霍等著修理自己一頓，就避一下風頭讓他氣得更飽些吧。嘿嘿！

李劍翔別上訪客證，抖擻精神走進電梯裡。雖然昨晚的睡眠多少受了點影響，但目前神清氣爽的，那該死的猝睡症應該不會發作吧？身為中區刑警大隊的資深幹員，什麼龍潭虎穴沒闖過，更何況是同樣吃公家飯的機關呢。

十點整，李劍翔走進約定的三一八室。這是間多功能小型會議室，可以靈活地調整隔板空間，使其成為四人座的小組辦公室，或改拼成八到十人的會議桌。收納櫃中還有白板、投影機與電視機等器材。

目前這會議室僅隔出一間單人辦公室。辦公桌後方坐著一位五十來歲的中年男子，滿頭白髮、眼神銳利，穿著一襲深藍色高級手工西裝；另一名坐在桌前年約二十六、七歲的女子，一身韓版流行服飾，從其坐姿與警覺度研判，很有可能是軍警行業。不過從她略嫌侷促的表情看來，估計應是客人而非職員。除此之外，沒看見那個關不上嘴巴的老鼠臉小屁孩。

李劍翔在零點三秒內完成室內偵察，在第零點五秒時辨識出了那名中年男子的身分，是曾接受過電子媒體採訪的警政署趙科長，於是當下他立刻走到辦公桌前舉手行禮。

趙科長站起身回禮，朝他握了握手，並遞上名片。「資深刑警名不虛傳，眼力果然夠毒啊。」

「過獎了，趙科長。居然還勞駕您從臺北下來。」李劍翔熱情地向對方搭話，對官場裡的寒暄辭令一副駕輕就熟的模樣。坐在一旁的年輕女子瞪大眼睛，不安地來回翻看手上的名片。

趙科長苦笑道：「老闆指定要我們跟進的事，就算要去天涯海角，也都得辦得讓他滿意啊。」

直到看見趙科長後，李劍翔的一顆心才算是真正落了地，至少不必擔心是詐騙集團設的局。他曾聽說，偵五同仁偵辦過的一起長線詐騙案中，詐欺犯們還真的騙進某地政事務所的主任辦公室，來當作取信被害人的布景哩！

兩人又再客套幾句後，趙科長便指著女子旁的空椅道：「好，李警官你先坐吧，我們準備切入正題了。首先呢，介紹三位彼此認識一下。」

三位?李劍翔與另一位女子不約而同地轉頭，再次確認房內的空間再無其他人後，又困惑地相望一眼。趙科長笑著為兩人介紹：「這位是市刑大的李劍翔，這位是潭岡派出所的楊穎露。」兩人彼此點頭致意：「學長」、「妳好」。接著趙科長抄起桌上的電視遙控器，朝左手邊牆上的電視機上按了下，說道：「至於這第三位嘛，你們應該都見過了。」

如李、楊兩人所預料的，電視畫面中，那位聒噪的天南星躍然而現。這回他穿著一身警禮服，在大幅國旗背景前挺直身軀，一臉嚴肅地朝正前方行了個舉手禮。兩人也反射性地回了個禮。「哎唷，原來你也是警察啊……哇，已經是三線三星了?小星星……長官?」李劍翔揚揚眉說道。

楊穎露猛一看這架勢也是心中一驚，但仔細觀察後便發現異樣，低聲提醒道：「他的帽徽跟胸章職階不一樣，臂章的機關名稱留白了，敬禮的手勢也不標準。」

趙科長指著螢幕好氣又好笑道：「喂、喂，這樣太超過啦，你小子別耍寶了。」

李劍翔頓時會過意來，以臨檢口吻喊道：「先生，請出示一下服務證。根據刑法第一五九條，公然冒用公務員服飾、徽章或官銜者，得處五百元以下罰金。」

天南星抿著嘴，哭喪著臉道：「第一次在警察局外跟警察們開會，堪稱解鎖人生成就了，我也想順便過把乾癮嘛。」說罷他敲了下鍵盤，警禮服換回了綠色條紋襯衫，恢復嘻皮笑臉的模樣，背景也轉成了英式古典窗臺，遠方街道上依稀還能看到些許行人與車流。

不過才剛被稱讚眼毒，卻馬上給打臉了，李劍翔心中有些不是滋味。他問道：「趙科長，要找弟兄們參與計畫，不能照正常程序來嗎?一般正規的也跑個公文存參嘛，不然哪天單位解編了都不知道怎麼歸建，何必找個老百姓來揪團呢?您老別介意啊，我就是個衝前線的粗人，想到什麼就直接溝通，不拐彎抹角了。」

「夠爽快！有話直說，我喜歡這樣。」趙科長不以為意地點了點頭，眼看一旁的楊穎露也是有話想說的模樣，他先擺了擺手道：「我知道你們有些疑慮，但我還是希望你們先聽聽這個計畫，應該就能理解，我們為什麼會動用這種體制外的手段。」

「但我也把話先說在前頭，天南星不只跟你們兩位接觸。今天主要先了解兩位的意願，其他行政人事的手續再補辦都不成問題，會以你們的職涯福利獲得保障為前提。」

楊穎露提問道：「了解，長官。不過我還是想請教這位天南星的背景是？為什麼他不來現場開會呢？」

「我怎麼看都覺得他的表情跟動作不太自然，應該是什麼電腦軟體畫出來的假人吧，只能在網路上窩著。」李劍翔一本正經地評價著。

螢幕中的天南星聞言後，驚訝地瞪圓雙眼、張大嘴巴，畫面中央出現一顆紅心碎裂的動畫，天南星再切換一副蹙眉傷感的神情，以哭腔說道：「各位長官，現在的人工智慧連人類情緒都沒辦法辨識，更不用說會產生自我情緒了。李警官你剛講的話讓我都心碎了，會心碎就表示有情緒，所以我是活生生的真人，ＯＫ？絕對不是什麼線上機器人好嗎！」

「聽聽這傢伙光扯一堆五四三的，你們不覺得他白目得很人工智慧嗎？」李劍翔低聲說道。

「我——聽——見——啦。」天南星半搞笑地把手掌豎在耳邊作聆聽狀。「李警官你可以再小聲點，這臺電視的外接麥克風就架在你前面的桌子上。」

眼看李劍翔老臉一紅，趙科長忙輕咳一聲，說道：「這小子有點油條，但可是神略計畫的創始人之一。他人在美國紐約的ＩＢＭ超級電腦中心，所以今天無法與會。但現在網路這麼發達了，這應該不算什麼問題，大家這樣開會，不就等於當面交流了嗎？」

「什麼油條，是天才好嘛，能不能給點尊重呀。」雖然趙科長是幫他講話，但每個人仍聽到天南星自顧在低聲碎碎念著，只是大家都當沒聽見。

趙科長抬起頭，盯著李、楊兩人的眼睛繼續說：「大家都是吃公家飯的，你們知道他的真名後，要查他個祖宗八代都易如反掌。可是他的背景跟計畫內容一樣，保密等級都是絕密，現階段就以代號來稱呼他吧。」

楊穎露看出長官有難言之隱，打圓場道：「是，長官。那我們先來聽聽看計畫內容吧……。」沒等趙科長吩咐，天南星已迫不及待地啟動簡報，並在背景呼叫古典樂團演奏《海頓第九十四號交響曲》的第二樂章當作登場音效，而兩個３Ｄ康熙字典體深紅大字填滿了整個螢幕：「神略」。

「神略……計畫？」楊穎露好奇地說著。

趙科長翻著白眼，邊用手掌摩娑著臉龐，似乎對老愛搞這些戲劇化場面的天南星有些無可奈何。李、楊兩人對視一笑。這計畫有著如此中二的名字，應該不用多問是出自誰的手筆吧！

●

接下來，就是天南星的獨角戲了。他換上深沉感性的語氣開始介紹：

「大家都知道羅卡定律，凡接觸必留下痕跡。所以世上不可能存在完美的犯罪，只有未被發現的線索。神略，就是以羅卡定律為核心，所設計出來的全新犯罪偵查概念，新世代的罪犯剋星！」

「傳統的犯罪偵查，就是要先釐清案發現場的人事時地物，以案件為中心展開一個『橫切面』，再決定各項目的『縱向深度』，如根據監視器、關係人證詞、屍檢、凶器、微物跡證等等線索來決定追查方向。但要是初期就出現了誤判情報、凶手偽造證據、目擊者證詞有誤……等狀況，使得警方把資源投注在錯誤方向，那麼就有可能錯失黃金時間，破案難度會大幅提高。」

螢幕上開始播放動畫。畫面下方出現一名手持染血尖刀的小丑，隱身在暗處，神情緊張地朝上窺伺。此時，一面網子在他頭上展開，網格裡寫著監視器、人際關係、行凶動機……等等字樣，泛著紅光逐漸往下探，而小丑也慢慢地往下降離。隨著時間推移，各個下探網格的深淺不一、偏離角度也愈來愈大，但終究都無法觸及到那名小丑。最後網子逐漸降到最底部，但小丑靠著各網格的下落時間差，巧妙挪移後逃脫了法網，並得意洋洋地揮舞手上的凶刀，臉上展露出猙獰的笑容。

天南星豎起食指，加強語氣道：「但如果我們換個思維，在偵查的一開始，就引入更廣泛、完整的『剖面視角』，將案件相關的人事時地物……注意，不單是被害者或嫌疑犯的人際關係，包括案件發生前後數日至數月內，案件中相關的地點、物品、事件等等，將其數位化後與警方的刑案資料庫進行分析比對，列出與核心案件關聯度的機率，作為檢警偵查的參考，這樣是不是能減少傳統辦案的誤判機率呢？」

下一副動畫裡，同一位小丑看著頭上的網子展開來，但這回不同的是，在標示監視器、人際關係等網格上，經由神略的預判已先抵達深淺不一的位置，看起來有幾分像是水底下的冰山剖面。隨著時間推移，小丑試圖往下逃離，但原本就相隔不遠的紅色網格，這回很快地碰觸到他，各網格以他為中心層層收束，小丑最終垂頭喪氣地被包夾起來，動彈不得而束手就擒。

在天南星演說的同時，螢幕畫面會適時切換不同的影片或動畫片段，有些甚至是從好萊塢電影裡剪輯來的，看起來十分生動。認真地說，這是李、楊兩人在警界裡看過最有趣的ＰＰＴ了。

只不過聽到了這裡，李劍翔仍暗暗吐嘈著，警察又沒辦法二十四小時在監視每位民眾，加上每個人的日常勤務繁忙，整天支援這支援那的，哪有這麼多美國時間搞什麼剖面視角。「喂，我看這小丑是跟你一夥的吧，完全就是配合演出。哪有這麼簡單展開個橫切面就抓到凶手的？」

但這一切都在天南星的預料中。他的臉上泛起自信笑容道：「基礎理論就介紹到這裡，也許在座的各位不是很同意，畢竟大家的辦案經驗都很豐富，『線索是用腳跑出來的』對吧。但至今我們已透過神略分析了七個案例，都很有收穫。」

天南星跳到下一張簡報，畫面只寫了Ａ（Artificial Intelligence，ＡＩ）與Ｂ（Big Data）兩大字眼。

「從目前的研究範例來看，如果用傳統的人力來做神略的工作，估計需要一百位刑警八個月至一年的工作量。還好，我們可以用科技來彌補不足。Ａ與Ｂ是神略系統中的兩大工具，也就是人工智慧與大數據的應用。」

李劍翔問：「有這麼神？那我想請教，你用的那些範例，破案率如何？」

「是啊，假如這套系統這麼厲害，那麼之後碰到任何重大刑案，就把它跑出來的結果丟給專案小組不就行了嗎？」楊穎露附和道。

「不行，沒那麼簡單。」天南星坦然道：「神略在理論上絕對可行，但實務應用上出了點狀況，導致破案率不是很理想。」

「這七個案例都是臺灣近十多年來的知名懸案，但有時碰到案卷、證物的數位化程度不足，又或者能找到關聯的資料有限，而且沒有線上刑警幫忙判讀，所以效果都不太好，這也是我們今天找兩位來參與計畫的原因了。」

其實，問題還是出在那些不能明說的資料庫吧？要是發生的案件早於那些資料庫的建立年代，神略自然就沒那麼「神」了。此外，要是資料庫的來源敏感，像是牽涉到國安層級之類的，那問題就更大了。李劍翔說道：「說實在的，從實務上來說，如果我們不深入主案，而是先分散精力到其他案件，來個迂迴破案，這怎麼想都不太科學吧。」

天南星辯駁道：「不是的，李警官你應該這樣想。破案就好比是個『人事時地物』的拼圖工作，刑警們還是得從主案處了解案情、尋找線索，拼出七八成的原貌，而神略只是從其他地方幫忙找到更多圖塊，幫助警方更有效率地完成拼圖。關鍵還是在於刑警身上，對吧，趙科長？」

天南星為簡報作結，順帶拉抬一下刑警的貢獻，估計是有高人指點過了。最後眾人的焦點又回到趙科長身上。

趙科長關掉電視機，摘下眼鏡，手指輕敲幾下桌面，看向李、楊兩人，說道：「簡而言之呢，神略就是一個新概念的辦案工具，署裡投了很多資源下去，我們希望它成功。不過先前的程式調校跟AI學習，比預期中花了更多的時間，美國那邊的超級電腦租用期，剩不到半年了，假如再算上計畫結案時間，可能在三個月內就要看到點成果……拿得出手的那種。」

「假如這套系統真有那小子展示得這麼神，我看應該沒太大問題吧？」李劍翔模擬敲鍵盤的手勢：「輸入資料、分析，砰！再把拼圖拼好，輕鬆搞定。」

「會有兩個問題。」趙科長豎起右手食、中指說：「一是上頭想指定以懸案來操作，二是你們不能過問資料庫來源，後面這個問題比較大。」

「嗯，老案子重新啟封，萬一還真不小心破案了，對當年那些同行是比較不好意思啊，不過既然是由新單位來執行，那應該影響不大。倒是這個不能過問資料庫來源……會有什麼大問題？」李劍翔問。

「除了資料庫來源得保密外，為了避免辦案人員順藤摸瓜，神略在提供相關資料時，也不會透露與主案的關聯性。」趙科長說明道：「舉例來說，神略可能會告訴你們有一樁行車糾紛跟你的案子相關，至於怎麼個相關法，必須你們自行調查。」

「啥？」李劍翔聞言愣住了，反問道：「這……剛不說是案件拼圖？這下好了，變成猜啞謎啊。」

趙科長聳了聳肩、雙手一攤，一副莫可奈何的態勢。

「這次你們打算招募多少人？不會只有一個半刑警吧？」李劍翔脫口而出道。下一秒，他意識到這話有點傷人，忙對楊穎露說：「不好意思，學妹。我沒惡意的，只是確認一下人力配置。」

「當然不只。」趙科長一本正經地回道。但當李劍翔想追問確實人數時，他繼續答道：「天南星也會加入，他負責行政後勤跟神略溝通的工作。算他零點三個刑警也行。」

「就那個小屁孩？」迎著李劍翔不敢置信的目光，趙科長自顧說道：「工作內容介紹得差不多了，還有問題嗎？」

「是的，長官。我想問個問題。」楊穎露發問：「為什麼會找上我們？這樣一個半刑警的『專業』組合？」

趙科長也被這諷刺語氣給逗樂了。他回道：「因為大數據覺得你們兩位搭檔很合適。還有，兩位也都剛好不想幹了，只是這對警界來說是個損失，所以想給兩位一個回心轉意的機會。我是過來人很清楚，對警察來說，換個新單位，通常能解決九成以上的職場問題。」

趙科長從抽屜裡拿出兩份厚厚的資料袋，分別遞到兩人桌前。

楊穎露低著頭，咬緊下唇沉思片刻後，終於下定決心，伸手拆開了資料袋，把裡頭的文件全攤開來，接著翻閱其中最厚的一份「保密協議書」。

一旁的李劍翔還在回味這詭異的人力編制，隨意朝那堆文件掃上一眼，但這已讓他大開眼界了。這實在是他有生以來看過最具分量的保密合約了！

記得之前他被派往某生物科技公司協助調查時，曾經簽過一份十四頁A４紙的保密協定，他還以為這樣的厚度算是這類合約的天花板了。沒想到趙科長的版本居然足足有四十二頁，加上其他借調同意事項什麼的合約，共有八份得簽名用印。

到底是要保個什麼密啊，難不成是總統大選的兩顆子彈真相嗎？「光是保密合約就這麼有分量啊，加個封面都能出版了。難怪那小子一想起自己有簽這玩意兒，嚇得臉色都發白了。」李劍翔笑道。

趙科長瞥了他一眼。「不用說，你這老狐狸肯定不會當場接受的，至少要考慮一個禮拜，好去跟同期還是學長打聽的吧？不過呢，我可以幫你省點功夫，這邊的情報你是問不到的，就給你猶豫到明天下班，沒把這些文件蓋章送回，我就當你拒絕了。」

李劍翔回了個皮笑肉不笑的表情，站起身後一把抄起桌面上的資料袋，然後瀟灑地朝趙科長敬了個禮，轉身走出會議室。

●

其實李劍翔早在步出趙科長臨時辦公室的那一刻，就已經決定要接受神略計畫的安排了。只是按照約定俗成的規矩——不給長官留下容易操控的印象、以及或許後續還有更好的條件——他仍得做點姿態、考慮一番，在時限前一分鐘，再勉為其難地點頭同意。

而做這決定的最大考量，莫過於是那萬惡退休金的誘惑了。最快只要過十年，他就有資格領月退了；之後咬牙再多幹上五年，那百分之七十五的月俸替代率，應該能讓自己住上有風景的單間養老院了。對於四年前離婚兼且理財能力近乎為零的李劍翔而言，不能不為自己「超前部署」一番。

另外還有一個最重要的關鍵：大部分的公文程序都有天南星代勞，自己不必再埋首於一堆令人吐血的文書作業了。可別以為刑警這一行就是整天槍戰、攻堅或飛車追逐，其實絕大多數時候，都是跟Word與印表機在拚搏。

也因此他認為這個主動送上門來的「神略」，是個不錯的避風港。他在心中盤算著，就算在這計畫中無甚建樹，最後給歸建原單位了，那好歹這三個月也不必看到那臭嘴組長、少搞一堆無聊文書，自己終歸是有賺頭的。

隔天下午五點，趙科長親自來電，確認了李劍翔的意願後，隨即指示他次日早上十點去新單位報到。當晚他本想找幾個要好的偵二同仁吃飯，不過他們都去跑外勤了，只好先到幾個部門跑交接流程，然後找了個紙箱收拾東西。所幸組長似乎有先被打點過，沒怎麼刁難他，最後雙方也口是心非地說了些「感謝照顧」、「一帆風順」等客套話……

假如是正式離職的話，這時就可以好好嗆他幾句或潑他一臉水。但眼下得考慮到未來歸建的可能性，這種大快人心的事還是想想就好。李劍翔很是遺憾。

趁著還能運用單位資源時，李劍翔當然也不忘抽空打探一下未來同事們的底細：楊穎露，八十三年次，未婚。中原大學應用數學系畢，一〇四年警察特考三等考試及格。在潭岡派出所已服務四年十個月餘，被記了三支小功、七個嘉獎與一個申誡，沒有其他違法亂紀事項，歷年主管給予「具責任心、樂於協調溝通、富工作熱忱」這類中規中矩的評價，看不出來她為何非得離職不可。

至於那個鬼鬼祟祟的天南星，李劍翔在他做簡報時，曾用手機偷拍他的臉部特寫，做了簡單的圖像處理後，偷偷把這影像掛到某刑案下作為嫌疑人，送到鑑識中心作臉部辨識，但查不到相符對象。

李劍翔緊盯螢幕思考著：趙科長挑上自己，無疑是因為辦案經驗豐富，能幫得上忙。而天南星熟悉神略系統，兼做後勤與監督者，這也是毋庸置疑的。倒是這個楊穎露，怎麼看就只是個普通小警員，她的功能是什麼？難道只是因為跟自己一樣，恰好在這時機點上要離職，然後就給選中了嗎？

李劍翔琢磨不透。不過，看她這經歷背景與初次見面的態度，應該是能相處愉快的同事。趙科長在電話中提到「要好好照顧後進」，大概也是期盼自己能做個楷模，讓學妹能夠有個學習對象吧。

次日早上十點，李劍翔抵達指定的辦公地點，位於市中心的文心路與大隆路口，由前市警局大樓改建的文心第二市政大樓，去年七月份時已經進駐了環保局、都發局及住宅發展工程處等單位。

目前一樓的東半側特意空下兩個大辦公隔間與一間會議室，是市警局為了因應疫情而設的「異地辦公」處所，各項科室設備都頗為齊全，至今只有在演習時動用過一次，之後就一直處於半封存狀態。趙科長商借裡頭的一個獨立套間，作為神略小組的辦公室。

從李劍翔的住處出發，這新單位的通勤時間比之前少了十分鐘左右，真是不錯的兆頭啊。而且這裡的公務員停車位很寬裕，附近的早餐店檔次也齊全，這一切都讓他心情大好。嗯，走進大樓後，那位靠外側的櫃檯妹，笑起來格外甜美……

他先把手邊的雜物紙箱放到腳邊，從裡頭拿出人事公文遞了過去，並掏出服務證填寫製作識別卡的表單。當他填寫完正要將服務證塞回皮夾時，突然一個手滑，服務證掉了下去，他下意識伸手一撈卻撈了個空。嘖，看來身手有點退步啦，他一邊自嘲著、一邊彎腰去撿服務證，腦袋突然一陣天旋地轉，然後眼前的景象如水墨暈開般逐漸模糊。

李劍翔心中警兆浮現，該死的猝睡症要發作了！他忙抬頭尋找男廁所在，同時手摸腰際想護住配槍。他找不到男廁標示，只好快步往一旁的候客椅區域移動，下一刻他發現自己此時並沒配槍，心中一放鬆，再也抵擋不住濃厚的睡意，緊接著，他赫然看見那排候客椅突然豎立起來，朝他的臉上直直砸了過來……

二、李劍翔：豐原慘案

李劍翔醒來的第一眼，看見了矽酸鈣板輕鋼架、日光燈組與煙霧偵測器。腦子裡還正努力回想這究竟是哪兒時，耳邊就聽見周遭洽公民眾的背景聲。他心中一個激靈，翻身坐起，暗自慶幸自己是睡倒在第二排候客椅上，勉強還算是有點掩護。只是不遠處那兩名櫃檯妹子的眼光，不住地往這兒飄來，臉上似乎還強忍著笑意，這讓他有些不安。

他看一下錶，自己大概睡了十七分鐘左右。接著摸了下夾克內側口袋，確認手機與皮夾都還在後，總算鬆了口氣。之前有一次他在戶外無預警睡倒，醒來後發現皮夾給扔在一旁，但翻查後發現毫無損失，連現金都一張不少。大概是對方一看到警察服務證，便不敢造次了吧。

「學長你醒了？還好吧？」前排突然傳來清脆女聲的問候。李劍翔嚇了一跳，抬頭一看，楊穎露正探起身來，擔心地看著他。他帶來的雜物紙箱正擱在她身邊的座位上。

李劍翔放下正要查看是否漏接訊息的手機，故做沒事地朗聲道：「哎，我一個老刑警的，會有什麼事？不就昨天跟線人多喝了幾杯，打個盹兒。」

他打個哈哈後，忙站起身抱起紙箱、領著楊穎露往辦公室方向走。邊走還邊低聲打聽：「學妹，妳什麼時候坐到我前邊的？沒太多人注意到吧。」

「沒有、沒有。」楊穎露猛搖著頭說：「我也是剛報到，在櫃檯填資料的時候，看到學長在那裡……休息，怕其他人打擾，所以坐到前面幫忙把風。」

「嗯，是這樣啊，很機靈，好同事。」楊穎露臉上那想笑又不敢笑的表情，自然躲不過李劍翔的法眼，他也只好含糊地漫應著。

兩人在長廊盡頭右轉，沿著過道直走到底，就看到一排市警局的臨時辦公場地了。兩個大辦公區跟會議室的門口，都上了鐵鍊跟掛鎖，並貼上印有「市警局異地辦公場所」的臨時Ａ４紙招牌。

楊穎露已從行政單位取得鑰匙。她走到最內側的辦公區，開了掛鎖取下鐵鍊，推開一扇大型鋁門，一股帶點霉味的清冷氣息撲面而來。李劍翔摸索門後的電燈開關，一股腦兒全按下，照亮了近四十個座位的無隔間辦公桌。

楊穎露指著左手邊的辦公套間道：「趙科長說，我們借用這辦公空間，得節省點水電開銷。」說罷她關掉所有開關，辦公區重新陷入黑暗中。

「嘖！」李劍翔搖著頭，不以為然地噓了聲，轉而走向那間辦公套間。

套間的格局類似早期的主管辦公隔間。外邊擺了兩張祕書桌，再往裡走的那道門才是主管辦公室。約五坪左右的空間，裡頭還有個獨立洗手間。趙科長的意思是，這兩張祕書桌就是安排給李楊兩人的辦公區域，主管辦公室則作為會議室用，如此安排的目的，也是為了哪天這辦公場所得歸還時，能夠快速清理還原。

趙科長還不忘叮嚀，為了省下兩人輪流打掃廁所的麻煩，平常最好使用外邊的公用廁所，會更省事點。

李劍翔環視這至少要待上三個月的冷清辦公室。兩張並排的辦公桌，桌上各擺了一部貼有國發會財產標籤的中古筆記型電腦；一些用來充場面的檯燈、公文夾等文具，不禁懷疑起自己不辭職的決定，到底正不正確？自己是喜歡跑外勤的個性，是不是應該去朋友那兒試試保全隊長的工作呢？

「既來之，則安之」是他的職場座右銘，姑且先試它兩個禮拜再說吧。好歹窩在這裡，頭上沒有指手畫腳的狗官們。李劍翔自顧走到最內側那張辦公桌——靠門邊的座位是給資淺後進用的——把雜物紙箱擱到桌上，然後拉開還沒拆除包裝膜的靠背椅坐下，兩條腿架到桌上，按下電視遙控器，想確認一下有沒有安裝第四臺。不料浮現的第一個畫面，竟然是穿著一身藍格子西裝的天南星：

「嗨，兩位早啊，歡迎第一天上班。」他開朗地打個招呼，接著低頭看了下錶，皺著眉頭說道：「啊，不對，兩位第一天就遲了快三十分鐘才進辦公室。注意上班時間好嗎？我們這邊也是比照一般公家機關，上下班時都要用識別證在自己的電腦上打卡的。」

李劍翔一看到這嘰嘰咕咕的小子就頭大。雖然此地沒有狗官，但有這小屁孩如影隨形啊。不過一旁的楊穎露看到天南星後，倒是沒有什麼抗拒表情，兩人互相給個心照不宣的微笑後，她就埋頭開始收拾自己的東西了。

「好吧，那兩位先整理一下，我們十分鐘後要開會，決定一下神略的調查案件。」天南星說。

「這小子還真把自己當隊長了。」李劍翔不滿地嘟囔著，一邊從雜物箱裡找出自己的保溫瓶。

「好、好，我喝杯咖啡就上工，行了吧。」

雖然外邊的辦公區就有附設茶水間，但同樣為了節省水電、省去打掃與扛水桶的考量，兩人還是乖乖地走上幾十公尺，借用環保局辦公室的茶水間。

為了避免瞌睡蟲再找上門，李劍翔想喝杯咖啡提提神。只是看到茶水間裡只提供「公家牌」三合一咖啡包，想起那喝起來像是甜膩中藥湯的口感，登時讓他打了退堂鼓。他突然想念起刑警大隊裡的高級膠囊咖啡機了。

●

為了提高神略系統的勝率，以及激勵打頭陣小組的士氣，選擇一個「最合適」的目標是頭等大事。上級決定挑個近五年內的案件，畢竟全國警方資料的數位化程度愈高，對人工智慧的探勘也會愈有利。

「另外，我們選擇的案件規模，最好不要太小。說白點就是以刑案為主，受害人數最好在一人以上，這樣會更有指標性效果。咳咳，這樣講好像有點政治不太正確喔。」天南星補充道。

「其次我們要注意的，是挑選案件的規模也不能太龐大，不要動搖國本那種。盡可能單純點，不要牽扯各方勢力糾纏不清的。再來，為了方便大家後續作業，比方要找個證人還是借調證物什麼的，最好也挑個中部的案子，對吧？」

「這套神鬼系統還真的很難伺候。」李劍翔笑罵道。

「根據以上條件，我篩選出這個最有代表性的案件。兩位看看是否有破案勝算，不然我再挑選其他案子。」天南星一揮手，幾份來自不同媒體的報導躍現螢幕上。「為了體貼有老花眼的同事，我也同時輸出到印表機上，用上超大字體了，不必帶老花眼鏡也能看清楚吧。」

楊穎露笑著從身旁的雷射印表機上，拿出兩份一式三張的A４紙，簡單裝訂後，遞給了李劍翔。

看到上頭十八級大字體，李劍翔本想反脣相譏幾句。不過身為刑警，平常總會格外注意國內外發生的重大刑事案件，多少也帶點跟同行較勁的念頭。因此他的目光，很快就被這個案件給吸引住了：

豐原區一家三口焚屍慘案

一年半前發生在豐原的滅門慘案，被害一家三口為丈夫汪海彬、妻子卓映萓與九歲女兒汪妍秀。位於中正路上某棟透天厝，於八月六日深夜十一時許，突然竄出大量濃煙。警消趕抵破門滅火，浴室與大半個客廳被嚴重燒毀。

調查發現，起火點位於浴室的浴缸——精確點說是躺在裡頭的汪海彬，他的屍身上被堆放了大量的鋁熱劑，近攝氏兩千度的超高溫使得屍體嚴重炭化，部分甚至只剩骨骸。卓映萓與汪妍秀陳屍在主臥室。前者是以襯衫掛在窗框上吊身亡，身上有數處傷口；後者則是在衣櫃裡窒息而亡。部分客廳與主臥室牆面以紅漆繪製了大量的宗教符號，現場並留有「紫陽萬靈聖道會」的令旗與經文。汪宅門窗並無任何破壞跡象。

巷口外的監視器只看到夫妻倆的座車依次停靠在自宅前，外圍街道也沒看到可疑人士出入。由於未發現外力介入跡象，加上鄰居證實卓映萓似因汪海彬的外遇曾有過激烈爭吵，因此警方不排除是卓映萓因愛生妒，謀害丈夫後帶女兒赴死。

由於卓映萱生前信奉聖道會，焚燬丈夫屍身可能與其宗教儀式有關，但卓家親屬強烈反對此推測，之後還衍生出烏龍爆料、詐騙與縱火等案外案，故檢方雖對此案予以不起訴處分，但仍引發許多爭議。

李劍翔花了幾分鐘，將案件的梗概看了一遍。由於是近年來發生在本地的案件，也曾在媒體上喧騰一時，李劍翔還有點印象。等楊穎露也看完後，他問道：

「來，女士優先，妳覺得這案子如何？要換其他的嗎？」

「嗯，我看就學長決定吧，畢竟您比較有經驗。」楊穎露推辭道。

「沒事、沒事，妳想到什麼就說，以後在這裡就別分什麼學長學妹了，我討厭擺這種架子，簡直陋習！妳就叫我老李、我叫妳小楊行吧，嗯？」

眼看李劍翔擺出一副洗耳恭聽的架勢，楊穎露偏頭想了會兒，回道：「這案子應該算是結案了，只是爭議很多，恐怕不太單純。案發在一年半前，人證物證應該很齊全，算是不錯的範例吧。」

「嗯，天南星你說呢？」李劍翔轉朝電視機發問。

螢幕中的他聳了聳肩。「神略估算的破案機率大概在百分之四十二到百分之四十五之間，以目前人力配置與素質而言……沒別的意思，我是照老李剛吩咐的，有話直說啊，應該是有點勝算的。」

李、楊兩人面露苦笑。前者嘀咕道：「看來這套神鬼系統對我們還真是信心十足，希望不要是系統的素質太差，反而拖了我們的後腿。」

天南星面無表情地催促著：「兩位還要再討論一下嗎？不然我是建議中午前能夠決定，這樣比較不耽誤工作期程。」

李劍翔「嘁」了聲，說：「催啊催的，天南星你是來當老媽子的嗎？算了，反正這又不是三等特考，沒這麼難啦。我來作個經驗分析，看能不能給大家少點折磨。」

「這是偵三隊的案子，鬧過一陣子，我也有點了解。要我說嘛，我直覺這是個單純的謀殺案，只是給小心地偽裝過了，頂多就是跟那個邪教有些牽扯。我個人是挺有自信的啦，不必靠那個鬼系統，應該也能在二個月內破案。」

楊穎露的臉上浮現崇拜神色，拍了兩下手表示贊成。天南星回道：「好，那兩位都贊同選這案囉。我會行文給市刑大調閱卷宗，並在下午兩點前把神略的運算結果傳到雲端，兩位收一下電子郵件來開通權限。預祝咱們能順利破案囉！」

李劍翔自信一笑，瀟灑起身道：「好，時間也差不多了。小楊，一起來吃個迎新飯吧！」

* * *

「讚啦，開工第一餐，新單位、新同事、新案件、新氣象！不過說真的，這種時候還是要吃海鮮熱炒才道地。十幾盤給它滿滿擺上一桌，每個人先灌三大杯啤酒……。」李劍翔面有憾色地滔滔說著。

由於神略小組被催著上工，因此中午時分，只能找間附近的小火鍋店對付一下，算是迎新、開工餐會一併辦了。楊穎露、李劍翔兩人在四人桌上對坐，另一邊空出的桌面則豎立一支手機，裡頭的天南星也在眼前擺了個小火鍋，聊表與同事聚餐的心意。

除去之前的一些特殊任務不談，楊穎露是第一次不穿制服值勤，還在當班時間跑來吃火鍋，感覺格外新奇。

「……之前我們組裡有新案進來，組長就帶著幾個專案成員，開工前吃一頓、案情突破時吃一頓，結案後再吃它一頓。過癮啊，每一頓的滋味吃起來都不一樣，哈哈。」李劍翔不勝懷念地說道。

楊穎露問：「學……老李，我聽說警隊都很忙，平常時也都能這樣約一約出來吃飯嗎？」

李劍翔哂道：「我們每個人至少兩三件案子在跑，上下班都不固定，哪有這種美國時間約在外頭吃館子。在外頭蹲點的頂多路邊攤還是便利商店解決，在裡頭忙的就是叫便當送進來，破案前整個沒日沒夜的。唉，那真不是人幹的啊。」

說是這麼說，但看他的表情，似乎仍陶醉在忙碌一陣後，所有成員們再來一頓暴飲暴食的日子。

數分鐘後，兩人的鍋物端上桌，在各自的電磁爐上加熱，而服務生仍不斷地送上加點鍋料：五大盤牛肉、兩盤綜合海鮮外加一大盤丸餃豆皮鵪鶉蛋，層層疊疊擺滿了半側桌面，看得楊穎露咋舌不已。

「哇噻，你們當這裡是吃到飽啊，點了這麼一大桌。還是等等想外帶給我的？」天南星驚訝道。

李劍翔大笑：「想得美，我們全部要現場幹掉的，片甲不留。」但當他看向楊穎露的鍋裡，只見飄著菜葉的清湯寡水，納悶道：「不會吧，小楊妳吃素？」

楊穎露點了點頭。「剛好碰到今天是吃素的日子。」

「嗯，那真不好意思啦，這些肉片我就全權處理了。快吃吧。」李劍翔樂呵呵地拆開筷子，準備開涮。

趁著牛奶鍋煮滾前，楊穎露饒有興味地偷偷打量著他。老李的外型挺符合「好漢」、「壯士」這類形容詞，身高約一八五公分、身形偏精壯但還不到魁梧的地步，而且食量也很嚇人。至於相貌嘛，頂多算是平平，粗糙皮膚與過度滄桑還倒扣了不少分數。

自從上週確認要外調後，楊穎露就到處找同期的打聽相關背景，畢竟這可是未來得朝夕相處的異性同事，多掌握些對方的喜好與地雷區肯定沒錯。

李劍翔，六十六年次、警大刑事警察學系畢，四年前離婚，與前妻育有一子。個性外向、人緣不錯，辦案能力佳，對官僚作風跟繁文縟節很感冒。這一點可能是調到文書單位後，常跟主管起衝突的原因。而楊穎露也暗自猜想，趙科長把自己安排在這裡，或許是需要一個能居中緩衝或處理行政的角色？

「妳還記得，半年多前在大雅永和路上，有間廢棄工廠發生的警匪槍戰吧！」楊穎露找上一位分局刑警打聽，對方跟市刑大有些交情，因此給出的訊息最完整：「李劍翔是當時的帶隊官，匪徒的火力很強大，打得很慘烈，死了兩個弟兄，還有七、八個受傷，李劍翔的大腿也中彈。這事好像在他心理造成陰影了，他老闆還叫他去做心理諮詢，但沒什麼效果，不然也不會被調到行政單位去了。」

綜合這些描述，在她的想像中，這位老李倒是跟電影裡的硬漢警察形象有幾分相似，集強悍、叛逆、離婚、失意於一身，有著ＰＴＳＤ心理創傷，即使被流放到某個不起眼的小單位，還是會有叱咤風雲的一天！

只不過，也才第一天上班，老李的悍警形象便告破滅。今早她才剛把車停好，天南星就來電通知，要她趕到櫃檯處「支援」。她小跑步過去一看，登時傻眼了，一位堂堂市刑大警官，居然就這麼睡倒在一樓大廳的候客椅上，更糟的是鼾聲如雷，行經的職員與民眾紛紛朝他行注目禮，不斷竊笑著。

楊穎露試著喚醒他，從噪音、拍雙頰、拉手掌甚至往臉上潑水都試過了，但他老兄居然就是雷打不動、鼾聲不減，睡得格外香甜。楊穎露不想放著不管、但光靠自己又扛不起來，只能擺弄一番，讓他的睡姿端正些，自己則坐到前方椅子上，多少遮擋一下。

別說是警官了，就算是一般老百姓，在第一天往新單位報到時，就大喇喇地在門口櫃檯旁睡倒，也實在是夠奇葩了。只是說也奇怪，這位學長如此隨性的風格，反而讓她少了點畏懼、多了些親近。

此刻，李劍翔正把剛涮好的第一片牛肉夾到手機鏡頭前，假意要讓天南星嘗嘗滋味。但對方也不甘示弱，從自己的碗裡挑出更大的肉片，在鏡頭前來回甩動。兩個相隔萬里的幼稚傢伙逗得彼此很開心。

「好啦，給你聞香就好，別流太多口水啊。」李劍翔呵呵笑著，然後舉起裝有紅茶的紙杯，說道：「來來來，雖然不給喝酒，但咱們就以茶代酒，祝神略小組旗開得勝！」

「乾杯。」三人仰頭一飲而盡，李劍翔還照老習慣豪氣地倒轉杯口，示意一滴不留，但一想起這不過是杯免費紅茶，自己也忍俊不禁。

「小楊，我最近有個體會啊。妳知不知道，為什麼趙科長會欽點咱們兩個到這小組？」李劍翔問。

「可能是不希望……浪費人才？」楊穎露說出口後，還心虛地吐舌一笑。

李劍翔掏出手機，秀出了一張Windows系統的資源回收筒照片。「我認為啊，神略小組就這功能，暫時收留一些跟體系不相容的人，觀察還有沒有剩餘價值。有的話就『還原』歸建，沒的話就整組『清理』掉，是不是挺方便的。」

天南星哼了聲。「老李啊，現實版的資源回收筒，還分可燃跟不可燃的，你覺得自己該放哪個筒？」

楊穎露也笑道：「老李，資源回收筒應該裝不下你這老前輩，我看你比較適用『移除程式』這個功能。」

在一片蒸騰的水氣中，三人吃吃喝喝、說說笑笑，雖然用餐時間只有一個小時，但浸淫在這樣歡欣熱烈的氣氛下，三人心中都滋生出生命共同體的感覺。

這時的他們，總覺得未來是無限光明的。

三、卓映辰：出軌事件

在城市西區的美村路與福平街交叉口，有一間門面老舊的手機維修店，斑駁脫落的櫥窗外板與招牌貼皮，見證了近十年來的經營歲月。對商家來說，這店址所在頗為理想，緊貼著福平街延伸出來的市場尾段路口，是左右逢源的「三角窗」地段。很多買菜的婆媽們會順路來修個手機或詢問ＡＰＰ操作問題，所以這家店每日早上九點便開門營業，比其他同行足足提前了兩個小時。

推開貼有「９１１即刻救機」店招的玻璃門，店內營業空間約十五坪，以象牙白為配色基調，採簡約式裝潢與配置。前半段店面在兩邊牆面掛滿了保護貼、手機殼與充電線等周邊，再來是一排三組的藍色候客椅。後半段空間則是一張橫跨全店的櫃檯兼工作檯，檯面上整齊地擺滿了各種維修工具與契約文件，靠牆處還有兩組放滿備用零件的三層櫃。

此時店內顧客只有一位中年主婦，坐在候客椅上邊等待邊聊著鄰里八卦。工作檯後拿著精密起子忙著維修的師傅兼老闆，手下不停地拆解螢幕碎裂的手機，一邊還有餘裕跟主婦對答如流，逗得她時不時地哈哈大笑。

老闆熟練地拆換螢幕總成零件組，通電測試能開機後，再依序裝回觸控板、主機板、電池與排線，然後在外圍塗上薄薄一層密封膠。確實封蓋後，刮除周邊的溢出殘膠，最後噴上專用清潔液，拿起一塊新的細纖麂皮布，將手機前後面都擦得光可鑑人。

進行到最後階段時，工作檯上響起了韓劇《我的大叔》主題曲旋律。老闆抬眼看了一下架在一旁的手機畫面，來電連絡人顯示「卓映萱」。於是他朝仍滔滔不絕的主婦比了個接聽電話手勢，然後按下耳邊的藍牙耳機按鈕：

「喂，大姊。」

「……映辰，現在有空嗎？」她微弱的語氣裡帶點鼻音，讓卓映辰的心中不禁一沉。

「我現在有客人，不過快忙完了，我五分鐘後回電。」

「……好，你先忙。」

卓映辰掛斷電話後，將顧客的手機裝回保護殼內，連同估價單一同遞給主婦。她開機檢查，確認那些熟悉的ＡＰＰ跟通訊紀錄都還在，滿意地點了點頭。「老闆，這樣多少？」

「算二千二就好了。這款的螢幕跟觸控板是分開的，所以比較便宜。不然其他牌的這樣一換，隨便都四千塊起跳。」

主婦掏錢結了帳。「好啦，上次也是這個價，就不跟你殺了。這年頭手機真的愈來愈不耐摔了。還好有你這家，修理功夫這麼好，還把手機清得這麼乾淨，簡直跟新的一樣。」

「哈哈，是鄉親們不嫌棄，感恩啦。」

送走顧客後，卓映辰往店後洗手間走去，順道洗了把臉。他抬頭看看梳妝鏡裡的自己。三十六歲的臉龐有些發腫、雙頰皮膚有些垂皺；雙眼血絲較多外、下眼袋也浮腫起來；頭髮往後拂開，前額髮際線很有點大步後退的嫌疑。整體而言，這是一副帶有逾齡滄桑的面相，所以他也常用「我是老起來等」這類的話來自嘲。

忘記是在追哪部劇時，曾聽過「窮苦孩子早當家」這句話，他當下便很有種心有戚戚焉的感覺，拿這話來形容自己與大姊的早期生活，簡直是再貼切不過了。

自從父親拋家棄子去跟女同事另組家庭，他頂著「單親兒童」身分度過了整個小學時代……直到國一下，母親也因乳癌撒手人寰後，他跟念普通高中三年級的大姊相依為命，靠著保險費、低收入戶補助，以及姊弟倆在鄰居麵攤打工的薪資拮据度日。

慘澹的青少年時期，每天一睜眼的煩惱竟是「錢」！一般家庭講究的是收支平衡，但大姊跟他可是在餓死與貧窮的分際線上來回掙扎，每天都有快喘不過氣來的感覺。辛苦賺回來的打工薪水，永遠都是房租與水電優先，接著再分配還貸款的錢，最後才輪得到食物的開銷。

記得當時身邊的朋友幾乎都人手一部筆電，沒事就上網玩遊戲或聊天什麼的，但這是他連想都不敢想的奢侈品。「往好的方面想，至少爸媽沒留給我們太多負債吧。」大姊與他也只能這樣安慰著彼此。一直到當完兵後，他才擁有生平第一臺能上網的裝置——Nokia手機，並足足陪了他快五年。

或許是因為太過困窘的過往，所以讓他總顯得比同齡人早熟吧！

卓映辰抽張紙巾擦乾了手，然後按下藍牙耳機回撥給大姊。

「……汪海彬在外面真的有人。」簡單寒暄幾句，再經過一陣長長的沉默，大姊突然蹦出這句話。

「呃……姊，妳不要再疑神疑鬼啦，上次妳鬧旅館大鬧，不都是誤會一場嗎？我覺得姊夫不一定……。」

大姊斬釘截鐵道：「這次我看到了，親眼看到的。我昨天下午去跟蹤他了。」

「妳又去跟蹤……唉，所以妳這次有看到小三了？」

「……他沒事跑去一間十二樓的公寓待了三小時。樓下管理員說，那屋主是個女的。我就想給你看看，汪海彬開車出來的時候，那滿面春風的嘴臉。」卓映萱說得有些顛三倒四，掩蓋不住語氣中的憤怒。

光憑這幾句，卓映辰在腦海裡也能勾勒出一位業餘主婦偵探，因為不知調查法門而處處碰壁的模樣。他嘆了口氣回道：「唉……假如妳沒有親眼看到，還是不能太武斷，說不定姊夫只是去辦事還是找朋友？」

「所以我要你來幫我。」大姊似乎正等他這回覆，直接道出琢磨許久的念頭。

「你想要我怎麼幫？」卓映辰問。

「……幫我駭客他的手機。除了要知道所有內容，我還要把手機變成竊聽器跟監視器。我有上網查過新聞了，現在國外有木馬程式可以做到。」

卓映辰一愣，看來大姊果然是有備而來。他苦笑道：「……姊啊，既然妳都查過了，那也應該知道這麼做是犯法的吧。」

儘管從小就被迫自立更生，他跟大姊一樣個性都很獨立。只是當她對家人傾注所有，決定從一而終後，反而更不能忍受背叛行為，外遇這種事正如觸犯天條。

當卓映辰還在猶豫著，大姊又補了一句：「這種犯法的事，我只能找親弟弟幫忙。你不幫，就沒人幫我了。」

這下子，卓映辰不知該說什麼才好了。

●

中午時分，卓映辰花了二十多分鐘，向一對母女解說怎麼下載證券交易APP來買零股。雖是免費的客戶服務，但女兒過意不去，仍另外買了兩條手機充電線「交關」一下。

中部人就是這麼古意，讓卓映辰感到十分窩心。

一點半，他的老婆詹悅然一手拎著三層保溫便當盒，一手牽著四歲兒子卓逢時送午餐來了。兒子一進店內，就快步地衝向工作檯，把一隻變形金剛模型對準了老爸，嘴裡高喊著「咻、咻——碰！」的音效，自顧表演起卡通的劇情。

卓映辰很配合地扮演被打倒的反派，上半身被假想的雷射光砲猛轟一通，嘴裡邊慘叫邊喊幾句「柯博文大大饒命」的臺詞，最後雙眼一閉仰躺在工作椅上。等兒子心滿意足地湊上來查看時，再忽地一把將他抱起扛在肩上，逗得他身子猛搖咕嚕亂叫。

「好啦好啦，別玩了，要吃飯了。」詹悅然佯怒道。她拉開提桿，將三個保溫盒放到工作檯上。

「那個十穀米大概還可以吃兩頓左右，等等我回去路過美廉社再補貨。」

卓映辰一臉嫌惡的表情。「難吃死了，這次還是買白米啦。他們家那個散裝的芋香米聽說不錯。」

「你家族遺傳糖尿病耶，上次檢查的血糖也偏高了。乖，再吃一次十穀米，下次再換白米。」看到卓映辰臉上那副像是小孩賭氣的表情，詹悅然妥協道：「……好啦，芋香米也買，這樣混著吃可以吧。」

接著她打開一個便當盒蓋展示道：「看，今天有你最愛的雞腿捲唷。」

這道主菜讓卓映辰的眼睛一亮。他一把將兒子擱到椅凳上，連聲催促著開飯。

先清空工作檯上的客戶檢驗區域，然後鋪上廢棄的A4報價單，打開三個還冒著熱騰白煙的便當盒。接著從冰箱拿出一罐烏龍茶與櫃子上的三個馬克杯，再把電腦螢幕稍稍轉向，播放YouTube上的卡通頻道。這樣其樂融融的店頭全家餐就準備妥當了。若接下來的二十分鐘內沒有其他顧客上門打擾，那就更完美了。

午餐與晚餐，這就是卓映辰每天兩次的「成家真好」幸福時光了。

一家三口說說笑笑吃得很開心，剛好也沒其他人來打擾。直到卡通播畢，兒子又開始不安分地想掏櫃子裡的維修工具來玩。詹悅然開始收拾桌面時，卓映辰把大姊的要求說了一遍。

「我不懂，上回搞出那場大烏龍後，阿姊怎麼還是這麼不放心姊夫，硬要查東查西的啊？」卓映辰搖頭嘆氣道。「我是不是應該鼓勵她有自信一點，就直接跟姊夫說開來，有什麼誤會也給人家好好解釋，不要自己老窩在家裡胡思亂想。」

詹悅然不以為然地哼了聲，戳了一下卓映辰的額頭。「我告訴你，女人的直覺是很準的。大姊一定是發現了什麼，才會想去跟蹤。女人說有問題，通常百分之二百有問題。」

「我都不知道，原來我老婆的數學這麼好呢。」卓映辰沒好氣地回道：「那現在怎麼辦？這忙要幫嗎？這一幫下去，不就是讓我老姊加速離婚、讓我姪女提早體驗單親家庭？而且搞不好還要讓妳老公去吃牢飯。」

「有這麼嚴重？」詹悅然咋舌道。仔細想想，她也覺得這事挺難辨的。接著她好奇地問：「喂，真的有那種APP可以把手機變成竊聽器呀？」

卓映辰點了點頭。「電影還是韓劇不是都有演過嗎？我記得《我的大叔》裡面也用過。那應該叫木馬程式，裝到對方的手機裡，就可以遠端遙控麥克風甚至前後鏡頭了。」

「這麼厲害？」詹悅然驚呼道：「那被偷窺還是偷聽的人，真的都不會發覺嗎？」

「很難發現。不過被裝木馬的手機，通常耗電量跟網路用量都會暴增，懂點門道的使用者，應該會覺得怪怪的。」

「那你有幫別人裝過嗎？」詹悅然問。

卓映辰猛搖頭否認。「這東西怎麼可能亂裝啦？警察要是來查，這可是妨害祕密罪，最高關三年耶。不過我們開這種店的，平均每個月都有一、兩位太太找上門，問我這裡有沒有賣這種程式。」

「真的假的？」詹悅然瞪大眼睛回道。下一秒，她又小心翼翼地探問：「是說最近我的手機很耗電，你……沒把那玩意兒偷偷裝在我手機上吧？」

卓映辰故做懷疑神色反問：「所以，妳是不是真做了什麼對不起我的事啦？」接著他大笑道：「妳這支iPhone要是個真人，現在都可以上幼稚園了。耗電是因為電池老化啦，如果有人想在妳手機偷裝木馬程式，肯定也是為了騙妳的錢而已。」

兩人嘻嘻哈哈地笑鬧一陣後，問題又兜回原點，到底該怎麼回應大姊的要求？兩人苦思半天，詹悅然想出了個主意：

「你先去跟姊夫談談，跟他說大姊起了疑心，吩咐你去他手機裝監控程式。」

卓映辰聞言一驚：「這麼直接？姊夫聽我這麼說，還不揍死我？」

詹悅然分析道：「我看姊夫不像是會動手的人。你這樣去試探他，男人對男人會比較好開口。姊夫要是真有外遇，那聽了你的警告後，至少會收斂點，要是他之後因為手機監聽被抓個正著，也不會怪到你頭上；另一種情況，要真是姊夫沒外遇，是大姊自己在疑神疑鬼嘛，那麼……。」

「那麼可能會導致兩人大吵一架，鬧家庭革命啦。」卓映辰擺手說道。

「有可能。可是兩人也可以趁此把話說開，消除彼此的誤會。當然前提是你得要求姊夫，不能把你私下去找他的事跟大姊抖出來。」

以詹悅然的立場，說到底還是怕自己的老公真的會因為妨害他人祕密，而被抓去關三年。但這個方法讓卓映辰十分猶豫，自己私下去跟姊夫通聲氣，不就等於背叛大姊嗎？萬一姊夫真有外遇的話，那自己犯下的罪過豈不又更大了？

詹悅然看穿卓映辰的躊躇，畢竟她很清楚姊弟倆自小相互扶持的感情。她勸道：「大姊的個性很剛烈，她就是那種……寧願碎瓦玉不全的，這話怎麼說來著了？」

「寧為玉碎，不為瓦全。妳這個不讀書的。」卓映辰嘀咕道。

「對啦，對啦，呵呵。」詹悅然說：「你想，大姊已經起疑心了，說不定姊夫在外頭跟早餐店老闆娘多聊兩句，她聽起來都像是兩人早有姦情。所以你真要是聽了大姊的話，讓她去監聽姊夫的手機，那麼不管是不是真有外遇，他們兩人九成九會走到離婚那步，你覺得這種結局比較好嗎？而且到時事情爆開來，也肯定知道是你這笨專家弟弟去裝程式的。但如果你有提前警告姊夫，他就沒理由把帳算到你頭上吧？」

卓映辰再思考片刻，感覺似乎真有幾分道理。他摟著詹悅然親了一口：「嗯，我老婆還真聰明。」

一旁的卓逢時嘟嘴反問：「剛剛爸比才說媽咪不讀書的，可是不讀書，怎麼又聰明？」

卓映辰哈哈大笑。「對、對。因為爸比太笨，才會以為媽咪沒讀書，其實媽咪跟你是最聰明的啦。」

一家三口的熱鬧笑聲充盈了整間手機維修店。

●

大多數情況下，老婆若是疑心老公有外遇，通常是因為發現他的生活裡「多了點」什麼。也許是手機裡多出了好幾筆陌生的通話紀錄；每天多出了大量的加班時間；常穿的那件西裝外套上多出了一根染色長髮、甚至他的身上多出了家中沒有的沐浴乳香味等等。

但對於汪海彬來說，由於特殊的職業屬性，使他造就了極度小心謹慎的處事習慣，所以他的老婆卓映萱反而是從他的生活裡「少了點」什麼，而開始察覺出異狀的。

像是她很確定老公在某個時段聊了很久的微信，但她事後設法解鎖他的手機檢查，卻總是看不到那段時間的聊天紀錄。從那上千位的連絡人名單中逐一檢視，總會發現有幾個人的通訊紀錄是永遠空白的。類似的情形也發生在電子郵件或瀏覽器的瀏覽紀錄中。

又比如老公天天開車出門上班，車上有安裝行車紀錄器。但有幾次卓映萱想翻找之前的紀錄時，卻發現老公上班時段的軌跡消失了。若去問他總是得到「忘記打開」或「沒印象」這類的回應。

以往夫妻倆會趁著週末去露營、逛大賣場或是跨縣市過夜，但這大半年來的頻率明顯減少，老公總以跨縣市談生意為由，一出門就是兩三天，娛樂開銷因此少了一大半。

說到底，汪海彬就算背叛老婆也如履薄冰，很難從生活裡抓到他「多了點」什麼的馬腳。真要說的話，頂多就是有幾次他接到手機來電，宣稱這是生意上的連絡後，隨即快步走往客廳陽臺講電話——還不忘緊閉落地窗同時面朝內警戒——此時他通話時的表情總是「少了點」過往的從容，「多了點」罕見的笑容。

大半年來的朝夕相處，這些點點滴滴的「少了點」，積累出如山高的不安與疑惑。加上女人的第六感、無止盡的自我折磨，最終鑄就了她不得不監聽老公的堅實動機。

「這些……不是啊，大姊，這些東西就算拿去報警，也算不上證據啊。」卓映辰聽完她的陳述後，苦笑道：「假如都是這種『少了點』的推測，人家說不定會以為是妳疑神疑鬼；那還不如『多了點』什麼，好歹拿出來當證據呢。」

原本卓映萱是打算等到週四，女兒汪妍秀得上全天課時再來找老弟。但今日下午，汪海彬傳訊表示週四一早要南下赴個飯局，順道跟幾個貿易商搏感情，最快週六晚上才能回來。她認為這是抓包良機，於是她只好趁著女兒午睡的空檔，直接跑來老弟的店裡商談對策。

只是聽到這不以為然的回覆，總覺得有些推託成分在裡頭。卓映萱嘆了口氣，點開手機相簿，遞了過去：「多了什麼？我昨天下午拍到這些，總夠了吧。」

卓映辰拿過手機，一張張仔細瞧起。從取景角度來看，應該是老姊躲在對街車裡，偷偷拿著手機拍攝的。由於隔了條四線道，效果很差，依稀只能看到汪海彬跟一名年約三十多歲的女子走在一起。兩人間在行進時保持了一段距離，也不見什麼親暱的動作，頂多有一張是兩人笑得很開心，女子左肘微微碰上了汪海彬的右上臂，最親密的接觸僅此而已。但這卻成了老姊手上的「抓猴鐵證」，讓卓映辰的頭又更痛了。

「他們最後就是走進這棟寶石利達，那女的應該就是住在這裡。」他翻看到最後一張照片，是汪海彬跟那女子走進一棟社區大樓裡。卓映萱從旁補了一句。

「這些照片……我看不出有什麼曖昧的，我跟普通女性朋友走在路上說不定也是這樣。萬一姊夫真的是跟人家談生意呢？妳可以直接問他的呀。」

「依他的個性，說不定被抓去刑求都不會說真話了，我這樣跑去問會有答案？就算不能監聽，我也要掌握他的行蹤，至少讓我知道他每個禮拜這麼頻繁地跑外縣市，是不是真的去談公務，還是一直把我當傻瓜耍？如果他從頭到尾都在對我說謊，我無法原諒他。」

卓映辰不知該回些什麼才好。畢竟他跟姊夫也沒那麼熟，不知該怎麼幫他開脫。卓映萱定定盯著他，問：「你到底要不要幫我這個忙？」

卓映辰嘆了口氣。「當然幫！姊，妳知道我一定會幫的，哪怕要被抓去關三年也甘願。可是我幫了之後呢？不就是讓你們加速離婚嗎？」

「稀罕啊，離就離啊。假如這男人對我不老實，從頭到尾都背叛我，這種婚姻不要也罷。」卓映萱決絕地說道。

卓映辰無力地搖了搖頭。「姊，這不只是你們兩人的問題，妳也要幫秀秀想想啊。單親家庭這滋味我們都很清楚。妳當年還說過，別再讓我們的下一代承受這種痛苦了，不是嗎？」

「啊！」卓映萱突然煩躁地尖叫一聲，把卓映辰給嚇了一大跳。她拍了一下桌面，怒吼著：「我不管這麼多了，就只問你一句，到底幫不幫？你不幫，我現在就出門去領錢，然後找徵信社！」

卓映辰站起身，走到店門口掛上「CLOSED」牌子，並把前半店面的主燈給關了。回到座位後，他從抽屜裡取出一支跟姊夫手上同款的小米手機，以及一支隨身碟，準備開始教學。他先說了句：

「姊夫的手機應該有上鎖吧？妳得先想辦法解鎖，然後至少有五分鐘的操作時間才能完成。」

「他是用指紋上鎖的。我今天晚上會想辦法讓他吞顆伊樂眠，再用他手指解鎖手機就行了。」卓映萱不以為意地回道。

雖然卓映辰知道大姊向來強勢，但這麼強悍過頭的回答，還是讓他心中為之一驚。於是他不再多言，開始示範怎麼啟用手機上的ＯＴＧ功能，然後關閉安全機制、放行陌生ＡＰＰ的安裝權限，設定連線ＩＰ與密碼。再來就是監控端的設定與操作。花了半個小時左右，大姊算是澈底搞懂了。

「不難嘛，我也會了。」她再演練一遍後，鬆口氣說：「我打電話問過徵信社，他們說做這個違法，要是願意多給十萬可以教我，但不保證成功。還是我老弟可靠，謝啦！」

卓映辰也只能報以苦笑。由於放汪妍秀一人在家令卓映萱不放心，於是她再次確認一些細節後，便匆匆離去了。

「喂，姊夫嗎？我是映辰哪。」目送大姊開車走後，他立刻打電話給汪海彬。

「哇，今天吹的什麼風？卓映辰先生居然會打電話給我。開玩笑啦，最近一切都好嗎？有什麼好康要分享？」彼端傳來姊夫爽朗的語氣，不時伴隨著公式化的陪笑聲。這種典型的愛裝熟、套關係商人風格，總讓卓映辰有些難以招架。

「姊夫，你今晚七點有沒有空？想跟你約個地方，有些事要當面跟你聊聊。」

「哎，好啊，聊聊很好啊，是說咱哥兒倆多久沒聚聚了？只不過今晚嘛……有點尷尬，你知道我這兩天要南下洽公的，急著加班趕資料。不如這樣，等下週哪天你方便，我直接去你店裡坐坐……哎，真不好意思，過年後都沒去走走了，我來買些滷味啤酒什麼的……。」

「不，姊夫，就今晚七點。」卓映辰以堅決的語氣說：「很重要的事要單獨跟你談，關於大姊的事。」

汪海彬一愣，收斂起嘻笑態度，口氣隨之轉為深沉：「……到底什麼事？你正經起來我都怕了。不能現在透露一些，讓我有點心理準備？」

「不行，一定要當面講。你報個方便的碰面地址，不管多晚我都過去。還有，這事你千萬不能讓大姊知道！」

●

晚間七時許，卓映辰已在指定的那家日式料理店包廂中，等上了十五分鐘之久，仍未見汪海彬現身。此處離他公司約步行三分鐘，不過他似乎真的很忙，除了預告可能會晚些抵達，還讓卓映辰先點了幾道菜。他打算一得空就衝過來吃半個小時再趕回公司加班，不然又得搞到凌晨才能回家了。

「秀秀這禮拜一直在抱怨，說她都沒好好看看爸爸的臉了。」汪海彬傳訊解釋道。

如此急就章的吃法，對這樣一桌上檔次的日式料理來說，簡直就是暴殄天物了。但汪海彬習以為常，因此卓映辰並不心急，也沒發訊催促對方，反正只要在姊夫回家前，能跟他當面說上兩句就行了。

卓映辰邊滑著手機、啃著毛豆，一邊啜飲清酒等待。清酒入喉那瞬間，些微嗆辣、甘鮮的口感，勾起了他腦海中關於老姊大喜之日的回憶：

記得當時的親友桌上雖然提供了紅酒跟啤酒，但有個叔公剛從日本旅遊回來，自帶兩瓶清酒，熱情地為同桌賓客都斟上一杯。那時常溫的口感可不比現在這溫過的恰到好處，他喝了一口後就擱下了。不到半分鐘，有個小孩轉菜盤轉太快，沒注意到燉菜盤上伸出桌緣的湯匙，一柄掃倒了清酒杯，把卓映辰的西裝下襬都給打濕了，那可是他衣櫃裡唯一的一套西裝呀……接著，他腦海裡的畫面跳接到大姊婚禮的前二天晚上。

當時他從乾洗店剛把西裝拿回來，在臥室的穿衣鏡前試裝。卓映萱坐在床邊，神色有些緊張不安。她下午時才去參加了婚禮場地的彩排。

「你後天能不能代替爸爸，帶著我進場？」她看著鏡中的卓映辰問道。

「啊？」卓映辰很是驚訝。「你不是要讓我做總招待，順便看好收禮桌嗎？而且傳統規矩不都是長輩牽新娘走紅毯的，上個月舅舅有說過要幫忙了。」

「舅舅？他憑什麼代替爸爸，他到底幫過我們什麼？」卓映萱冷哼一聲，說道：「我最親的人，牽著我的手把我託付給未來的丈夫，這儀式對我來說很重要。我最親的人是你，有什麼放不下的也只有你，不是嗎？」

卓映辰毫不猶豫地點了點頭。「好啊，沒問題，老姊吩咐，我絕對照辦。」說完他整好西裝，轉頭朝鏡子擺出幾副兇狠表情。

卓映萱莞爾道：「幹麼呢？是叫你跟著上紅毯，又不是去打架。」

「不是啊，把新娘交給新郎的時候，不都要跟對方交代幾句場面話嘛。我在練習那場戲。」

「就隨便說個百年好合、永浴愛河之類的老套啦，還要練習什麼鬼戲。」

「喂，我是你親弟弟耶，又不是路人甲，哪有這麼隨便。一般都是呢，把妳交到新郎的手中後，我就死死地盯著他的眼睛，像是看著殺父仇人那種表情，一字一句地對他說——」卓映辰瞇著眼、蹙著眉，握緊右拳擱在胸前，故做深沉的語氣說：「我現在親手把我姊交給你了。但你給我聽清楚，你以後要是敢讓我姊掉一滴淚，不管你躲到天涯海角，我會去找你，我會找到你，我會扁死你！」

卓映萱笑倒在床上，險些岔了氣。她高喊道：「卓映辰，你夠了喔，三八到有剩耶！是八點檔看太多嗎？拜託你不要在我的婚禮上，給我講這些有的沒的，把我們卓家搞得超級丟臉好嗎？」

忽然間，包廂門被拉開，回憶畫面瞬間消散。只見服務生領著汪海彬走了進來。大半年不見姊夫了，他臉上的皺紋多了些、身材胖了點，髮際線也向後退了些。但依然不變的，是他的整齊著裝，那身深灰色手工西裝、淡藍筆挺襯衫搭深藍色波紋領帶，左胸前的口袋露出白色胸巾的三角摺緣。哪怕只是跟三兩好友在路邊攤吃頓飯，他永遠都是這般如接待VIP的光鮮模樣。

「抱歉，映辰，來晚了。你先吃點沒？」汪海彬以向老友問候的誠摯語氣招呼著。

卓映辰微笑道：「沒關係，我沒那麼餓。一起吃吧。」

先前預點的菜差不多上齊了，汪海彬也不客氣，夾起炸蝦天婦羅一陣狼吞虎嚥。「我等等八點還要回去開個視訊會議。週四一早就要下南部，會議全給我挪到這兩天，中午都沒休息，這還是我今天的第一頓飯呢。」

雖然時間有點趕，不過卓映辰還是打算先隨意寒暄一下，探探「南下出差」的真實性，也免得開門見山切入正題會太尷尬些。他幫忙添了白飯遞給姊夫，一邊問：「一般外貿公司到第三季時不都比較輕鬆點嘛，怎麼姊夫還忙成這樣？」

這說法是他為了找話題而隨口胡謅的。他既不了解這產業、也不清楚姊夫的實際工作內容是什麼，只大概知道是國際貿易、報關通關那類的。

汪海彬搖頭回道：「幹我們這一行的，哪來的淡季旺季？基本上全都看客戶需求，就算他老哥七月想在客廳堆雪人，我也得幫他弄一卡車的積雪過來。」

「喔，我們之前一直以為，你是做公司對公司的那種貿易。」卓映辰說。汪海彬創業時，他跟詹悅然曾拿過他的第一版名片，理所當然地這麼想像著。

「這麼說，也不是完全不對啦。我公司人不多，但業務倒是挺雜的，從B2B、B2C甚至O2B或O2C都做。」汪海彬自嘲道：「不過我們的主力業務，還是以高級客製化海外代購為主，比較通俗一點的說法，叫國際掮客啦。」

一連串術語讓卓映辰聽得似懂非懂。汪海彬又花了幾分鐘解說後，他才大概摸清些輪廓。簡單來說，他之前做的是跑單幫，主要是跑東南亞與中東地區，之後隨著人脈愈廣、業務漸增，他跟另一名單幫客「一米勞」，出資籌組了「四海通」有限公司，目前本地員工有二位，國外約聘人員三位。

令卓映辰訝異的是，早在汪海彬跑單幫時期，他就搏得了「萬能阿海」稱號，甚至有個「從新愛鳳到兵馬俑、龍涎香到重機槍」的攬客口號。而迄今最讓他印象深刻的一單業務，就是代表越南河內的客戶，跑去跟索馬利亞的海盜談判貨船船員的贖金。

「姊夫你的業務範圍還真包山包海啊！真的連軍火都能搞得到嗎？」卓映辰驚奇地問道。

汪海彬神祕一笑。「這個……業務機密啦，我不能跟你說太多，以後有機會再當故事講給你聽。反正那買家不在臺灣，你跟你姊不必擔心我會去吃牢飯。」

「那……大姊她知道這些事嗎？」

「我怎麼可能讓她知道啦！你以為搞軍火很可怕？我隨便都可以舉出十種比它更危險的業務。世界上有誰會希望妻小接觸這類破事啊，她們的小心臟會受不了吧。」汪海彬喝口清酒，邊苦笑道：「我哦，是這麼想啦，趁年輕的時候好好搏它一把，看能不能拚個財富自由，早日退休。我說映辰啊，為了你姊跟姪女的身體健康，你也會幫我保密吧？會的話這頓飯就由我來買單囉。」

卓映辰回以一笑。在那瞬間，他感覺眼前這位男人變得有些陌生。這真的是多年來跟大姊同床共枕的那個人嗎？他一直以為自己的生活圈裡，盡是為著生活汲汲營營的平凡人，但他沒想到這貌不驚人的姊夫，竟有如此冒險犯難的另一面。

只不過，自己終究還是得拿人間的小情小愛去煩他。兩人吃喝一陣、寒暄話題告一段落後，汪海彬看向卓映辰的眼光帶點探詢的意味，後者知道時機差不多了：「姊夫，現在要跟你談正事了。」

卓映辰把大姊委託他的事說了一遍。過程中，汪海彬的臉色顯得格外陰暗。聽罷後，他拿起酒瓶將兩人的酒杯斟滿，接著朝卓映辰舉了舉杯，搖頭苦笑道：「哎，你大姊真的是……敬你一杯，跟你說聲抱歉，讓你夾在中間難做人。我覺得啊，真的很沒必要拿這種家務事去煩你。」

卓映辰聽得出對方的話中之意，不過站在維護親姊的立場，他還是不得不硬著頭皮多說上兩句。「不過……姊夫，我跟大姊的感情你是知道的，我最不想看到的，就是她哭哭啼啼的樣子，當然還有秀秀……我就問問，姊夫在外面真的有人嗎？」

汪海彬注視著卓映辰的眼睛，鄭重其事地舉起右掌，略顯激動地說：「我對天發誓，結婚以來，我的心永遠只在你姊身上。我沒跟你講虛的，我也不是什麼坐懷不亂的聖人啦，有時商場應酬，難免要逢場作戲的，但我絕對不會背叛妳姊，有的話我現在就給天打雷劈！」

雖然這話說得很重，但骨子裡也很有「技巧」，同是男人的卓映辰當然沒這麼容易買單。他繼續問：「大姊這個月也偷偷跟蹤過你，不知道幾次了。她說看到你常在另一間公寓裡面逗留？」

汪海彬眼中掠過一絲驚慌神色，隨之無奈地嘆了口氣。「我跟那個女人不是你們想像的那種關係……映辰你是結過婚的男人了，我就問你，有人會大白天去找小三玩的嗎？我最近接了一單新業務，性質很敏感，也不方便在公司處理，所以在外頭設了一個臨時辦公室，那女的是連絡窗口，就這樣。」

卓映辰不得不懷疑，姊夫之所以先提起「軍火」這類敏感業務，正是為了此刻的鋪墊。他無從判斷真假。「姊夫，我又不是你公司員工，我怎麼知道……。」

「說真的啦，這單業務連我們員工也不知道，但我跟一米勞大概說過，他也知道我在外頭設個辦事處。不然光本業都快把我們兩個操死了，他哪肯讓我在上班時間老往外跑？」

「所以她說你在家會偷偷摸摸地講電話……。」

「都一樣的事。敏感業務，我不想給她聽到。我也知道窗口不該找女的，搞得瓜田李下。但這是客戶要求，輪不到我來決定。」

「……好吧，姊夫，我相信你說的是真的。」卓映辰苦笑道：「如果你也能夠像現在這樣推心置腹，跟大姊好好地談談，大家都把話說開了，就沒有一堆誤會啦。」

汪海彬一副為之氣結的神情。「我肯談啊，假如你姊問我，我一樣是這麼回答啊，但她肯問嗎？我答了她信嗎？我當然也知道，我從上海回來這兩個多月，她就沒一刻安過心，有事沒事就想著怎麼來試探我……。」

他長呼了口氣，卓映辰想幫他倒杯酒潤潤喉，但他伸手擋住杯口，說道：「不喝不喝，等等回去要開會，再喝就要臉紅露餡了。」他找服務生拿來小罐可樂，潤潤喉後繼續說：

「你也是過來人，我想你一定懂。呃……悅然是個好女人，你別誤會啊。只是我自己的觀察啦，女人大都這樣，寧可一個人在那邊瞎猜、折磨老公也折磨自己，非要把一個好好的家，弄得跟八點檔一樣悲情。你要我主動跟她好好談？她還認為你作賊心虛，先來給她打預防針了。所以說，要是時機不到，我真的怎麼說、怎麼做都是錯，唉。」

這話說得卓映辰有點同感，一時間還真不知該怎麼反駁了。他拿起酒杯啜一口，訥訥說道：「姊夫，以後要是有什麼我可以幫忙的地方，傳個話還是幫忙解釋之類的，也可以跟我說。還有啊，要是大姊知道我偷偷跑來通風報信，八成要斷絕姊弟關係了，所以這件事請保密。」

「映辰，你也不容易啦。你今天來找我，我真的很感激，真的。」汪海彬誠摯地答應了。

「我跟你說這些，並不是要你跟大姊玩諜對諜，而是希望能消除你們之間的誤會。我一直覺得姊夫你是好人，很希望你們兩人能一起好好走下去。」

汪海彬為之動容，他鄭重地點了點頭。「我會的。她想在我手機上裝什麼、怎麼來試探我，我都接受。你就幫她裝吧。」

卓映辰心想，姊夫是見過大風大浪的人，應該知道手機被監控後能做到哪些事，也沒必要再一一提點了。眼看時間差不多了，兩人結完帳離開餐廳。

「那我回公司加班啦，你喝酒了，搭計程車回去吧。」分別前，汪海彬對他說：「還有，那天你把你姊親手交給我的時候，你對我說的那些話，我從來都沒忘記。」

卓映辰用力地點了點頭。不知怎麼，突然有種想哭的衝動。不只姊夫沒忘，他自己也不會忘記。記得他在大姊婚禮的前一晚，還特別看了《教父》電影，想好好演練耍狠的表情與臺詞。沒想到婚禮當天，穿上正裝，在櫃檯前送往迎來，眼看現場有這麼多賓客，沉浸在典雅隆重的氛圍中，他反而有點怯場了，那麼中二的恐嚇宣言還真的說不出口。

於是在神聖的〈結婚進行曲〉樂聲中，卓映辰帶著大姊走完紅毯，交到姊夫的手裡時，他只是微微地鞠了個躬，說道：「大姊是我唯一的親人，未來請好好照顧她……。」最後幾個字他沒說完，因為哽咽地說不出聲了。大姊當場流淚，不顧規矩地掙開新郎的手，趨前用力地抱了他一下。「……你也要好好的，知道嗎？」她在他的耳邊快速輕聲地說。

預期今晚的話題會比較尷尬，因此卓映辰便點了一大瓶清酒，盤算兩人喝得微醺時，更能放開胸懷暢談。不過用餐時汪海彬只意思意思地喝了兩杯，大半瓶反而都給卓映辰喝下肚，估計要是現在被酒測都能破零點五毫克了。

離開日式料理店後，卓映辰本想叫輛Uber代步，但恰好詹悅然傳訊來問他何時回家。了解情況後，便讓他在原地等著，反正兒子已經睡了，她可以開車來接他，省下一筆車資。

卓映辰走到路口等待。微涼的夜風撲面而來，驅散些許酒意，他還能穩穩地走段直線。只是清酒那股後勁上來後，他覺得臉紅得發燙、頭也有點發暈。他就近找了個人行道的阻車石柱坐了下來。

不遠處的機車停放格，有一對年輕男女正吵得臉紅脖子粗。男的已戴好安全帽坐在機車上，女的則是拎著安全帽站在人行道，看來這場罵戰是在上路前爆發的。兩人的情緒都沸騰到頂點，完全不管是否有旁人，卯足勁用最高音量相互咒罵，揭開彼此最私密的瘡疤。

此情此景讓卓映辰似曾相識……十多年前，他也曾跟大姊這麼當街大吵過。那也是有生以來，姊弟倆吵得最兇的一次。

那天是七月一日，大姊大學聯考的第一天。他很想去陪考，儘管大姊以距離太遠婉拒了，但他還是想趁中午時搭公車過去給她個驚喜，順便帶上兩瓶她最愛的水蜜桃冰茶好提神。

由於對考場那一帶不熟，他決定去自家附近的便利商店採買。再來也是因為大姊一直在那兒打工，所以他盡量過去消費，希望能幫忙增加點營收。只是當他一踏進店門，習慣性地看向櫃檯處，突然愣住了……

大姊居然正穿著超商制服站在櫃檯後，忙碌地為顧客結帳！

「妳……妳沒去考試？」卓映辰心中震驚，快步上前質問。

卓映萱看了他一眼，淡淡回道：「不考了。你要結帳的話到後面排隊，不要影響客人。」

卓映辰沒聽勸，提高音量道：「妳不是說過妳會去考，為什麼要騙我？」

卓映萱變了臉色，低聲罵著：「神經喔，不要在這裡吵，有話回家說。」

但這話不起作用，她的弟弟仍然氣呼呼地堵在櫃檯前要個交代，不肯離去。另一位正在補貨的店員見狀，對卓映萱使了個眼色，走過來接手結帳作業。她臉色難看地走出櫃檯，硬把卓映辰給拉出店外。

姊弟倆就這麼在人行道上吵了起來。

「白痴啊，你幹麼跑來店裡吵？要是這份工作沒了，我們又至少得啃半個月吐司了，你忘了嗎？」卓映萱罵道。

「妳明明說過要去考試的，為什麼不去？」卓映辰怒氣沖沖地吼著。

看到弟弟快失去理智的模樣，當街不顧形象地咆哮，卓映萱不得不再用力扯著他往遠處走，直到機車停車區。

「考或不考有差嗎？就算我考上了，哪來的錢去讀？我特地跑出門考兩天給你看，還不如來打工賺錢付房租，比較實在不是嗎？」卓映萱沒好氣地說道。

卓映辰吼道：「我說過，妳不要考慮我，妳就去上妳的大學，不要再說為了要省錢給我上大學，我不要妳這樣犧牲。沒錢讀書，不是可以申請助學貸款嗎？」

卓映萱好氣又好笑地回道：「助學貸款幫你付完學費，然後呢？住宿、教科書、交通費，每天吃的喝的，誰來付？我去外地念書，然後這邊的房租水電誰來付？」

一觸及這些現實問題，卓映辰的氣勢也減弱幾分，他恨恨地跺腳吼了聲，轉過身去。過半晌後問道：「妳不是跟我說，舅舅跟舅媽要贊助到妳畢業嗎？我自己可以去打工，用不著妳操心。」

「切，那都是騙你的。」卓映萱冷冷一笑，說道：「舅舅他們不會幫我們什麼的，別做夢了。媽那邊的親戚看到我們就跟見到鬼一樣，躲都來不及了，還那麼好心幫我們付學費？」

卓映辰一臉苦澀地看著大姊，搜索枯腸想辯駁幾句，但無言以對。卓映萱看著他，語氣放軟道：「映辰，我知道你為我著想，謝謝。」

「反正我不喜歡念書，念不念大學沒差別。可是你成績那麼好，可以的話繼續往上念，畢業後找個好工作，到時你再來救濟大姊，這樣我們才更有機會，不是嗎？」

他忘記當時自己是怎麼回答的了，但他終究是接受了大姊的犧牲。她找了份餐廳外場工作，也繼續在便利商店兼差，供著讀私立科技大學的他。

糟糕的是，畢業後的他只找到一個月薪兩萬三的工作，做了兩年多便離職創業，向大姊借了一百萬開了電腦維修店。但時機不好、地段不佳，一年半後把店給關了，連本錢都沒能回收。之後他又硬著頭皮，向大姊跟姊夫借了一百五十萬，開了間手機維修店。

五年之後，他總算連同前債都還清了，但他始終沒達到自己想回饋大姊的初衷，她連一分利息都不肯收。一直以來，其實都是大姊在「救濟」這個無能的弟弟……

附近突然傳來「砰！」的一聲巨響，打斷了他的思緒。他抬頭看去，只見那吵到興頭上的女孩，氣沖沖地把安全帽使勁摔在地上，頭也不回地走開了。那男孩也沒出聲慰留，自顧發動機車，臭著臉往反方向逆行騎遠了。

此時，一輛黑色小客車停到他面前。

「先生，看戲看夠沒？」詹悅然降下助手座車窗，語帶戲謔地喊道。

卓映辰回過神來，這才發覺雙頰已淌著兩行清淚，聲音也變得哽咽。他朝老婆揮了揮手，站起身深呼吸幾次才緩了過來。酒喝得太多的副作用之一，就是會變得太過多愁善感。

他開了車門坐進助手座。詹悅然邊開車邊問：「姊夫怎麼說，沒當場把你給揍一頓吧？」

「怎麼可能。姊夫是紳士，哪會動手動腳的。」

詹悅然冷哼一聲。「會背著老婆在外面偷吃的，哪是什麼紳士？叫牲口還差不多。」

「還好妳沒當法官，不然一定有一堆網友搶著排隊罵妳恐龍。事情要聽兩造說法，才能下結論嘛。」卓映辰苦笑著，把姊夫的原話給轉述一遍。

「什麼！鬼鬼祟祟講電話是為了公務？因為公事太敏感所以在外面租辦公室？」詹悅然一臉不敢置信的神色，失聲道：「天啊，這些鬼話你照單全收啊？你回家說一遍給卓逢時看看，連他都不會相信好嘛。喂，你不會跟我說，你信了吧？」

「……不知道。」卓映辰無奈地搖搖頭。

詹悅然嘆了口氣。「老公啊，大姊那邊的家務事，你已經仁至義盡了，到此為止，別再攪和了好嗎？之後會怎樣，就看他們自己的意思了。萬一到時兩邊和好，你就是豬八戒照鏡子，裡外不是人了。」

卓映辰也只能苦笑。回到家後，他先去洗澡，一出浴室就接到大姊的來電：

「弟，睡了嗎？」

「沒，怎麼？」

「我把程式裝上他手機了，可是我這邊怎麼弄都沒反應。」

估計姊夫這時應該也才剛到家，卓映辰對大姊的超高效率頗感意外。「妳確定他那邊的程式都安裝正確，有重新開機了？」

「都檢查好幾遍了，沒問題的。」

「姊夫沒在旁邊嗎？他肯讓妳這樣玩他的手機？」

「他在沙發上睡死了，管不了。」大姊以得意的語氣說：「他從上海回來後都睡不好，有去看身心科拿了安眠藥，我放半顆到牛奶裡。剛剛他一回家窩在沙發上，我就讓他喝下了，現在拿棍子打他也不會醒。」

「好吧，那妳開擴音，然後把妳手機上的畫面擷圖給我，我來看看……。」卓映辰指示著。

仔細檢查相關設定後，他發現由於大姊、姊夫兩人用的都是家中Wi-Fi連線，同一個對外ＩＰ導致程式在連線時報錯，因此把姊夫的手機改設成４Ｇ連線便解決問題了。之後卓映萱又再問了幾個錄影、錄音與定位等設定，這才滿意地收了線。

當晚臨睡前，卓映辰躺在床上，不禁想起：如果姊夫真的有外遇，那要怎麼在不被大姊懷疑的情況下，既把手機帶在身邊、但又不被抓個正著呢？一陣胡思亂想後，他沉沉睡去。

那一夜，卓映辰夢見了自己化身成寓言裡的那隻蝙蝠，在動物與飛禽的戰爭中，由於試圖兩邊討好，結果最後卻給踢出雙方陣營，永遠得棲身在黑夜中了。

●

「清官難斷家務事！」打從那晚偷偷跟姊夫見面、指導大姊安裝木馬程式後，詹悅然幾乎天天都把這老掉牙的諺語掛在嘴邊，卓映辰也足足有大半個月沒敢跟大姊連絡了。雖然他難免會好奇，大姊究竟會看到、聽到些什麼、而姊夫又是怎麼諜對諜的。

當然就他自己而言，最不希望見到的，就是大姊哪天突然跑來告訴他，要跟汪海彬離婚了。如果她的家庭最終走向破裂，那自己肯定是功不可沒的幕後推手。

毫無預警地，今天下午四時許，卓映萱突然走進了他的手機維修店內，使得卓映辰心中一驚。不過當時他正忙著幫客人的手機貼膜，只朝她點頭招呼一下。她耐心地坐在候客椅上等待。

卓映辰的工作不太順利，重複貼了兩次螢幕貼後，罕見地出現了好幾個氣泡，逼得他又再撕起重貼、拿著塑膠卡片又推又刮的。十多分鐘後，好不容易才完成作業，足足比平常多花了三倍的時間。

客人一離開，卓映萱便走到櫃檯邊，遞來一杯超商咖啡。「還忙嗎？聊個十分鐘，我就要去接秀秀了。」

「嗯。」卓映辰點了點頭，心中七上八下的。卓映萱的下一句話，隨即把他的心給吊上半空。

「我說，我在手機上裝監控程式這事，你是不是先跟汪海彬報過信了？」她問道。

「……怎麼這麼說？」卓映辰不安地眨著眼睛反問。他之前早想過該怎麼回答這問題，他覺得用上這種不置可否的反問句，就不算欺瞞大姊了。

卓映萱煩躁地長嘆了聲，說：「不然就是那程式太不夠力了，不好用。我是可以看到文字訊息跟定位啦，可是監聽、監看的效果就很差，常常什麼都聽不見、再不然就是模模糊糊的……。」

她表示，這當中聽得最清楚的，就是汪海彬老是喃喃地抱怨著，這手機不知怎麼反應變得很慢、又特別耗電。有幾次他似乎受不了了，把手機擱在車子裡。其他時候，這手機似乎跟汪海彬離得有些遠，回傳的影像、聲音效果都很差。所以她猜想，是不是汪海彬已有所防備了。

「那……之前他說的去南部出差呢？」卓映辰問道。

「那次倒是真的去談生意，沒啥問題。」

卓映辰鬆了口氣，笑道：「那看來真的是大姊妳自己在疑神疑鬼嘛。姊夫應該洗清嫌疑了吧？今天是要問怎麼移除程式囉？」

卓映萱搖頭說：「沒那麼簡單。我偏偏覺得，這樣才更可疑，這手機用得……實在是太乾淨了。而且自從我在他手機上裝程式後，那些鬼鬼祟祟的微信、電話都沒再打來了，有這麼巧合嗎？」

卓映辰聞言，差點沒摔下椅子。「我說大姊啊，妳就是一定要確認姊夫有外遇了，才會安心嗎？所以一開始我才不想幫妳裝那程式的。」

「是他藏得很深，反正我一定會抓到他的狐狸尾巴。」憑藉著女人的直覺，她還是認為其中大有文章。「我今天來是希望跟你測試一下，看看是不是我的手機有問題。再不然就是距離太遠、４Ｇ不太穩？算了，別說那麼多，你上次那支手機拿出來，試試看吧！」

卓映辰沒奈何，只好拿出裝有木馬程式的手機，連上網路後讓卓映萱進行測試。她特地跑出店外、切回自己的4G連線來監控，但一切都很正常，讓她很是納悶。

「好啦，我現在去接秀秀，之後有什麼問題再找你。」眼看時間差不多了，卓映辰又有些意興闌珊的模樣，她先向他致謝後，又說道：「辛苦你了，一直要你幫這幫那的。不過這種事，我真的找不到誰可以商量的。」

「不要這麼說啦，大姊。不管妳需要幫什麼忙，只要說一聲，我絕對二話不說。只是這次還牽涉到你們倆口子的感情事，比較敏感啦⋯⋯。」

「算了，反正你不知道的事很多。先這樣了，拜拜。」

卓映萱不想再多做解釋，卓映辰也只能目送著她心煩意亂地走出店外。

●

八月一日，卓映萱發現了汪海彬的第二支手機。

卓映辰對這個日子的印象十分深刻，因為一週後三星要發表最新款的Note系列手機，他得提前向中盤商調度相關周邊，也順便向水貨商打探能否提前拿到幾支配額。由於品牌死忠客戶不少，如果真可以拿到手，就能比官方訂價加兩成轉賣，對當月業績不無小補。

就在他正陷入LINE、電郵跟傳真的漩渦中，忙得不亦樂乎時，就看見大姊一臉愁容地走進店內。

卓映辰這一週放鬆下來的心情，登時又變得緊繃起來。他豎掌比了個稍待手勢，大姊識趣地坐到候客椅等待著。等他手邊的事告一段落後，卓映辰泡了杯茶遞過去，大姊接過喝了一口，沉聲說道：「我終於知道，怎麼總是抓不到汪海彬的狐狸尾巴了。其實都是因為你！」

卓映辰本就心虛，聽這話更是一驚，差點沒把手中茶盤摔落在地，但仍強做鎮定反問：「……幹麼啦？又關我什麼事了？」

卓映萱幽幽嘆了口氣。「你還記得嗎？過年時我們全家特地來拜年，汪海彬說要給你發個利市，就順便買了支咖啡金色的二手機當備用機。他後來就拿著當作小三專用的連絡機了。難怪我監聽他常用的那支小米手機，什麼都聽不到！」

卓映辰暗暗鬆了口氣，好險沒真被大姊抓到自己的狐狸尾巴。

原來，卓映萱不管怎麼設定ＡＰＰ，遠端監看、監聽的效果都很差，其他功能卻都正常，她因此起了疑心。昨天早上便趁著去區公所辦事時，順道繞去汪海彬的公司探班，但公司同事卻告知他一早打完卡便外出洽公了。最詭異的是，卓映萱隨即查看他的小米手機定位，此刻卻顯示他人還在公司這裡。

出於女性直覺，卓映萱立即聯想到那小三的寶石利達公寓。於是她立即搭上計程車前往，約十來分鐘的車程，離目的地還有三十公尺左右，她就一眼認出停在路邊的那輛黑色凌志休旅車。

「還真的跑來這裡……。」她的心頓時涼了半截。看來汪海彬已經識破了她的小把戲，而且明目張膽地在上班時間就跑來偷情。她躲到車子後方的人行道配電箱旁，打算今天把話全給說開，要是他跟小三下來開車，她就當街喝破，讓那兩人難堪。

「這……不要這樣做啦，搞得全世界都很難堪吧。」卓映辰咬著下唇說。

卓映萱瞥了他一眼，冷哼道：「都到這地步了，面子還很重要嗎？」

卓映辰無奈地聳了聳肩。「然後呢？」

可惜的是，在大街上苦等了四十多分鐘後，只等到汪海彬一個人走出來，沒給卓映萱親身演繹八點檔狗血戲碼的機會。為了蒐集確鑿證據，她暫時忍住衝上前對質的衝動，改而撥通他的手機號碼。當她看見他拿出那支咖啡金備用機接聽時，登時明白一切了。

他應該是懷疑老婆在自己的小米手機上做了手腳，所以上班時跟小三連絡都改用另一支手機，小米機就擱在公司裡，等回家前再交換過來。而為了避免上班時老婆撥打舊手機號碼找不到人，他還設好了指定轉接，確保另一支手機上的來電、訊息也不漏接。

卓映辰猜想，這應該是姊夫所能想到的最佳應對之道了。只是這對大姊來說，未免太過小兒科了些。「那還有什麼好苦惱的，妳就想辦法找到那支手機，也裝上木馬程式啊，這樣不就解決了。」卓映辰說。

卓映萱白了他一眼：「還用你說，老娘是科技白痴，不是生活白痴好嘛。當然要來個將計就計，再裝它一次。」

於是凌晨時分，卓映萱故技重施，待老公吃點安眠藥睡死後，便跑到地下室機械車位，鑽進黑色凌志車裡找手機。果然，她在排檔桿旁的水杯架上找到了，但當她將其開機後卻束手無策。汪海彬設定了螢幕解鎖密碼，她嘗試了兩組他慣用的密碼卻都解不開。為了避免打草驚蛇，她不敢再繼續試下去，只好訕訕地關機。

但心有不甘的卓映萱，轉而在車內尋找各種可疑的「線索」。她翻找了所有的置物箱、檢視所有座墊上的毛髮，甚至嗅了嗅空氣濾清器的氣味……最後她啟動了行車紀錄器，總算有點收穫了！只是聽完這段內容後，反而更讓她坐立難安。

「是錄到了什麼，居然會讓妳這位女特務感到不安？我還真有點好奇呢。」卓映辰語帶諷刺地問。

「你自己聽聽看就知道了。」卓映萱面色凝重地說。她點開手機上的影片播放ＡＰＰ，找到了七月三十一日的影像檔案。

卓映辰湊過去一瞧，那段影片是在車輛停止時所錄製的，鏡頭定定地對著前方車尾，右方是紅磚人行道，左邊則是車水馬龍的大街。

他猜想，自從上次碰面後，姊夫變得更加小心，知道把電子紀錄全清空反而會惹來懷疑，於是懂得技巧性地「留白」了。像是在清除行車紀錄器的內容時，會故意留下幾個專供老婆檢查的片段，但這場聊天是在路邊停車後才發生的，他應該是忽略了這段插曲。

影片中汪海彬與另一個女子在對話，但都沒錄到兩人的身影。畫面中時不時地一陣煙霧繚繞，或許有人在抽菸，因此車窗給開到最大，在外頭背景噪音的干擾下，這段錄音聽得不是很清楚，但兩人明顯不是在談情說愛，而是在激烈地爭論著。

卓映辰反覆聽了幾次，但還是聽不懂兩人在吵些什麼。只知道那女子是在汪海彬停好車後，從後方人行道坐進駕駛座後方。兩人為了要按照原計畫或提前執行某事的意見相左，汪海彬說事前調查還不夠，另一女子則說再怎麼調查也沒用，不能空等下去了。

卓映辰注意到女子操上海口音，也用上了許多特殊詞語，像是「狗日的」、「抓緊完成」、「軟硬件」、「協作攻關」等等。

由於收音很差且不知前因後果，這段約七分鐘的對話只能斷續聽見幾個字，姊弟倆都是一頭霧水。不過到了影片最後，只有汪海彬以下這段話錄得最為清楚：

「……我有沒有在做事，妳可以檢查啊，這幾天我東奔西跑的，清單上面的東西全給妳準備好了。妳好好看看，真要的話咱們今晚就去闖嘛……。」

為什麼這段話被錄得特別清楚？卓映辰猜想，汪海彬這時的臉應該是湊近了行車紀錄器，結合此話內容，最有可能的是他正傾身打開後車廂的開關。

後車廂裡面的東西，才是大姊憂心的根源。卓映萱看穿他的想法，收回手機後點開相簿，展示了一張照片。那是她聯想到凌志後車廂可能藏有什麼東西後，於是決定把車子開出機械車位，搜尋一番所拍下的「開廂照」。

後車廂深處，有個大型黑色運動背包。裡頭裝滿了多種化學品與工具，包括鋁粉、氧化鐵、鎂帶、鋁箔紙、開鎖組、手套、夜視鏡、鐵撬、剪線鉗、登山繩、獵刀、甩棍跟電擊槍等。

裡頭的最後一樣物品，似乎暗示了這堆東西的用途。那是兩個俗稱強盜面罩的黑色滑雪頭套。

卓映辰明白了。這回大姊所憂心的，是從單純的「外遇」升級成「鴛鴦大盜」的狀況。看到這樣的陣仗，他也很難說服自己這些會是「談生意」的道具。

打從在汪海彬座車的後車廂內，發現了那批令人不安的裝備後，卓映萱的外遇偵察計畫，也開始朝詭異的方向發展。經她苦思多時得了個結論，汪海彬應該正與小三合謀，籌劃一個完美的謀殺案，好除去自己甚至女兒，以便正大光明地與小三雙宿雙飛。循這思路，他過去種種的鬼祟舉動，頓時就變得很合理了。

當然，站在親弟的立場，卓映辰聽到這種超越好萊塢懸疑劇本的假設，也只有吐血三升了。他強力建議卓映萱主動去問個清楚，兩人開誠布公地說明白。但她擔心這麼做會打草驚蛇，說什麼也不肯，更拒絕卓映辰當中間人的提議。

「這事你先別管，既然沒辦法在手機上裝程式，那我就直接去買幾個竊聽器，裝在他車上跟辦公室裡面。我有上網去找過，很多商城都有在賣。」卓映萱說道。

卓映辰大翻白眼，雙手一舉做投降狀，嘆道：「……我真的不知道，妳跟姊夫已經發展到相愛相殺的地步啦。不過說實在的，我覺得，姊夫不會是向家人下毒手的個性，這次妳絕對是想歪了。」

卓映萱冷冷地回道：「我管他是不是這樣，反正為我自己跟秀秀先做好防範，總是沒錯的。從現在開始，我會把自己的行蹤、照片、錄音內容還有遺書都即時同步到雲端，如果我真的遭遇什麼不測了，你就用這些資料來揭發汪海彬，懂嗎？」

卓映辰一整個哭笑不得。但在卓映萱鄭重其事的託付下，他不得不勉為其難地同意了。

然後，就來到了八月六日那天。那個一不經意掠過腦海，總讓人心如刀割的日子。

那天是禮拜二，「911即刻救機」店裡的營業狀況，跟平常工作日沒多大差別。早上做點店面清潔、貨品整理的工作，處理婆媽顧客的問題，吃完中飯後若沒有待修急件，也許會追個劇或偷打個瞌睡什麼的，等著五、六點的下班高峰，看看會不會有手機摔在馬路上的倒楣鬼趕著來送修。

將近五點的時候，他突然接到卓映萱的電話：

「映辰，我有事走不開，你能不能先幫我去接秀秀？」她急促地說道。

話筒那端能清晰地聽見車水馬龍的背景音。「妳在開車嗎？」

「我停在路邊監視著汪海彬，他們今天怪怪的，我一定得看著……你可以去接秀秀的吧？哎，那女的好像就是狐狸精……先這樣，我會盡快回去。」

沒等卓映辰回答，電話已經掛斷了。他看著回到主頁的手機畫面，心中五味雜陳。大姊似乎是走火入魔了，整天自顧在扮演著被害者兼特務，處心積慮地對抗著假想敵，也就是她的老公，或許還有個不存在的小三。

到底一樁單純的家務事，為什麼會演變成這樣呢？這時候卓映辰反倒希望汪海彬是真的有外遇，用ＳＯＰ處理會容易得多吧？不過他沒時間抱怨，若要趕在五點半前抵達秀秀的學校，現在就得出發了。

所幸今天沒有上門取件的工單，機車內也留有一頂卓逢時的兒童安全帽。於是他關燈鎖門，掛上暫停營業的牌子，然後跨上機車往豐原方向騎去。

他抵達瑞穗國小時已經五點四十分了，還好汪妍秀仍乖順地等在校門長廊區。由於之前卓映辰曾來幫忙接過三、四次，帶隊老師還有點印象，稍加確認後便放行了。

他載著秀秀騎往大姊的透天厝。但在停等紅燈時，秀秀拿著一個硬物敲了敲他的後背。他轉頭一看，是哮喘用的吸入器。

「小舅，我的吸吸樂快沒了。」她輕聲地說道。

「家裡也沒有了嗎？」

她搖了搖頭。「媽媽說今天要幫我買新的。」

「好，等等繞過去買給妳。最近還會喘嗎？」

「偶爾吧……打掃的時候，還是在外面等你們來接的時候。」

卓映辰不捨地看了她一眼。秀秀的哮喘，早從寶寶時期就開始了。卓映萱一直覺得是自身的遺傳問題，每次看到秀秀快喘不過氣的難受模樣，總會自責不已。雖然看過幾個醫生，都說長大後會自然痊癒，上小學後的發作頻率也確實少了些，但卓映萱總為此牽腸掛肚。

卓映辰在市區內繞了段路，到藥局買了兩盒吸入劑後，在六點二十分時將秀秀送到家。大門是電子指紋鎖，不必像當年的舅舅般，每天得把鑰匙當項鍊掛在胸前。秀秀進家門後，把書包一扔就大字形地癱倒在沙發上看卡通。

卓映辰跟著進門，看著她那副軟爛模樣不禁莞爾。他拿起手機想向大姊報個平安，但她遲遲沒接電話，只好先留了訊息。他跟姪女倆邊看電視、邊有一搭沒一搭聊著。一直等到快七點，卡通都播完了，大姊還是沒回來。

「妳媽以前有這麼晚回家嗎？」卓映辰問。

秀秀搖了搖頭。「她都會準時來接我，六點半一起吃飯，有時候爸爸還會早點回來。」

卓映辰試著再撥打手機，始終沒有回應，ＬＩＮＥ訊息也都顯示尚未讀取。

「小舅，好餓。你有餅乾可以吃嗎？」秀秀皺著小臉，對著他喊餓。他本想帶她下樓，到附近吃個快餐什麼的。不過兩人正要動身時，詹悅然卻傳訊過來，催著他回家吃飯，另外兒子明天要交實驗報告，得動用家裡那部老事務機，偏偏又連不上電腦……沒奈何，卓映辰只好點開空腹熊貓APP，幫秀秀點了盒排骨飯。

七點半左右，熊貓先生送餐過來了，秀秀邊看新聞邊狼吞虎嚥。卓映辰在旁送茶遞紙巾，也不忘吩咐她吃完飯後休息半小時，就要開始寫今日作業。直到七點五十分，他離開大姊的家，跨上機車準備趕回潭子。

秀秀突然從門內探出頭，對他揮手喊道：「小舅，再見！謝謝你買便當跟吸吸樂給我，我會跟媽媽說，要把錢還你。」

「這種小事不用說了啦，是小舅送妳的禮物。」

秀秀賊兮兮地笑著。「那你明天可不可以也來接我，我還有別的東西想買唷。」

「沒了啦，妳以為天天過年喔。妳趕快去吃飯，卓逢時也要我趕快回家。」

「下次來我家，要帶逢時來陪我玩哦，一定哦。」

「好，好。再見。妳這邊臉上有飯粒啦。」

卓映辰給小姪女連番的童言童語逗樂了，揮著手向她道別，直至騎到自家門口時，他臉上的笑意仍未褪。他走進家門檢查手機，才發現卓映萱打了二通電話給他，但他在騎車時沒接到，再回撥時直接進入了語音信箱。

卓映萱留了一則語音訊息，希望他今晚能把秀秀帶回自家裡過夜。但卓映辰一來覺得自家也有要事得處理、二來秀秀很乖巧不會作怪，所以也沒打算再特別跑上一趟，大姊應該不會怪自己吧。

人生總有些令人扼腕的失之交臂。那是他這輩子最後一次聽著秀秀親口說再見。他以為那只不過是個很平凡的一天。與秀秀單獨相處的那兩個多小時，他每個細節都記得格外清楚，多年以後仍然歷歷在目。

因為那天是八月六日。那個一不經意掠過腦海，總讓人心如刀割的日子。

四、天南星：In & out

兩點一到，天南星就迫不及待地現身在電視機中，拍著雙掌對兩人吆喝著。楊穎露端正坐姿、抖擻精神，打開電腦跟筆記本待命。李劍翔則是一臉懶洋洋地回道：「哎，保母午安啊，這麼急著開工？」

「晚安啊，我這裡是凌晨兩點。」天南星正色道：「我們的時間不多，延遲一分鐘都是瀆職。我有兩個好消息跟一個壞消息，想先聽哪一個？」

「先來兩個好消息，讓老李好好消化吧。」楊穎露笑道。

「行。第一個好消息是，我已經把主案『豐原一家三口血案』的電子資料都傳送到伺服器了。第二個好消息，神略已經運算出關聯度最高的五組輔案，相當順利。伺服器網址跟登入帳密都放到兩位的電腦桌面了，請查收。」

「喔，那壞消息是？」

「全部的資料量有點嚇人，換算成ＤＶＤ光碟的容量，大概有四十八張左右。光主案就有二十五張了，而且一半以上是文字檔。」天南星解釋道。不過用了太多術語，對兩人而言，等同鴨子聽雷。

「反正就是要花很長的時間盯電腦讀資料，要看到眼睛脫窗啦。是說，這哪有什麼好消息，怎麼看都是三個壞消息吧！」李劍翔笑罵道。

楊穎露啟動瀏覽器，登入伺服器一看，不禁倒抽一口冷氣。一個主案與五組輔案共六個資料夾，而每個資料夾底下又分有「卷宗」、「鑑識報告」、「證物照片」……等多個子資料夾，再點進去還依照人事時地物等衍生出更多內容，隨便點開一個最末端的資料夾，裡頭的檔案圖示密密麻麻地填滿了整個螢幕。

李劍翔懶得開電腦，滑動椅子到楊穎露的桌邊瞄了眼，也是一整個頭皮發麻。雖然他在警隊裡天天打公文寫報告的，但螢幕盯久了會偏頭痛，還是喜歡閱讀紙本的感覺。而這滿坑滿谷的資料，要是全列印出來，估計得砍掉半座溪頭森林。

「我覺得這個神略的原始概念，是不是有點問題呀？」李劍翔對天南星抱怨道：「光主案的資料量就二十五張光碟了，然後為了破案，又要再看另外五個案件的二十五張光碟？哈囉，這是整人遊戲嗎？」

天南星正色回道：「你要反過來想，主案的二十五張光碟可能一個突破口都沒有，所以才會變成懸案呀！神略的概念是，那五個輔案各藏有主案的一把鑰匙，而且它大都是從一張照片、一段影片中找到關鍵線索的，我們只要綜合這些資訊，等於握有五把鑰匙，主案就能迎刃而解了。」

「我說啊，你不是一天到晚在吹什麼人工智慧的，能不能幫忙篩選一下重點，不然這三個月全拿來看資料就飽了，還辦啥案。」

「我是建議大家先花幾天，把主案給研究透澈後，然後再一步步來分析輔案，推導出新的偵辦方向。」天南星誠心建議道。

「少廢話了，要是光看卷宗就能把案子給辦好，找大學生來就行啦。」李劍翔嗤之以鼻道：「反正你負責後勤，就幫忙在這些材料裡頭抓重點，我跑現場勘查找線索，這樣才有效率。」

「你好像忘了，上頭沒配車也沒配槍給你們，就是不希望你們去外頭跑吧。不都說好了，外勤請找轄區支援嘛。」天南星提醒。

「哼，老子是正港的刑警，就算只剩兩條腿，拿根木棍照樣跑現場。整天窩在辦公室玩電腦算啥呢。」

為了把討論導回正軌，楊穎露從旁出聲：「神略不是會依照主案的關聯度，把副案都列個先後次序嗎？不然我們就照這優先順序，一個個往下查吧。」

天南星一彈手指，螢幕上出現以下訊息：

1. 關聯度百分之九十・四五：民國一〇八年五月二十六日晚間八時二十五分忠明南路與向上路口行車糾紛
2. 關聯度百分之八十九・七二：民國一〇八年八月八日晚間十時十七分方陣廢車回收廠自殺事件
3. 關聯度百分之八十八・六三：民國一〇九年一月四日凌晨三時十分「911即刻救機」店面縱火案
4. 關聯度百分之八十八・四一：民國七十年二月五日晚間九時五分花蓮榮民之家殺人事件
5. 關聯度百分之八十七・七六：民國一〇二年十一月九日中午十二點四十六分「紫陽萬靈聖道會」與「紫玉聖宮」鬥毆糾紛

天南星開心地說道：「神略計畫執行至今，只有這個案件的輔案關聯度都在百分之八十五以上，破案率應該很高。」

李劍翔跟楊穎露翻看這五案，卻是皺著眉頭、不發一語。前者納悶道：「喂，我說這一家三口主案是發生在一〇八年八月六日吧，但其他輔案的時間也太奇怪了，一〇二年、一〇九年的先不說，還有一個發生在七十年的，是在搞什麼？」

天南星偏頭再確認一次。「沒錯，這民國七十年的殺人事件已經結案了。因為涉案雙方都是榮民，當時的工作小組覺得有參考性，所以優先數位化，神略才能撈得到資料。」

李劍翔朝自己的太陽穴做了個開槍手勢，誇張地栽到在桌面上。楊穎露笑道：「老李的意思是，發生在一〇八年的臺中血案，怎麼會跟三十八年前的花蓮殺人案扯上關係了？」

天南星聳聳肩，說道：「這就得靠咱們去找答案啦。」

「你還是沒針對問題回答啊。」李劍翔嘀咕道：「既然是從警方資料庫撈出這陳年老案的資料，應該沒有什麼保密來源的必要吧？你可以直接告訴我們為什麼這案子會跟主案相關聯？」

「反正趙科長的意思是，這次的研究計畫，不能揭露輔案的關聯原因，大數據分析其實也挺耗資源的，我就沒把神略的這個選項設成可見了。」天南星執拗地回道。

李劍翔氣得牙癢癢地，罵道：「這什麼鳥系統，完全不科學嘛！工作量加五倍，還要自己找為何相關聯？然後你跟我說有助於破案？」接著轉向楊穎露道：「我看，還是照我的方法來比較有效率。我回局裡打聽一下，看能不能找負責的專案小組來聊聊。」

說罷，李劍翔站起身，拿起椅背上的夾克走出門外。

天南星雙手一攤，無可奈何地與楊穎露對望了一眼。

●

李劍翔走到外頭的辦公區，挑了一個內側角落的位子，把上頭的防塵塑膠布拉開後，再把兩張辦公椅相對擺正，以半躺臥的舒服姿勢安頓下來。

他其實沒真想頂著大太陽到外面亂跑，只是總覺得待在那個小房間裡，無法定下心來。一看到那堆長篇累牘的電子文檔，行政組的惡夢又浮現腦海。他原本以為能藉著這次借調重返刑警生涯，哪怕只能帶隻菜鳥奔波辦案也好啊，但要怪也只能怪自己幻想得太美好。

他無奈地點開手機連絡人，找到了廖師言的頭像，上頭還備註著「詮友徵信社」企業名稱。

廖師言是晚他兩期的學弟，也是竹南鎮同鄉，兩人交情還不錯。他在五年多前結婚後，便辭職去接手老丈人的徵信社，由於跟警界的深厚關係，讓他在這一行做得風生水起。

有些圈內的敏感事，若找這種半圈外人打聽，反而能挖掘更多內幕消息。

他按下了對方的分機號碼：

「喂，廖仔，我是李劍翔啦，最近有空出來喝兩杯？」

「哎唷，老李學長，稀客啊。嗯，我猜猜啊……是不是新單位太操了，你上班第一天就打電話給我，是不是想過來我這裡？」廖師言哈哈大笑道。

「有你的啊，這點破事也這麼清楚，你到底在警隊布了多少眼線？」李劍翔笑罵道。

「唷，完全不必打聽，消息自動送上門的好嘛。上週末從偵一到偵九、上下二十七個分隊全都傳遍了！每個都說你給借調到神祕單位，還跟一位美女警官在一間小辦公室朝夕相處，不知多麼香豔刺激，個個聽了都羨慕得要死。」

李劍翔聽了差點沒當場暈倒。「都誰在亂傳些五四三的，完全不是這樣好嗎。」邊說著，他還聽到彼端傳來鍵盤敲擊的背景音，腦海中不禁浮現廖仔正在電腦上更新八卦資訊的畫面。

「喔，那給你機會澄清一下呀，到底是在個什麼神奇單位，有沒有情資可以共享的？」

「什麼共享不共享的，你小子別害我。這不是什麼奇怪單位啦，只是有簽保密協定，現在不能跟你亂講。」接著他壓低聲音道：「我想打聽前年那件豐原一家三口命案，你有印象吧？」

聽到沒什麼新情報來源，廖仔的熱情頓時削減幾分，回道：「就是信邪教的女主人把老公、女兒給殺了，還把老公的屍體丟浴缸焚化那個？」

「嗯，沒錯。」

「檢察官不是簽不起訴處分了嗎？也不歸你組裡管的，打聽這幹麼？」廖仔納悶道。

「嗯，不能講得太詳細，反正就是想問問你，有沒有認識經手這案件的人，能找來談談的？」

「偵三跟轄區分局組了個專案小組，你自己不也認識不少人？」

李劍翔沉吟道：「……嗯，不過認識的都不在警隊啦，那幾個都升官外調了，想找你引薦幾個能當面聊聊的。」

「我應該也幫不上什麼忙啦，認識的那幾個，包括轄區分局的，不是榮退、離職就是升官外調了，嗯？」廖仔緩緩說道。

「啊？你的意思是……。」

「沒什麼意思，話就說到這兒啦。」廖仔適時打住，自顧說道：「如果我是你，就絕不會碰這件案子。表面看很單純，但裡頭水很深，一不小心就會摸到大白鯊，這樣聽懂沒？下次到我公司附近再來喝一杯啊，就這樣。」

收線後，李劍翔陷入沉思。明明案件還存在很多疑點，但檢方認為最大嫌疑人已身亡，便以不起訴處分結案，專案小組旋即解散。之後因為一場烏龍的網路爆料事件，使得輿論沸騰一陣子，此案才又受到關注，這或許是高層想出動神略系統的原因？

從警界內部角度來看，目前最大的疑點，就是明明案子辦得並不漂亮，為什麼專案小組的成員們，卻大部分都雞犬升天了呢？

李劍翔拿起手機，點開天南星傳來的連結，找到主案資料夾後，檢視專案小組的成員名單，然後再把各名字逐一丟入搜尋引擎，搜索近期新聞結果。忙碌了數十分鐘後，他有了結論：這個案子果然水很深！

五、卓映辰：天人永隔

八月七日早上七點十六分，還在睡夢中的卓映辰，突然被一通陌生來電給吵醒了。對方自稱是市刑大偵三隊警官，確認他本人在家，便表示二十分鐘後將登門造訪，請他準備一下身分證件。但對方不肯在電話中細說緣由，只說詳情面談便掛了線。

迷迷糊糊間，卓映辰還擔心是不是碰上了詐騙集團，先囑咐詹悅然把存摺、房屋權狀等收好，房內掛上鎖鍊。自己則快速盥洗後換上一身便裝，走到客廳中等待。但他想想又覺得不妥，再從雜物架上拿一把鐵撬放到伸手可及處，這才安心地坐到沙發上滑著手機。手機一解鎖，通知欄上彈現一則發自凌晨三點多的帶標題訊息，是蘋果日報APP所推送的突發新聞，瞬間攫取他的眼球——

快訊／豐原透天厝暗夜大火釀三死！

他本以為這不過就是個離自家近一點的普通民宅火災，但不知怎麼光是看到這則標題，腦海中就猛然浮現危險逼近的警兆，像是當年聽到母親死訊的那刻，他感到一陣心悸手顫，眼皮跟著狂跳，渾身起了雞皮疙瘩，有種喘不上氣又欲振乏力的感覺。

卓映辰趕忙點入連結、啟動APP，快速瀏覽報導內容。當中寫的「汪姓一家」與冒著熊熊烈火的透天厝，巷道視角與鄰近店家，怎麼都如此眼熟呢……

門口的電鈴突然響起，他強壓下心中不安的感覺，走過去打開內層木門。隔著鐵柵門看去，走道上站了兩名便衣刑警，他們先掏出警徽與服務證的皮夾自介，再確認卓映辰的身分後，接著問道：「卓先生，卓映萱是你大姊吧。他們家裡昨天失火了。」

卓映辰心中一緊，他忍不住低頭再看一次手機畫面，邊用顫抖的聲音問：「他們一家……都還好吧？」

刑警們用同情的眼光看著他，以公式化的口吻回答：「卓太太跟女兒都緊急送醫搶救，很遺憾沒能救回來。」

卓映辰突然感到一陣暈眩，身體發寒、四肢一軟，先是手機摔落到地板上，下一秒他也跟著坐倒下來。

他的表情木然，不發一語。一名刑警蹲下來說：「卓先生，你先冷靜。把門打開，讓我們幫你。」

卓映辰機械式地抬手開了門鎖。兩名刑警進屋後，將他扶到沙發上。「他們……他們在哪家醫院？」

「在豐原醫院，等一下搭我們的車過去。你有什麼東西要帶的，還是要交代什麼事，請先去準備。我們馬上出發。」

卓映辰仍怔怔地看著桌面，恍若未聞。直到刑警再次催促後，他才回過神來，失魂落魄地拖著腳步走向臥室，詹悅然幫他開了門。

迎著老婆的詫異目光，他才突然意識到，原來這一切不是惡夢，而是再殘酷不過的現實。他緊緊抱住老婆，放聲大哭起來。

八點二十分，兩名刑警領著夫妻兩人，抵達豐原醫院地下室的太平間。卓映萱跟汪妍秀的遺體分置在解剖臺上，管理員協助他進行辨認。一掀開屍身上的白布，看到大姊緊閉雙目、痛苦糾結的蒼白臉龐，還有頸子上一道青紫色的粗大勒痕，卓映辰的心臟彷彿被一根針狠狠扎穿。而當他的目光投向汪妍秀時，那彷彿小天使般的熟睡臉龐，更讓他萬分心疼、頻頻拭淚。

「我的姊夫汪海彬呢？他不在這裡嗎？」卓映辰問。

一位刑警面帶難色地說：「他是送到殯儀館那裡。如果要看的話，我們等一下過去。」

接下來是一連串安排靈堂、填寫文件與辦理相關手續的繁瑣事務。儘管有刑警陪同，但守候在附近的葬儀社人員，還是殷勤地來發名片拉業務。

忙碌了大半個小時後，刑警帶著卓映辰夫婦兩人，走到地下二樓的生命禮儀公司。汪海彬的遺體放置在最內側的停屍間，旁邊是相驗解剖中心，門口的行事曆白板上，註明了明日下午兩點，將由梁秀楠法醫進行解剖。

在進入停屍間前，刑警善意提醒道：「卓先生，剛剛汪先生的母親有來看過，當場昏倒了，你要有心理準備。我在外邊等你。」

詹悅然驚懼地看了卓映辰一眼，他示意她留在外頭等候，獨自走了進去。管理員拉開了編號三的冰櫃，他看到白布底下的軀幹部位，竟存在著異樣的大片塌陷時，一股恐懼感不禁油然而生。

當白布掀開那瞬間，卓映辰除了悲傷外，還滋生出恐怖、震驚等情緒。大姊跟姪女的表情也許帶有痛苦，但屍身至少保持完好，與生前的模樣不會相差太多。但汪海彬的可見部位，只能以慘烈甚至猙獰來形容了。他的頭臉一片焦黑，雙眼死白、嘴部大張，下巴部分的肌肉都不見了，露出半排森然齒列與顎骨。加上皮膚翻捲變形，顯示他生前經歷了極大痛苦。上半身還能看到好幾處明顯的出血、瘀傷痕跡。

「……我能看看嗎？」卓映辰顫抖地指向汪海彬胸口下方、白布塌陷的位置問道。

管理員猶豫了一下，但還是拉伸底板、把白布揭開，一股黑灰色煙塵隨之揚起。當卓映辰看向那兒，簡直不敢相信自己的眼睛，汪海彬自鎖骨以下被嚴重燒毀，甚至有一大塊胸腹部位竟然消失了！燻黑的肋骨已清晰可見，勉強能撐起白布，再往下的腹部空出一大片，被一團紅黑焦爛的殘餘物給取代了。

卓映辰遭受強烈衝擊，眼前這詭異的情狀遠超過了他的承受能力。他跌跌撞撞地衝出停屍間，蹲在走廊上不斷地乾嘔著。

「為什麼……怎麼會燒成這樣？」過了幾分鐘，他才勉強能扶著牆站起身，涕淚縱橫地對刑警問道。

「隊上還在調查，有進一步消息會跟你說明的。」刑警拿過兩張表單讓他簽名，一邊問道：「卓先生，如果你今天狀態還行，希望可以跟我們回隊上做個筆錄，或是明天？我們有些問題想問你，對釐清案情會很有幫助。」

卓映辰答應了。不過他希望在前往刑警大隊的路上，能繞個道去看一下大姊家的那棟透天厝。刑警們答應了，偵防車停在巷口外，一名刑警陪同夫婦倆步行過去。

透天厝門外有大灘積水，散落著家具等雜物，門口也拉起了封鎖線。卓映辰隔著鋁門窗朝內看去，大半客廳都給燻得焦黑一片，還能感受到火場餘溫。他有些不解，汪海彬的遺體被燒毀得這麼嚴重了，但這透天厝的火勢感覺卻沒那麼大？甚至二樓以上幾乎沒什麼火燒痕跡，窗戶看來都完整，怎麼一家三口就無法逃生呢？

汪海彬身上那像是被毆打過的傷痕，也讓他耿耿於懷。

「警察先生，請問起火點是在哪兒？」他朝身旁的刑警問道。

「那間浴室的浴缸。」對方指著一樓最內側說。

夫妻兩人對這答案感到萬分詫異。不過刑警只是重複著，整件事還在調查，等查明後自然有答案。

為了避免破壞現場，刑警不讓他們進入封鎖線內。夫妻倆在外頭駐足片刻，忍受著附近民眾投來的好奇目光，然後默默朝巷外走去。車子開離前，卓映辰還是忍不住再回頭看了眼透天厝的門口。

就在昨晚……也就差不多十幾個小時前，臉上黏著飯粒的秀秀，還倚著門口跟他撒嬌道別，一副惹人憐愛的模樣。誰知道，轉眼間竟天人永隔了。卓映辰不禁再次熱淚盈眶。

他忍不住要反覆地想，如果昨天可以陪她一起等到大姊回家，是不是就不會發生這種慘事了呢？

●

儘管卓映辰急著想知道，八月六日那天晚上，大姊一家到底發生了什麼事。尤其是汪海彬的遺體太過悽慘可怖，怎麼看都不像是單純的火災意外。但刑警們全都三緘其口，推說等調查結果出來才能說明。

接送夫妻倆的其中一位刑警叫鄭懷宇，他請兩人坐到自己的辦公桌旁，還不嫌費事地用紫砂壺沏上兩杯烏龍茶招待。接著他打開電腦製作筆錄，確認過身分、職業等基本問題後，他切入主題問：

「你跟大姊一家常有來往嗎？」

「當然啊，都住在臺中，有時她會帶秀秀來店裡走走，忙起來的時候也會請我幫忙去接秀秀放學。」

「你說你昨天還有跟大姊連絡。在那之前，你跟他們見面或通電話，大約是什麼時候？」

「大姊上週才來我店裡過。姊夫的話，在上個月有一起吃過飯。」

「所以你應該對他們家裡的事情很了解囉。」

「差不多。」

「你覺得大姊或姊夫在人際關係還是職業上，有沒有跟人結怨的跡象？」

「所以是有人縱火嗎？」

「不是啦，火場鑑識不會那麼快出來，這些都是例行性問題，你照事實回答就可以了。」

「好。我大姊是家庭主婦，人際關係也單純，沒聽過跟誰結仇。我大姊夫從事的是貿易工作，我上次聽他說，他公司裡有的業務比較敏感，但我不清楚會不會因此跟誰結怨。」

「好，我們也會去問他公司同事。你大姊跟姊夫相處的情況如何？」

「……老夫老妻了，應該就很一般吧。」

「鄰居說之前常聽到他們夫婦爭吵，你知道這事嗎？」

「……沒有。」

鄭懷宇似乎看穿了卓映辰的猶豫，在電腦上開了張手機畫面的圖檔，示意他湊近細看：「我們資訊部門的同仁說，你大姊的手機裡面裝有Skygofree木馬程式。雖然你姊夫的手機嚴重損毀，無法讀取資料，不過你大姊的手機裡面有很多螢幕抓圖、錄音檔跟定位紀錄，都跟你姊夫的手機有關。他們研判，你大姊應該是把木馬程式裝在你姊夫的手機上。」

對了，手機！卓映辰彷彿在黑暗中發現一絲光亮。他想起八月六日那天傍晚，大姊也跑去跟蹤姊夫，或許能從監控端的手機找到更多線索。「警官，請問大姊的手機可以還我嗎？」

「目前我們還在還原上頭的資料。如果沒有列為證物的話，我們調查完畢後，會連同其他財物一起還給你。」

「那……我現在可以拍一下這個電腦畫面嗎？」卓映辰掏出手機問道。

鄭懷宇同意了，讓他連拍了幾張卓映萱手機上的檔案列表。接著問：「你是從事手機維修的工作嘛，你應該知道，一般使用者想無師自通木馬程式，難度也很高。你大姊對這種事有研究過嗎？」

「……她應該是自己上網找的吧。」卓映辰一副欲言又止的模樣。

鄭懷宇聽出他回話的語氣稍弱，於是遊說道：「卓先生，你早上看過你姊夫的遺體跟現場狀況，應該也會覺得這場火災沒那麼單純吧？目前我們也不能排除有任何外力介入的可能。你現在回答的每一個問題，說不定都藏著很重要的線索，可以幫我們早日釐清案情，還給你大姊一家公道。這點很重要吧，你覺得呢？」

卓映辰猶豫半晌，重重地嘆了口氣，決定承認大姊曾找他幫忙安裝手機木馬程式。接下來，除了不得不外揚的「家醜」外，像是他跟汪海彬私通聲氣、設在外頭的小辦公室、大姊多次偷偷跟蹤與凌志後車廂的詭異裝備等事，也全都和盤托出了。

鄭懷宇對這部分詢問了許多細節，頗為滿意地點了點頭。最後他要卓映辰看過一遍筆錄內容，確認無誤後列印出來讓他簽名。

「卓先生，辛苦了。接下來你應該還有很多事要忙，這幾天請盡量保持手機暢通，我們隨時會跟你連繫。」鄭懷宇客氣地將兩人送到門口，並互換ＬＩＮＥ帳號以方便連絡。在這種非常時刻，夫妻倆對刑警周到的處理態度感到窩心。

只是日後回想起來，卓映辰最後悔的一件事，就是告訴警方關於大姊夫妻間的感情事。他總是不由自主地想著，是不是自己給了他們一個便宜行事的犯案動機、一個馬虎結案的最佳藉口？

●

卓映辰痴痴地看著遠方那輪紅通通的落日。他跟大姊常在晚餐前的放風時間，用輪椅推著母親上醫院頂樓透透氣。他們總愛注視那顆如鴨蛋黃般圓潤、不再耀目刺眼的太陽，懸垂在兩棟大樓與郊山背景中，直到最後一抹餘暉緩緩沒入地平線。這也是之後他們懷想母親時的點綴風景。

目送落日的另一層面，是他們也暗自慶幸著，母親又再順利地拖過了一天。誰也不願多做聯想，其實這美景的背後意涵有多不吉利。

今天傍晚，卓映辰原本想照慣例，先清理母親的舊病服、把熱水瓶灌滿，然後路過自動販賣機時幫大姊跟自己投兩盒十元飲料，再一起把母親推上天臺……不過當他忙完手邊事，走回病房前，卻看到守在門邊的護理師朝他擺了擺手：「在急救，先不要進去。」

他的心隨之一沉。他走上天臺，獨自望著那輪熟悉的落日，心中一直有股想落淚的衝動。這禮拜他跟大姊輪流守在母親的病床邊，她現在的病情已經惡化到連呼吸都吃力。儘管他才十四歲，但對即將發生什麼事，其實也已有心理準備。

很快地，大姊走了上來，一臉黯然地坐在他旁邊。

「媽是不是快走了？」他低聲問道。

大姊默默地點頭。可是她的臉上不見悲傷，只有憂愁。

「妳怎麼不難過？」卓映辰質問道。

「……因為媽媽要我們不必擔心她，她比較擔心我們。」

他還是堅持地說道：「但我們還是可以先幫她難過，之後再擔心自己啊。」

「我想不了那麼多事。媽剩不到幾天了，對她來說還比較輕鬆。可是我們的未來還很長，說不定會過得比她還痛苦。」

「這樣很自私。媽都要走了，不要這樣說。」

「弟，我們會一起過下去的。再痛苦也會一起過下去的。」

「如果妳也走了，那我怎麼辦？」卓映辰哭問道。

大姊緊緊摟住他。「如果這樣，那你要答應我，不必幫我難過，只要想想你未來要怎麼勇敢走下去，好不好……。」

卓映辰從這詭異的夢境中驚醒過來，發覺自己淚流滿面，他花了幾秒鐘才意識到身在何處。他正在醫院太平間旁的臨時靈堂前，為自己的大姊卓映萱與姪女汪妍秀守夜。他連夜折著紙蓮花，不知不覺中便趴在折疊桌上睡著了。

雖然母親過世前，姊弟倆確實常推著她上天臺看落日。但就他印象所及，夢中的這一幕並不曾發生過，顯然夢境內容不是來自真實的記憶，而是自己的潛意識被加工的結果。抑或大姊真的有話想對他說呢？

不！他怎麼可能不為大姊一家難過？他除了要好好幫她們處理後事外，還發誓要幫她們找出真相。如果這場火災真藏有什麼隱情的話，他也一定要查個水落石出。

此外，他之前少有與警察打交道的機會，這次刑警們表現出來的周到與專業態度，讓他倍感窩心，與老一輩所害怕的那種國家暴力完全不同了。他相信警方會站在他這一邊，幫忙主持公道的。他的隨身筆記本子裡還註明著，等老婆來輪班替換、自己能回家一趟時，一定要先把大姊的雲端資料整理一下，全傳給鄭懷宇，好加速調查進度。

直到很久以後他才發現，原來一廂情願的自己，始終沒有真正清醒過來，依然活在天真的夢境裡。

早上九點多，詹悅然拎著兩份早餐來跟卓映辰換班。也才半天不見，但他卻變得判若兩人，雙眼紅腫、臉色憔悴，除了鬍渣格外明顯，嘴裡的氣味也特別重。這讓她有些不捨。

「昨晚你沒稍微趴著休息一下嗎？」她問道。

「睡不到一小時。想到姊夫那樣子，我一閉眼就一直做惡夢……逢時呢？」

「我爸媽會輪流帶他。要是有時間，他們晚一點也會過來上香。你先回去洗個澡、補個眠吧，這裡交給我。」她催促道。

夫妻倆把兩份早餐擺在卓映萱與汪妍秀的牌位前，也不忘殯儀館人員的囑咐，要出聲提醒祂們：「大姊、秀秀來吃早餐了，這裡有秀秀最愛的燒肉漢堡，沒放洋蔥喔。」接著兩人再去外頭的燒金爐燒紙錢。儘管昨天才一張張地燒過了腳尾錢，但今天卓映辰仍堅持繼續一張張地慢慢燒著，深怕祂們會收不到。

大姊跟秀秀剛做鬼，也許一時間還不太適應，所以卓映辰寧可把民間習俗再做過頭點，也不願因為自己的不周到，讓祂們還得繼續受苦。

走出醫院外，耀眼的陽光讓卓映辰睜不開眼。儘管他疲憊不堪、昏昏欲睡，但還是勉強跨上摩托車騎回家。他沒心思去休息，而是迫不及待地啟動電腦，登入自己的雲端硬碟帳號，點開卓映萱與他共享的資料夾。

資料夾裡頭，按照日期時間分門別類地再設置了多組子資料夾，這是姊弟倆先前約定好的。卓映辰按照老習慣，先將全部的資料夾拖到本地硬碟裡做個備份。

等待下載的同時，他回想起上禮拜大姊在店內說過的那番話。她害怕汪海彬跟那個不知名的小三，有可能正蓄謀對付她跟秀秀，所以她要把直到目前監聽來的所有資料都跟卓映辰分享，因為他是她在這世上最信任的人。

記得當時他還嘲笑她疑神疑鬼，說話口氣像是在訣別，居然會以為枕邊人想對她不利？雖然真相還沒搞清楚，但大姊最終一語成讖，他心痛不已。

他盯著電腦畫面發愣了數分鐘，直到資料傳輸完畢。他長呼口氣，點開各資料夾大致瀏覽過一遍，並隨機開啟幾個檔案檢查，確保備份資料完整。接著他打開手機相簿，滑到昨天在刑警電腦上翻拍的那些畫面，但隨即發現了奇怪的地方：

兩邊的檔案數量不一樣。

比方說七月十七日跟二十三日，是卓映萱偷偷跟蹤汪海彬的日子。但在警方還原卓映萱的手機檔案裡，這兩個資料夾都不見了。

若再仔細點進子資料夾比對，還能發現警方那邊漏失了多個檔案。這到底是怎麼一回事？卓映辰不解，隨手在本子裡把這疑點記錄下來，打算等腦袋清楚時再來處理。

他移動滑鼠游標，點開了最後一個影片檔，時間是八月六日晚間七點三十三分。那不是遠端監控程式所產生的側錄影片，而是由卓映萱的手機直接拍攝的。影片場景是在入夜後的某條大街上，加上手持晃動得很厲害，所以影像十分模糊，只能勉強聽見聲音。

這段影片是從卓映萱的Yaris儀表板處開始拍攝的：

卓映萱碎念著：「……再跑嘛，有本事再跑啊。」接著她下了車，朝車後方走去。從此車的斜停角度、以及後方停下的凌志車來看，她應該是直接在大街上逼停對方的。她直直走到凌志車旁，猛拍駕駛座窗高喊著：

「下來，妳憑什麼開我老公的車……妳到底……是怎樣？」她伸直手機想拍清駕駛模樣，但車窗內側被衣物之類的物事遮擋，無法看清。車內人回了幾句話，雖聽不清楚，但從其尖細嗓音能辨識出是女聲。

卓映萱聞言一愣，接著大罵道：「好，那回家說清楚……攤牌……今天……都講開。」緊接著凌志突然一個急速倒車，不管卓映萱擋住去路，猛然加速往前開。卓映萱急忙閃避，但凌志擦撞了她的Yaris紅色小車後保險桿處，隨即揚長而去。

接著卓映萱急忙上車，嘴裡還不斷怒罵著「混蛋」、「受夠了」、「要離就離」的字眼，催緊油門朝凌志追去。最後她看向鏡頭按了一下螢幕，影片到此中斷。

看見熟悉的大姊身影，卓映辰的眼淚奪眶而出。這影片中，雖然看不見凌志駕駛，但似乎能夠證明，有另一個女人跟大姊一家的死脫離不了關係。

他把大姊的雲端資料連同自己的臆測，透過電子郵件一併發送給鄭懷宇警官，而對方也很快地回覆，說會轉給鑑識科的同仁作進一步分析。至此卓映辰才略略放下心來，慶幸自己及時提供情報，沒拖延了警方的調查進度。

電腦瀏覽器與手機的網路新聞，不斷彈現大姊一家的相關報導，也有幾家媒體側拍到汪海彬的遺體慘狀，同樣感到內情不單純，開始冒出些捕風捉影的標題了。

卓映辰的腦袋發燙，思緒一片混亂，身心靈彷彿都已支離破碎。他只想闔眼好好大睡一場。

接下來的兩個多禮拜，這輩子未曾經歷過的各種雜務、手續與單位窗口紛沓而來，卓映辰跟詹悅然像顆陀螺般，忙得二十四小時團團轉。手機維修店除提供緊急取件外，幾乎一天都沒開張過。假如沒有岳父母從旁協助，他們都懷疑自己能否撐得過來。

八月下旬，檢察官發還遺體，接下來便是一連串的葬禮、告別式與火化儀式，直到一家三口的骨灰罈全順利入塔後，卓映辰肩頭上的重擔總算是卸下一半了。

只是一半而已。想讓自己的生活重回軌道，那還言之過早，至少在大姊一家能獲得公道前。如果這不是單純的火災意外，那就一定要讓殘忍的凶手伏法才行！他在心中暗暗發誓。

令他意想不到的是，一個多禮拜後，某八卦週刊上，出現一則讓他瞠目結舌的報導。

當時「９１１即刻救機」才恢復營業沒兩天，有幾個熟客跟盤商眼看著店門關了兩週多，還以為卓老闆不打算繼續做下去了呢！就在他正跟某周邊盤商交涉進貨事項時，詹悅然突然用ＬＩＮＥ丟了一個連結過來，他點開一看，登時火冒三丈，連生意都沒心情談了。

那連結是某八卦週刊的Instagram商業帳號，最新一則貼文是當期社會版的封面故事，主圖是汪海彬一家三口的出遊生活照，三人的眼睛部位都打了薄馬賽克，但熟人仍能一眼認出他們。壓在照片上的大紅標題文字竟是：天倫慘劇！地方媽媽弒夫殺女　疑與新興宗教有關

卓映辰往下捲動，接下來是數行的簡介內容：八月六日晚間豐原一棟透天民宅突發惡火，造成汪姓一家三口罹難。原本以為是單純意外，但經檢警鑑識後，案情出現驚天大逆轉，居然是卓姓人妻懷

疑丈夫有外遇，一時激憤下將其殺害。又因本身信仰新興拜火教，篤信非教眾在死後若能透過天火洗禮，便能滌淨今世罪愆。遂在浴缸中以鋁熱劑試圖焚化丈夫遺體，之後並偕九歲女兒共赴黃泉。更勁爆的第一手內容、更驚悚的獨家照片，都收錄在最新一期的週刊中……

卓映辰看完後頓覺雙眼一黑、腦袋發暈，兩手顫抖不停，是全身血壓瞬間飆高的症狀。他忙坐下深呼吸幾次，開了罐冰綠茶咕嚕喝完，但還是壓不下心中怒火，直讓他腦袋發痛、血氣翻騰。他憤怒地再次瀏覽貼文，捲動到下面看看已累積一千多則的網友回覆，像是什麼「信教一時爽，全家火葬場」、「全天下的男人不敢再犯錯了」、「外遇就是唯一死刑加就地火化」……

這社會有病，從來就不缺幸災樂禍的無聊酸民！這些生物憑什麼在這邊大放厥詞？牠們不知道死者家屬的心中會有多痛嗎？

他飛快地在留言下方寫了數百字的辱罵性回覆，但冷靜下來後，他覺得這麼做於事無補。就算真的反擊了，估計不到五分鐘也要淹沒在酸民們的冷嘲熱諷裡。於是他在網路上搜尋這本八卦週刊社的電話，打給公司總機讓他轉社會版主編。之後電話轉了二次到主編桌上，對方很快接起：

「你們這期的封面故事，寫的是豐原一家三口的火災意外吧？」

「是。請問你是……。」主編以謹慎的語氣問。

「亂七八糟！你們還有沒有一點道德良知了？有沒有社會責任？整天淨報一些羶腥色的東西，到底有沒有查證過？」卓映辰激動罵道。沒預先排演過還能罵得這麼順溜，連他自己也嚇了一跳。

但主編對這種電話似乎已司空見慣，一派從容地回道：「先生，我們是專業媒體，任何文章上刊前，絕對善盡查證義務。」

「胡扯！我告訴你，我就是被害者家人。你們寫的都是胡說八道。」

「哦，所以你是汪海彬先生那邊的家人？」此話意指卓映萱是加害人了。

卓映辰再被對方的耍嘴皮給激怒，罵道：「我是卓映萱的弟弟！你們亂寫一通侮辱我姊，我一定要告你們，告死你們！」

「哪邊寫得不對了，請指教。」

「什麼我姊殺害我姊夫？什麼她之前信邪教、把我姊夫放浴缸焚燒？亂扯一通！」

「這些都是我們向警方再三確認過的內容，他們現在核實的狀況就是這樣。你有什麼疑問，可以去問專案小組。恕我們要保護消息來源，沒辦法跟你說得太詳細。」

聽到這回答，卓映辰震驚不已。他想起前幾天才問過鄭懷宇案情進展，他卻推說「偵查中不便公開」。現在倒好了，八卦週刊反而能直達天聽，先得知最新的偵查進度不說，還拿到網路、通路大鳴大放賺大錢，這是什麼世道？沒天理了！

沒等對方回應，卓映辰氣呼呼地掛了電話，然後馬上打了鄭懷宇的分機，想好好問個明白。結果代接的同事表示他不在位子上。收了線後，他發了ＬＩＮＥ跟電子郵件給對方，打算等他回覆再質問此事。

只不過獨自在工作檯前悶坐十來分鐘後，他的心中仍然憤恨難平。於是他索性拉下鐵門，掛出暫停營業的牌子，跨上摩托車直接騎往市刑大。

他亟需一個說法，一個不能把大姊視為弒夫殺女凶手的說法。

卓映辰鐵青著臉走進警隊，向值班警官表示要找豐原三口命案的專案小組負責人。對方見來者不善，先請他到旁邊的小會議室稍等，接著撥通內線請偵三組派員協助。

似乎早預見這樣的情況，這次專案小組拉高規格，由外號「王霸子」的偵三組組長王伯增，以及暱稱「郭三三」的專案小組組長郭桑山親自出面接待。

一進入會議室，兩人先遞上名片並自我介紹，接著郭三三遞上一大罐冰烏龍茶，誠摯地說道：「卓先生，我知道你是為了週刊報導而來的。我可以向你保證，我們的弟兄奉行偵查不公開原則，個個守口如瓶，這消息絕不是我們這邊外洩出去的。」

王霸子接口道：「是這樣的，我們會展開內部調查，如果真有誰把消息洩露給媒體，我絕對法辦，沒有第二句話。」

兩名高階主管擺低姿態、給出保證，讓卓映辰的火氣略消減些，但當然不可能就此做罷。他指著手機上那則刺眼的「天倫慘劇」標題問：「我今天來這裡，沒興趣追究是誰走漏消息的。我在乎的是，這真的就是你們偵辦的結果嗎？」

郭三三回道：「卓先生，這案子到現在都還沒完成調查，檢察官起訴才算偵查結束。我們直到現在，還是在確認證據、清查人際關係的階段。」

「不要再跟我說什麼偵查不公開了，等週刊上市，全臺灣民眾還不都知道了，就只剩被害者家屬看週刊才知道嗎？」對方的場面話沒答到點子上，卓映辰死咬不放。「我打電話問過週刊主編，他說他們的報導內容，就是警方目前的偵辦進度。是不是真的？」

「那個週刊要怎麼寫我是不清楚，不過看這標題，只是一種推論。我們辦案時都要多方考量。」郭三三回道。

「是啦，我們是民主國家，不可能去干涉媒體要寫什麼。」王霸子在旁附和。

卓映辰深吸一口氣，放慢語速強調道：「我大姊不是那種人，絕絕對對不是那種人。我們從小一起苦過來的，我很清楚，她是獨立又堅強的女性。就算今天真發現老公有外遇了，她頂多帶著女兒離家出走，不可能像垃圾雜誌說的弒夫殺女。」

王霸子面色凝重地說：「卓先生，我沒別的意思，也很清楚你的心情。但我實在說，人在極端憤怒的情況下，到底會做出什麼事，這要親眼看了，恐怕自己也會嚇一跳。我從警以來經手過幾十場刑案，大概有九成九的家屬都會說，從來沒想過會發生這種事。但我想，這一切最好還是讓證據來說話，把真相還原比較重要，對不對？」

卓映辰聽得心頭一涼，這番話不正暗示週刊的說法並非空穴來風嗎？他陰沉著臉說：「好啊，王組長你都這樣說了，那請你把證據給我看。我今天來也是希望討個說法的，至少讓我知道你們有在認真辦案，這樣不過分吧？」

兩名刑警互望一眼，知道今天要不拿出點真材實料，恐怕說服不了眼前這傢伙。王霸子雙臂環胸，略帶無奈道：「我還是老話一句，在這偵查階段，不能跟你透露太多。但我們可以舉個已經核實的時間線，你看了後心裡應該也有個底了。」

王霸子說完後，朝郭三三使了個眼色。後者打開平板電腦，展示一張翻拍自會議白板的照片，上頭是以白板筆手繪的一條時間線圖。

「從巷口的監視器確認，八月六日晚間八點十四分，汪海彬的凌志停回家門口，兩分鐘後，卓映萱的紅色Yaris直接停在門口白線上，擋住凌志去路。」

那支巷口的監視器離汪家透天厝的距離約三十公尺，加上角度、照明等問題，只能看到凌志休旅車以倒車的方式停進騎樓。接著駕駛側有人下了車，但看不清對方形貌。

「根據法醫解剖，汪海彬的死亡時間約在八點十四分至九點這段時間。從監視器畫面來看，這時間帶內並沒有其他人出入汪宅。」郭三三指著第二段時間標記，然後快轉監視器畫面說道。

「後門呢？我大姊家後頭的廚房有道門，可以通往防火巷。」卓映辰說。

郭三三點點頭，展示平板上的另一張照片。「火一滅我們就封鎖現場進行蒐證。後門的狀況當時是這樣的，你先看看。」

那道不銹鋼後門的位置於廚房角落處，緊鄰著流理臺與另一側的瓦斯熱水器。門上那道橫閂牢固地嵌入牆內，長閂把還緊緊反扣著鎖眼，外加兩個二十公斤的瓦斯筒緊抵門後，怎麼看都不可能讓人出入。卓映辰唯有沉默以對。

「因為擔心會被引爆，瓦斯筒這邊有被水柱特別照顧到，採證上有些麻煩，不過目前沒發現什麼可疑跡證。後門這邊是不是能排除了？」郭三三加強語氣問。

眼看卓映辰沒意見，他繼續說：「卓映萱跟女兒汪妍秀的死亡時間約在九點半至十一點十七分，也就是發生大火那刻。直到鄰居發現失火通報，這段時間也沒有外力介入跡象。至於發生了什麼……。」

「我們組裡有提過一個可能性，你參考看看。當卓映萱跟汪海彬在爭鬥的時候，汪妍秀害怕地躲進衣櫃，之後因為緊張而引發氣喘，一時間又找不到吸入器，導致缺氧窒息。當卓映萱殺害了汪海彬後，想要去安撫女兒，但竟發現她意外死亡了，於是心灰意冷下，決心一家共赴黃泉。」

「卓映萱因為本身的宗教，相信天火可以洗滌罪惡，所以用鋁熱劑焚燒汪海彬的屍體，同時自己也上吊身亡……在沒有發現其他新事證前，『這樣的』推論也算符合情理。」

卓映辰大搖其頭：「根本不合理好嘛。我幫我大姊跟姊夫入殮的，要真是夫妻打架，男人身上的傷口數量會比女人身上的多？再說了，我那天傍晚才剛買過兩組吸入器給秀秀，發票我都還留著可以作證，她怎麼可能會找不到藥？」

郭三三眼珠兒一轉，繼續說道：「也許是汪海彬自知理虧，一開始先讓著老婆，所以兩隻手上有很多防禦性傷痕。但卓映萱失去理智，下了重手，突然打中了汪海彬的要害使他昏迷倒地，卓映萱又不肯善罷甘休，連續揮擊多次洩憤，所以使他身上的傷口比較多……至於吸入器的問題嘛，我們發現衣櫃的門內有衝撞痕跡，也許當時的門卡住了，所以才來不及用藥。」

「……不對，不是這樣，我覺得不是這樣。」卓映辰覺得這樣的說法一整個不對勁，但一時間又不知從何反駁起。

「卓先生，這只是其中一種推論而已。目前全案都還在偵查階段，你也不必太著急。」郭三三說。

「三條人命是個大案，我們不會馬虎對待。」王霸子接口道。「一般命案動機不外乎就是仇殺、財殺跟情殺，因為夫妻某方外遇最終釀成慘劇，這也不是說很少見。」

仇殺或財殺？卓映辰想起一個可能性，忙問：「那你們有去汪海彬的公司查過了嗎？」

「案發當天我們就去四海通拜訪過了。汪海彬跟趙四谷是合夥關係，他有說到汪海彬前兩個月從上海出差回來後，行蹤變得有些神祕，常常沒待在公司，老往外跑。」

趙四谷就是姊夫常暱稱「一米勞」的那位合夥人。聽到這兒，卓映辰忙道：「我姊夫跟我說過，他為了要處理敏感業務，所以在公司外頭……叫寶石利達的社區裡面，另設了一間辦公室。他沒在公司就是去那兒了。」

王霸子與郭三三交換了一個曖昧眼神。後者搖頭說道：「四海通就是一家普通外貿公司啦，業務再怎麼敏感，也不太有必要在外頭弄個辦公室吧？還離得那麼遠？我向趙四谷跟公司會計核實過了，他們沒這麼搞，外頭那間純粹就是汪海彬租給外遇對象的。」

「怎可能？他明明親口跟我說，這都是經過公司同意……。」

「沒冒犯的意思啦，卓先生。如果是我的小舅子來問我，我也會這樣講啊。」王霸子意有所指地說。

「那你們去寶石利達那邊看過了嗎？」卓映辰追問。

「連夜閃人了，搬得乾乾淨淨。但我們有採集到可疑指紋在比對中了。」郭三三說：「公寓是用汪海彬的名義租下的，管理員也不知那女人的身分，只能形容個大概。我們還在透過其他管道看能不能連繫上。」

接著，他展示了平板電腦上的幾張照片。「我是這樣想，雖然都是家人，但不一定就完全清楚彼此間的事。比方你知道你的大姊信這個紫陽萬靈聖教嗎？可不可以跟我們多說點細節？」

第一張照片，是在浴室牆面上以紅色墨水塗寫的大片符文；之後的幾張照片是在家中隨處可見的經書、令旗、小神像與數組不知名的金屬法器。

卓映辰愣愣地來回滑動這些照片，心中有些動搖了。他不能否認，一直以來都沒有能說些知心話的朋友，獨自一人扛下家計重擔的大姊，也許會去尋找某種心靈寄託。說不定自己並沒有那麼了解自小相依為命的她？

沉默片刻後，卓映辰推開平板電腦，抱怨道：「我之前有把一些資料傳給鄭懷宇警官了，是那天晚上案發前，我大姊當街把我姊夫的車給攔下來，對著車裡頭大罵為什麼要開我老公的車，之後那輛車直接停到我大姊家前面，再來就發生火災。這不就說明了，案發當時有第三者在場嗎？更奇怪的是，監視器或鄰居都沒看到這第三者離開現場。」

兩名刑警的神色變得凝重，交頭接耳了幾句。郭三三問：「小鄭手上有好幾個案子，經手的資料量很大，我倒是沒看到你說的這份。還是你今天有一起帶過來，我們現在來看看？」

卓映辰忙掏出手機連上雲端硬碟，點開卓映萱的共享資料夾，不料下一秒他卻傻眼了。有幾個日期的資料夾不見了，包括八月六日那個！

他愣了數秒後，想起之前曾打包資料寄給鄭懷宇，於是又翻找電子郵件的寄件備份匣，誰知居然找不到那封信了，就連垃圾桶裡也不見蹤影。

眼看他遲遲拿不出東西，表情也變得慌亂，王霸子出聲安慰：「沒關係啦，卓先生。你先回家找找，這陣子對你來說真的很不容易，也許壓力太大、記憶有些錯亂……。」

「不是這樣，我很清楚……。」卓映辰氣急敗壞地回道。但下一秒，他意識到某種可能性，於是收斂神色說：「好吧，也許真的是我記錯了，我回去整理一下，直接寄給兩位。」

郭三三附和道：「好啊，卓先生，你手上有我們的名片了，你把剛說的資料直接寄給我們。要是之後覺得小鄭招呼不周，你直接跟我連絡也是可以的。」

接下來的談話，卓映辰坐立不安。明知眼前兩人說的盡是些場面話，不過他也失去了深究的衝動。不著邊際地談了十多分鐘後，兩人將他送出了警隊。一跨上機車，他就迫不及待地直衝回手機維修店內。他想把前兩天下載的卓映萱分享資料夾盡快轉移到其他地方。

但是他的筆電卻開不了機。一按下電源按鈕就出現「找不到作業系統」的錯誤訊息。他心生不祥預感，忙找了支螺絲起子，把筆電裡的二點五吋硬碟拆下來，裝到桌機裡檢測。果不其然，裡頭空空如也！而且這硬碟被低階格式化過，也不可能將資料復原了。

卓映辰抬頭看向店內的兩架網路攝影機，並沒有亮起「啟動中」的紅色指示燈。他忙打開手機上的主控臺ＡＰＰ，但那兩架攝影機已是關閉狀態，而錄影畫面只能回溯到兩小時之前。就這麼剛好，他前往警隊的那段時間都沒有畫面。

這就是幕後黑手的威力嗎？儘管表面平靜無波，但骨子裡卻物事全非，一切都被靜悄悄地抹除乾淨。

生平頭一遭，卓映辰感受到龐大的恐懼與無力感，他的背脊發涼，不由自主地顫抖起來。

六、楊穎露：榮民之家

小辦公室裡，楊穎露正跟天南星大眼瞪小眼。她開口問道：「我挺好奇的，你對這案子是不是了解得比我們還多？說不定早已經知道凶手了？」

天南星雙手亂擺否認：「拜託，神略要是這麼神，就不必特地找兩位來了。畢竟這還是一套測試中的系統，它運算出來的輔案到底有沒有幫助，都還在實驗中。所以得藉助兩位的力量，大家來分析討論，尋找突破口。」

「我只是個小警員，哪有什麼力量……。」楊穎露在心中想著，但又覺得要是說出口，那又太過妄自菲薄了。於是她沒再說話，隨意點開了電腦上資料夾開始研究。她最好奇的，自然是民國七十年發生在花蓮榮民之家的殺人事件：

住在玉里鎮榮民之家的趙洪軍（七十二歲）與魯鎮遠（六十八歲）都有外出撿拾物資變賣的習慣，由於兩人都會把回收品堆放在院子角落，偶爾因物品短少或誤置而產生糾紛。二月五日大年初一晚間，兩人又因舊怨爭吵不休，盛怒下的趙洪軍持刀刺中魯鎮遠的左胸處，緊急送往榮總分院後仍不治身亡。

這起殺人案件其實很單純，而且現場至少有四名目擊者，所以趙洪軍也在現場遭到拘捕，並對案情供認不諱。之後因殺人罪被判刑十二年。

楊穎露看完判決書跟關係人筆錄後，還是不懂為什麼神略會把這案件給牽扯進來，畢竟跟主案的登場人物、年代背景、地緣關係可說是天差地遠。

難道是跟此案的某個關係人後代或親朋好友相關？一想及此，楊穎露向天南星詢問：「如果要你調查這案件的衍生人際關係，尤其是他們的第二代、第三代，包括參與調查的警方人員等等，可以嗎？」

天南星一彈手指，自信滿滿道：「沒問題，資料分析就是神略的強項。」

數分鐘後，他列出了一份列有三十多組姓名、年齡與地址的表單，接著再跟主案關係人等交叉比對，可是兩邊卻是一點交集都沒有，甚至沒有一個人住過臺中。

接下來，楊穎露想到的第二個關聯性，自然就是凶器了。榮民之家血案中的凶刀十分特別，居然是在中國對日抗戰時，遵化二十九軍大刀隊使用的抗戰大砍刀。

趙洪軍在筆錄中表示，這把刀是過世的戰友送他的寶貝，儘管榮民之家明訂刀械是違禁品，但他還是趁某日將大刀夾帶在回收品中，偷偷藏到自己的床底深處。此事似乎頗為敏感，因此在當年的報章雜誌上，都沒有提到凶刀一事。

楊穎露點開證物照片，有那把抗戰大刀的多角度畫面。大刀長度八十八點九公分，刃長五十九點六公分，淨重一點五公斤。刀柄上纏繞著黑色傘繩，尾部有個後圈。搭配淡金色盤形護手，背厚面闊的刀身上有一道凹形血槽，單面開鋒的刀口呈四十五度角斜面。

雖然這把刀的年代久遠，鏽跡斑斑、刃口倒捲，原本燦亮的刀身已髒汙黯淡。但光看照片也能感受到一股威懾力。顧名思義，這大砍刀的設計自然是以劈砍為主，捅刺能力很差。

趙洪軍與魯鎮遠發生衝突時，趙自覺年紀大、個頭小，於是衝回臥室取刀自衛，魯見狀忙上前壓制，但腳步一打滑，整個身軀壓上趙雙手把持的刀口，自身重量加上衝力，遂成了讓刀口穿透前胸的力道。

在法醫的驗屍報告上也檢附了照片。魯鎮遠在右前臂外側有一處防禦性刀傷，再來就是肋骨下方約十五公分的貫穿傷口。從後背處來看，那傷口呈現如上淺下深、彎月般的弧度。

楊穎露檢視照片邊思考著。如果說這把二戰沙場上的大刀，會與三十八年後的住家命案產生關聯，那也未免太超乎現實了。

「主案裡不可能出現這種大刀吧？」她隨口問道。

電視畫面上的天南星將主案的法醫解剖照片陳列出來。

「現場沒發現類似的刀械，而法醫報告跟鑑識照片顯示，死者卓映萱跟汪妍秀兩人身上沒刀傷，而汪海彬則是頭上、手臂有開放性傷口外，上半部軀幹有近六成被高溫燒化，在胸腹處有標示一個刀傷創口。」

楊穎露點開現場蒐證照片資料夾，將汪海彬的遺骸逐張放大檢視。雖然在派出所服務時，也曾親眼目睹過多起意外死亡的場景，但眼前這畫面實在太過慘烈，讓她胸口發悶、有種反胃嘔吐的衝動。

根據警方的說法，汪海彬是在與妻子卓映萱的激烈爭吵中，不慎被重擊頭部——很可能先被重物打中前額而暈眩，向後倒去時後腦又撞到了白鐵角架邊緣——因失血過多而死亡。之後他的遺體被放置在浴缸中，堆放大量鋁熱劑，在兩千度高溫燒灼下，大半軀幹遭到了嚴重破壞。

這不禁讓楊穎露聯想起，榮民之家血案的受害者，正是因為胸口中刀而身亡的。故意用這麼不尋常的手段焚燒遺體，是為了掩蓋這件事嗎？但如果妻子最後還自殺的話，那這究竟有什麼好掩蓋的呢？只不過接下來她不知道該怎麼查下去了，難不成得像老李說的，要跑趟法醫室打聽嗎？

忽然間，她的手機響起，打斷了思考。她拿起一看，是父親打來的。她朝天南星比個手勢，到外頭接聽電話。雖然明知道關掉電視就等同於獨處了，不過私人電話得離開辦公室接聽，這是派出所時代養成的老習慣了。

但當楊穎露走到外邊辦公區域，正想就近找把椅子坐下來時，忽然聽到角落處傳來一陣陣如雷鼾聲。這節奏還挺熟悉的呢！

●

「嘿，天南星，晚安啊。紐約的天氣如何呀？」

隔天一早，李劍翔端著一杯咖啡，神清氣爽地走進辦公室，朝電視裡頭的同事舉杯招呼著。

「老李，早安。現在氣溫十六度，舒適宜人。昨晚睡得還好嗎？我指的是最後那場睡眠。」天南星也回敬一個綿裡藏針的問候。

李劍翔苦笑。他想起昨天下午時，楊穎露在外邊的辦公室喚醒他，臉上一副不可思議的表情。就連他自己也不敢相信，居然能在第一天報到的新單位中，大喇喇地連睡兩回。看來在制服學妹的心中，自己這刑警學長的英名已蕩然無存了。

他看了下錶，已經九點半，但隔壁座位仍是空蕩蕩的。「小楊第二天就遲到啦？難得喔，她看來是挺有紀律的人。」

「請假了，純粹是家裡有事，之前報備過。」天南星回道：「我想，應該不是對咱這懶散的單位沒信心。」

李劍翔一拍額頭。他差點忘了，今天對小楊來說，是個重要的日子。

「還好，她昨天有點新發現，這計畫總算是有起步了。」天南星說。

「不會吧，這麼快？」李劍翔有些訝異，不甘示弱地回道：「不過呢，也不只她一個人在用功而已，老子昨天下午打了幾通電話，也有重大發現。我這刑警隊學長可不是白叫的。」

「那就老李學長先說吧。」天南星道。

李劍翔半靠桌沿，掏出隨身筆記本，瞇著眼翻了幾頁，好不容易找到標定處，說道：「嗯……雖然豐原一家三口的案件不起訴，有不少爭議，可我打聽到了幾個專案小組成員的後續狀況……比方說這個郭三三嘛，當個小隊長也熬得夠久了，離開專案小組後，不到半個月就當上第二分局的二線一星偵查員。再來是這個……。」

天南星不耐煩地翻了個白眼，偏頭在電腦上操作數秒後，一份曾參與辦案人員的年資與新舊職階清單，就出現在電視螢幕上。李劍翔登時傻眼了。「靠，你內建搜尋功能啊，早說嘛，我還盯著網路抄了老半天。」

「這就是代溝啊，歡迎來到二十一世紀數位時代，老李警官已知用火。」天南星皮笑肉不笑地說：「你想說的是，這些人的升遷速度快了點？」

「怎麼，你也看出來啦？那可不只快了點，簡直是搭火箭上天了。」

「近年臺中這邊的治安不錯，刑警要靠破案功績來升遷的難度高些，所以要比積分排名吧。」

「你研究得挺詳盡的嘛。反正呢，也才過了一年半，經手這案子的人幾乎都官升一級，案子辦成這樣，還好意思算升遷績分的？假如說是王霸子、郭三三這兩個萬年組長等級的，升上去那也就算了，但其他人爬得太快，實在太詭異。照他們這速度，我大概不到十年也能當上署長了。」

「所以你懷疑這裡頭存在著什麼暗盤交易之類的？」天南星詫異地說：「要能左右刑警的升遷，這涉入層級應該高得可怕吧。」

「大概是國家機器那個層級……是說，咱們還來得及換個案子辦嗎？」

「都呈報上去了，想都別想。」天南星大笑。「不過你要怎麼證明這些升遷跟案子有關？難不成直接去問？」

李劍翔看著螢幕上的名單沉吟著。一般來說，即使是懸案或存在爭議的案件，在專案小組的大部分人力被抽調後，仍會留下一、兩人作為交辦窗口，等到日後有新人證、物證浮現檯面後，案情才可能獲得突破。

目前此案的承辦人、也是整份名單中唯一沒升遷的成員，便是偵查佐鄭懷宇。估計他們是按照老規矩，找個資歷最菜的跟進這沒效益的案子。李劍翔記下他的分機，作為側面打聽的對象。

眼見天南星似乎不甚重視自己這重大發現，李劍翔心中有些不是滋味，反問道：「那你倒是說說，小楊昨天找到什麼有用線索了？」

天南星把楊穎露調查七十年榮民之家血案的抗戰大刀說了一遍。這回換李劍翔不以為然道：「她認為兩案相關聯的是凶器？這也扯太遠了吧。要是早個三、五十年，在街上拿大刀砍人我還信。這都什麼年代了，扛大刀砍老公？這手法也太復古了。」

「神略分析必有所本。榮民之家血案很單純，排除人際關係後，這兩案最有相關的應該是凶器。」

「那我覺得真他媽的神了。被害人的軀幹被燒掉大半，哪看得出是什麼刀傷？」

「所以囉，這純粹是小楊的推論，至於怎麼證明，只能寄望在經驗老到的刑・警・學・長身上呀。」天南星故意把他的尊稱拉個老長，來個激將法。

李劍翔沒好氣地埋頭在自己的電腦上，翻找汪海彬一家的現場蒐證照片。假如連這套神鬼系統都可以發現關聯性，自己這二十年來屢破奇案的銳利鷹眼不可能看不到。他握著滑鼠在小螢幕上笨拙地東點西挪老半天，天南星實在無法忍受，直接將浴室內全部的照片都投放到電視上。

縱然見多識廣，但那些蒐證照片對李劍翔的衝擊也不小。定下神後，他在腦海中模擬火勢走向：堆放在浴缸裡的鋁熱劑，瞬間產生上千度的高溫，一接觸到常溫狀態下的人類體液後，熾熱的火花朝四周爆射開來，整間浴室很快陷入一片火海。

前幾張的蒐證照片中，汪海彬遺體的頭部與下半身皆嚴重炭化，軀幹處因為血肉燒化而突兀地出現一個大窟窿，邊緣呈現深灰色粉末狀，下方兩排肋骨森然可見。只是遺體被破壞得太嚴重，交織著人體器官、體液與被燒化的浴缸塑材，光從照片無法看出太多細節。

有些燒化後的物品散落在浴缸底部，因此鑑識人員將遺體移開後，仍盡責地在各物品旁放上號碼牌，逐一拍照留存。

「放大這張照片，中央偏左的區域。」李劍翔仔細檢視過每一張照片後，找到一個正上方角度，指著約莫是遺體腹部下方的位置說道。

天南星將照片放大一倍後，看見一個不連續的半月牙形燒灼痕跡，裡頭依稀能看見些晶亮的微顆粒。「能不能再放大點？」李劍翔問。

「放大到這樣已經是極限了。不過我可以提高銳利度看看。」天南星說。

數秒後，照片的暗處變亮、模糊邊角變得清晰。這回他們看到，半月牙形痕跡底部，有些帶有光澤、形狀不規則的微小細粒。天南星用同樣手法再處理了幾張不同角度的照片後，這回他們總算看清楚，那些是結晶化的玻璃與金屬顆粒。

在這浴缸裡，有某種結合玻璃與金屬的材質，與汪海彬的遺體同給上千度烈焰焚燒了。但這東西會是什麼呢？在李劍翔思考的同時，天南星已經列出了一連串現代人的行頭清單，包括眼鏡、錢包、鑰匙圈、手環、皮帶、衣飾配件……等等，考慮到汪海彬的著裝習慣，機率最高的應該是……

手機！

天南星旋即調出證物照片，找到了那支小米手機。手機的玻璃螢幕大半給燒融了，機身從下方約三分之一處裂成了兩半，主機板上的記憶體也被破壞，鑑識組無法從中還原資料。

切換到另一張手機的側面照，朝外爆裂開的金屬背殼，就透露出些許玄機了。從兩邊背殼帶有特定斜度的碎邊來看，應該是給上短下長的刃口給貫穿的。根據證物袋編號的報告內容來看，鑑識中心也注意到這手機在被焚燒前，已先被某種金屬器械從中斷開。

「有可能做影像合成，把這兩片給拼在一塊嗎？」李劍翔問。他之前經手過偽造證件的圖檔，知道有這樣的影像處理技術。

「小菜一碟！」天南星輕鬆笑道。不到五分鐘，新的手機背殼3D圖檔出現在電視畫面上。接下來李劍翔再讓他處理榮民之家血案中的那把大刀圖檔，去背後調整適當大小再半透明化，然後疊加到手機背殼圖檔上。李劍翔湊近一看，兩邊居然驚人地契合！從短邊刃口插入背殼的深度估算，長邊刃口至少向前延伸了近十二公分。

不過，現場並沒找到類似的凶器，這意味著……

卓映萱以一己之力殺害全家的那個假設，該被推翻了！當晚必定還有其他人在場。

「這挺有意思的，我來打幾個電話。」李劍翔的眼中迸發出精光。

●

楊穎露在早上十點便抵達朝馬總站，搭上客運回臺北老家。其實昨天下午父親打手機給她，吩咐她不必特別請假回來。但她總覺得這每年一次的固定行程，已然成了習慣，於是在電話中唯唯諾諾地應付後，今日依然北上返鄉。

七年前的今天，大哥遇害了，一家人的命運也隨之改變。二年後，母親抑鬱而終，到死都不曾原諒楊穎露；父親的乖戾脾性變本加厲，原本就帶刺的人際互動進化成冷暴力，儘管前年健康檢查時疑似有肝腫瘤，但他拒絕進一步的查驗；至於自己嘛……則是想為兄長出口氣，憑著滿腔熱血當上警察，但此刻卻面臨進退兩難的窘境。

客運巴士剛過苗栗，她的手機便鈴聲大作，是高中以來的死黨白蒨打來的。她連通藍牙耳機接起電話：

「哈囉，現在是不是正搭車回來？」彼端傳來那開朗清亮的熟悉嗓音。

「是啊，一定要的。」

「怕阿Sir在車上無聊，姐姐我特地翹個班來陪聊解悶的。」

楊穎露感到一陣窩心。「我真是太榮幸了。」

「怎樣，昨天第一天去新單位上班，後悔了嗎？」

「後悔死了，真該聽妳的話，趁早轉行的。妳相不相信，那個學長居然第一天就在大廳睡著了。誇張耶，人來人往的，還兩次！」

彼端傳來一陣驚呼。「哇咧，這擺老也擺得太囂張啦。快！一字不漏全說給我聽。」

●

兩個多小時的車程，還好有白蒨的陪伴，沿路不斷的談笑絮語，轉眼間便抵達了臺北總站。楊穎露沿地下街走到捷運臺北車站，轉搭藍線到西門站，從六號出口一走出來，天空開始飄起小雨，她的心情也變得無比沉重。右轉漢中街，沿著西門町徒步區走上一百二十六步，腳下便是事發地點。

七年前的此時此地，為了給下週生日的妹妹一個驚喜，二十三歲的楊振華準備排上二小時的隊伍、只盼能買到一張韓國男子天團的演唱會門票。再過一小時又十二分，三十七歲的吳朝淵，一位陷入人生最低潮的物流司機，會開著從公司偷出來的小發財車，車上載了兩桶汽油混合肥料的「窮人炸彈」，以一百二十公里的時速，從成都路飛快地右切進徒步區，往人群最密集處衝撞過去。

他原本的計畫是，小發財車一路衝撞到徒步區中段、車頭嚴重損壞無法前進時，再引爆土製炸彈，好拉更多的人與他離開這個「充滿謊言與欺騙的虛擬世界」（遺書原話）。所幸在他引爆前，發財車已先翻覆，兩個塑膠桶的內容物全傾倒在路面上，隨後引發大火與濃煙，並沒有爆炸，否則傷亡會更慘重。

這個案子已在臺灣的治安史上留名。臺灣第一起汽車衝撞隨機殺人事件，共造成五人死亡、二十四個人輕重傷的慘劇，凶嫌吳朝淵也死於被大火燒毀的車內。堪以告慰家屬的是，大哥楊振華是在發財車衝撞時便當場身亡的，希望他離世前沒有感受到太多痛苦。

楊穎露的淚水不斷在眼眶中打轉。有的悲傷，是無法讓歲月沖淡的。佇立在此地，她的心仍如接到哥哥出事通知的那天一樣，發疼得厲害。這也是他們一家不想再踏足西門町甚至整個萬華區的原因了。

雖然今天不是假日，但密集的來往人潮仍讓她感到一陣暈眩，無數的傘緣與水珠不斷與她擦身而過。她緩緩走到路邊的黃色路燈柱旁，沿著柱身設計的環形人行道椅上，零星地擺了數個悼念花束。她從手提袋內取出一束紫羅蘭放了上去，然後開始報告一年來的各種大小事，當然也包括她想轉行，不願再當警察的想法了。只是說到後來，她泣不成聲，連自己都聽不清在說些什麼了。

她並沒注意到，在燈柱斜對角有一家運動用品店，騎樓的天花板上安裝了一支多角度監視器，正將鏡頭轉向她，窺視著她的一舉一動。

十分鐘後，楊穎露整理好心情，搭上捷運去南陽街附近吃了午飯，然後再轉搭公車回到永和老家。她家是在一棟老公寓的三樓，雖然沒有電梯也沒有管理員，不過鄰居們都還不錯，會自動自發地維護公寓環境，只是他們全給父親得罪光了。

「楊小姐，今天休假啊？」她剛爬上三樓，隔壁鄰居從白鐵門後一察覺動靜，便趕忙推開一道門縫，探頭叫住了她。

「哦，羅嬸。是啊，我今天休假呢。」楊穎露微笑回道。

她以半開玩笑的語氣問：「那……我還是想跟妳報案，行嗎？」

楊穎露苦笑著點頭。羅嬸表示，楊爸爸這陣子怪怪的，老在家裡頭敲敲打打的，就算深夜時分一樣製造噪音，打電話找警察來會收斂一陣，但沒幾天又故態復萌，還逐間逼問是哪個鄰居告的狀，搞得整棟公寓雞飛狗跳。

羅嬸說：「阿彌陀佛啊，楊小姐妳既然回來了，就勸勸他好不好，我們這些老人家都會很感激。」

還沒等楊穎露說話，樓梯間忽然傳來上樓的腳步聲，每一步都踩得特別用力。羅嬸登時臉色一變，整個人急縮回屋內，飛快地把自家兩道門關上，楊穎露還能清晰聽見裡頭連上四道鎖的聲音。

她知道父親跟鄰居處得不太和睦，但還真沒料到他進化成瘟神等級，已到鄰人避之唯恐不及的地步了。她輕嘆一聲，從包包裡拿出一張先前用原子筆修改過的名片，從羅嬸的門縫下塞了進去。

那陣熟悉又沉重的腳步聲，直到轉角平臺處停了下來。穿著一套深藍色運動衣褲、脖子上還圍條毛巾的父親，仰起頭詫異地盯著她瞧。

「不都說了，別回來！現在是怎麼，沒錢吃飯啊？」

她已經習慣父親這種別出心裁的指責式問候了，只是淡淡地聳肩回道：「只是想回來看看。」

「有什麼好看？」父親重重地嘆了一口氣，扯下毛巾擦著不知是汗或是雨水。他從軍時已經習慣每天傍晚跑上五公里，就算如今六十五歲了，依然風雨無阻地堅持不懈。只是今天跑步的時間似乎早了點。

父女倆一上一下、沉默地對峙。這是楊穎露自童年以來再熟悉不過的場景了，她以寸步不讓的目光盯視著父親。片刻後，他嘆了口氣，揚了揚手往樓下走。「沒個女人樣，從來不聽話。去吃飯。」

「我吃過了。你不先去洗個澡？」

「我餓了，妳喝湯。」那聲音不管不顧地走遠了。

「我先去擦一下頭髮，放個包包。」

楊穎露掏出家裡的鑰匙，想轉身去開門，但卻給厲聲喝止了：「不用，快給我下來，三秒鐘！」

她無奈地把鑰匙放回包包裡，追著父親下樓。但或許是職業病吧，直到往下走到二樓後，她才回想起剛剛匆促地看了自家門口一眼，似乎有哪裡跟以前不太一樣。

●

這城市今天又下起了小雨，不過對跑慣外勤的李劍翔來說，絲毫不構成影響。之前當差時，三不五時就得在車內蹲點監視，要是碰到仲夏又不能開空調的狀況，弟兄們都巴不得能來場午後小雨好消消暑，而且通常路上的閒雜人等會少一些。當然雨勢也不能太大，要是影響監視器材效能，逼得弟兄們不得不冒險更靠近目標，那反而又要讓人頭疼。

李劍翔跟天南星兩人，一整個早上全用來研究那把抗戰大刀與汪海彬傷口的關係。前者除了打幾通電話確認大刀的下落外，另外覺得最需要釐清的一件事，就是汪海彬的驗屍報告了。雖然法醫有提及此處傷口，但用來對照的證物卻有幾分怪異，因此李劍翔想當面問個清楚。

「我還是要再提醒你，趙科長只放了兩人在這小組，也沒配車配槍，是覺得沒必要自己出外勤，還是盡量用行文或找轄區支援比較好。」天南星照本宣科地說著。

李劍翔早料到他會這麼說，但為了拉攏這個「官方報馬仔」，他討價還價道：「你當然可以發文還是找支援，但這樣做，公事就只能公辦，最後只會得到官樣文章，白白浪費我們的時間。我們現在最寶貴的不就是時間嗎？」

「假如要打聽一些內情，最好私下聊聊。我跟梁法醫有點私交，在辦公室外頭見面，不會打草驚蛇，更不會有危險。老熟人在外頭偶遇然後聊個兩句，沒必要動刀動槍的吧。」

「……行，我也只是遵照科長吩咐，事先跟你宣導一下。」天南星倒是挺爽快地就放棄立場，讓李劍翔有些訝異自己的說服力。「不過你聊聊時可以開著手機，我來旁聽順便做個紀錄。就當作咱倆一起去訪談吧。」天南星補上這句。

這就是他今天中午過後，跑到北屯Subway速食店蹲點的原因了。每週四早上，梁秀楠法醫會去警大上兩堂課，但不知怎地，他對頗受好評的警大餐廳不感興趣，反而會在回到市刑大的路上繞個彎兒，大概在一點時抵達這家速食店吃燒烤牛肉潛艇堡。這是之前跟他公出時，意外得知的一個老習慣。

而「準時」則是梁法醫的另一個老習慣。果不其然，李劍翔在一點十分抵達速食店，就在角落的老位置看到了身著黑色正裝的他。

梁法醫的年紀約莫六十歲上下，總是戴頂左分西裝頭假髮，配戴一副復古卻過大的玳瑁框眼鏡，讓他看起來就是樂於說教的模樣。他稍稍拉開領帶好大快朵頤，雙眼緊盯桌上的手機，時不時樂呵呵地笑著。

「嘿，梁法醫，這麼巧啊，在這裡碰到你。」李劍翔端著餐盤，故作巧遇地打著招呼。

「哎，是你。」梁法醫似乎有些掃興地暫停手機上的節目，把口中的食物吞下後，朝他點了點頭，比畫對邊的座位。「坐、坐。」

記不太住人臉是這位法醫的另一特色，所以一開場總會裝熟客套一番。李劍翔大喇喇地坐下，開門見山道：「我是之前在偵二的李劍翔，之後轉調行政組的。梁法醫還有印象吧。」

他笑道：「……有、當然有。不過聽說你不在警隊了，調去一個神祕的單位？」

李劍翔含糊回道：「沒啦，暫時借調去署裡的研究單位，就幾個月而已。之後還會回去的，終究是老家嘛。」

「怎麼，今天特地在這裡堵我啊？是想聊八卦還是敘敘舊？」

「梁法醫快人快語，那也不好意思跟您繞圈子了。」李劍翔從背包中拿出一份檢驗報告書遞了過去。「我想請教的，是這個案子。」

梁法醫瞄一眼「死者姓名欄」就搖頭苦笑起來。「我說李警官，這不合規定吧，你是想翻案還是怎麼著?公務的東西哪有在外邊討論的。」

「還不是署裡的研究計畫，我拿梁法醫的案例給新人們開示，但裡頭有個疑點，我怎麼也想不透，還差點給問倒了。」李劍翔繼續打模糊戰。他料知梁法醫不會相信這個說法，但他是專注研究的學者性格，如果直奔主題的話說不定能引起他的興趣，省下編排藉口的麻煩。

他飛快地翻至倒數第三頁，那是一張「屍體正面圖」圖樣，供法醫在上頭進行標示。他指著腹上部的那道傷口跟取證照片問：「就是這裡，你有標示這道寬十四點三公分、深十六公分，呈上淺下深月牙形的傷口。」

梁法醫拿過整份報告書，先翻看前面的「一般勘驗」頁面，思考幾秒鐘後，他閉著眼如數家珍地說：「唔，想起來了，就是那具被鋁熱劑焚燒過的男屍嘛。生前有經歷過激烈打鬥，全身上下有十幾處鈍器打擊的瘀傷；雙手手臂有三道防禦性傷口，一道深可見骨；腹上部的月牙形傷口應該會導致大量失血，不過致命傷是在後腦處。喉嚨跟肺部沒有碳微粒，是死後被焚燒的。」

李劍翔看向報告書上的手寫備註，居然完全相符，除去臉盲症不說，這老法醫的記憶力讓人驚嘆不已。

「嗯，我好奇的就是腹上部這傷口。」李劍翔邊說邊展示手機上的照片。那是掉落在命案現場的一支刃長約十八公分的水果刀，刀刃大半染有血漬，旁邊擺著黃色標號二十七。「證物六是把菜刀，如果說手臂的防禦傷口是用它砍出來的，還算合理。但腹上部那月牙形傷口，說是用這把水果刀給扎出來的，就奇怪了吧?」

「當時專案小組的意見是，很可能是水果刀扎入人體後再上下攪動，或是稍拔出一些再刺進去，重複割裂產生這種月牙形傷口。不過那區域的皮膚跟肌肉都給燒沒了，從僅存截面的創口來看，也不能完全否定這種可能性。」

「哦，所以我跟新人們有個假設，有沒有可能凶手故意在屍體上堆鋁熱劑，是想掩蓋屍身上的這些刀傷？」李劍翔問。

「有什麼必要得掩蓋刀傷不可？不想讓人知道他是怎麼死的嗎？但這刀都插得這麼深了，肌肉斷口處應該也看得出端倪。」梁法醫打趣道。「專案小組認為凶手有宗教背景，這可能是某種身後儀式。不過若說要借火勢掩蓋其他東西……那我覺得是銷毀ＤＮＡ還是一些抓傷、刺青類的皮膚狀況，或許還比較說得通。」

「偵三那些傢伙認為這案子是夫妻打鬥造成的，我覺得也太好笑。」李劍翔雙手在空中揮舞道：「這老婆應該是武當還是峨眉的高手，左手菜刀右手水果刀，來回猛劈老公一輪後，把水果刀狠狠刺進老公體內，再重擊後腦把他擺平。」

梁法醫苦笑：「我兩隻眼睛看見什麼，就一五一十全寫在驗屍報告裡了。重建現場的工作，你去問其他人。」

兩人沉默片刻，吃著盤裡的餐點。李劍翔似又想起些什麼，拿起現場照片看了一會兒，提問道：「菜刀的編號是六，水果刀的編號是二十七，假如兩個都是凶器的話，應該離不了多遠吧，怎麼編號會差那麼多？」

梁法醫答：「這水果刀是第二次回到現場才找到的。」

「第二次？」

「我跟他們說，死者身上有一處穿刺傷，現場證物沒對得上的。所以他們才回頭找了第二次。說是那把水果刀掉到櫃子後面的縫隙，所以之前才漏掉。」

「這樣呀……。」李劍翔撫著下巴思考了會，再問：「這案子還有沒有什麼你覺得不太尋常的地方，可以跟我說說的？」

「該說的我都寫在報告裡，其他的我可不能亂說。不過嘛……真要說的話，我是覺得現場的出血量太少。但現場因為救火被破壞了，這點還真不好說。」

李劍翔想起鑑識照片裡，火勢僅次於浴室的客廳，各大小家具幾乎都被沖刷過一輪，地板或牆上真要有什麼殘留血跡，恐怕也被洗得乾乾淨淨。他在筆記本記了幾筆後，問道：「那些專案小組的成員，每個升官都在比快的，你怎麼說？」

「怎麼說？」梁法醫瞪大眼睛道：「說恭喜了吧，還有什麼好說？」

李劍翔莞爾地看著對方。感覺他似乎隱約知道些什麼，但他的職業操守卻不允許他宣諸於口，也只能永遠爛在他的肚子裡了。

●

楊穎露跟著父親楊柏凜一前一後地沿大街走。路上兩人一言不發，腳步左踩右踩地，不知不覺中出腳的頻率也變得一致。一如既往地，父親行軍時總是靜默，直到坐下時才能好好說話。

楊柏凜是特種軍人退伍，傳言曾到海外出過任務、也殺過人，但他總推說這是國家機密，就算對家人也從未明說。回歸社會後，他當過某議員的安全隨扈，之後大哥出事他還兼做社區巡守隊員，每天固定時間都在里內巡邏。直到後來他的身體出了狀況，才將正職兼職一併辭了，甘心賦閒在家。

童年以來，楊穎露跟哥哥對父親印象最深刻的，就是一板一眼的軍事化管理。從個人心理到日常生活都要完全貫徹，棉被毛巾制服全得折成豆腐乾不說，就連意識體能都要加強鍛鍊。加上他的疑心病重，看到點蛛絲馬跡就要追究到底，十分難纏。於是每次得知父親要放假回家時，他們總是叫苦連天，把父子／父女久久重逢的喜悅感都給沖淡了。

大概這也是為什麼即使到了今天，跟父親相處起來，總有種「相敬如賓」的疏離感吧。

兩人走進了熟識的乾麵店，老闆娘一看到楊柏凜，面色詫異地問：「咦，伯伯你不是……。」

他擺了擺手，往身後一比：「帶我女兒來。」接著坐到了靠窗的四人座老位子。

「小姐特地回來看爸爸啦，很有心呢。」老闆娘熱情地招呼著。楊穎露不好意思地笑了笑，拿過點菜單跟筆，又去張羅餐具跟面紙，然後坐到父親對面。兩人點餐的分量只有平日的一半，等老闆娘送餐上桌後，楊穎露邊用面紙擦淨餐具，邊問道：「你最近身體狀況還好嗎？下雨就不要勉強去跑步了，著涼感冒沒人看著你。運動是為了養生又不是傷身。」

他冷哼道：「這點小雨連洗臉都不夠，想讓我著涼？派個颱風來差不多。」

「爸，我幫你去醫院排個時間好不好？你的肝一定要進一步檢查，不能拖。時間定下來，我再回來帶你去檢查，不然我不放心。」

「說幾次了？不用。」他不耐煩地回道：「老子的身體老子清楚，妳好好當妳的警察，不必亂操心我就最放心。妳還在那間小派出所？」

「對，我還在那邊。」楊穎露簡短回道。之前她想轉職的事，壓根兒沒讓父親知道。他不是能讓自己好好吐露心事的對象，天知道要是全都這種有一搭沒一搭的問答題，他到何年何月才能明白自己心中的糾結？

接下來兩人埋頭吃著飯，餐桌上沉默了幾分鐘，直到父親沒頭沒腦地冒出這句話：「他們最近過得很快樂，好像不關他們的事一樣。」

楊穎露聞言一愣，但瞬間明白父親說的是吳朝淵一家的事。「你在幹麼啊，不是說過不會再去管他家的事了？」

父親蹙著眉頭沒作聲。雖然吳朝淵在車內當場死亡，他的年邁雙親也在媒體記者們的面前下跪——這幾乎成了隨機殺人犯家屬的固定戲碼，但對失去獨子的父親來說，還遠遠不足撫平他的傷痛。

諷刺的是，死者的十六歲兒子居然誤打誤撞變成了網紅。他原本是把一支「我是隨機殺人犯的兒子」獨白上傳到自己的臉書，裡頭述說著自己痛苦的心境變化，之後給無良行銷團隊看上，開始操作「我的贖罪之路」YouTube頻道，包裝成加害者之子背負父親罪過的心路歷程。

頻道內，敘述著一位殺人犯之子每天如何挖空心思，透過各種大小事試圖來「彌補社會」，間接穿插自己去跳官將首、廟會日常與打工花絮等頻道。當然，大部分的工作與善行大多是演出來的，因為他的頻道訂閱人數已經達到七十多萬人，據說每個月拆帳加廣告分紅能有三十多萬元。

父親無意間看到新聞報導後，便開始追蹤這個頻道。每一集的內容都沒落下，但眼裡總是閃動著憤恨的火焰。之後他還從影片中透露的訊息，把吳朝淵一家的臉書或ＩＧ帳號都加入追蹤了。

「爸，事情都過這麼久了，他們也有權利過他們的日子呀！我們就好好過我們的日子，好嗎？」

「我就不想看他活得耀武揚威……妳趕快吃完，回妳的臺中。」父親突然變得暴躁起來。

楊穎露故做淡定地回道：「你不必趕我走。我知道，你不想我進家裡，連門鎖都換過了吧。」

被父親喚下樓那刻，楊穎露匆匆瞥了家門口一眼，總覺得哪裡怪怪的。直到快走出公寓大門，她才意識到，鎖頭的樣式好像變了。為此，她還特地衝上樓去確認，果然自己的鑰匙已經開不了家門。

「你現在打算把自己關起來，連女兒都不給進家門了嗎？爸，你到底在想什麼啊？」

父親先是閃避她的目光，片刻後才鎮定地說：「……我最近認識了一個女人，很談得來，她現在就在客廳。重要關頭，我不想妳去打擾她。」

「什麼啊，原來你是在把妹啊。」楊穎露翻了個白眼，哈哈笑道：「早說開就好了嘛，幹麼這樣陰陽怪氣的。我老爸到這年紀還有人看上，我高興都來不及了，不必這麼防著我。」

楊穎露聽到這意料之外的答案，放下了心中大石。她以為父親的妄想症又發作，又在防範東防範西的，搞得自己緊張兮兮。

父親老臉一紅，回道：「還在磨合期，怕妳們起了衝突。晚一點再安排妳們見面。」

「爸，你不要想太多。」楊穎露誠摯地握著父親的手，說：「每個人都要去追求自己的幸福，你的第二春我一定會支持，相信媽媽也會這麼想。等你介紹阿姨給我認識喔。」

父親如釋重負地點了點頭。「好啦，就這樣。妳下次回來再多住幾天。」

「那我不去打擾你們了，等等我就回臺中。下次一定要把新鑰匙給我。」楊穎露笑道。

離開麵店後，她想先去附近買些日用品再去搭車，不料很快地就接到天南星的來電：

「小楊，妳是今晚還是明早回臺中？」

「我這邊事情都處理好了，打算晚上回去。」

「先等等。老李打算明天去花蓮一趟，票幫妳安排好了，妳明早從臺北火車站上車，跟他會合。」

「今天可真有趣，每個人都叫我先別回家呢。」楊穎露嘟囔著。

「什麼？」

「沒事、沒事……是說老李學長有進展了嗎？」

「是啊，總算。我把幾個討論跟開會的錄音檔放到雲端了，妳有空開來聽。」

收了線後，楊穎露不禁對明天的行程有些期待。她總算也能像個刑警般，走到犯罪第一線來偵查辦案了。

七、李劍翔：大刀採樣

當初不是說好靠那套神奇……不，是神略系統，就算悠閒地坐在辦公室裡也能破解懸案嗎？怎麼現在還得大老遠地跑趟花蓮呢？天南星沒解答楊穎露的疑惑，只推說反正明天火車上的時間很多，再留給老李慢慢講解。

於是為了配合這趟臨時行程，楊穎露只好在火車站附近找了間膠囊旅館將就一晚，並把雲端上的錄音檔聽過一遍，銜接昨天錯失的進度。隔天一早搭上指定的臺鐵班次，李劍翔已在座位上笑吟吟等著她。

「有跟上我們昨天的進度喔？有沒有嚇到，老刑警的經驗豐富吧！好，那直接切入重點。這次我們要親眼去看看，那把傳說中的抗戰大刀。」

「不過按照槍砲彈藥刀械管制條例，這大刀不是應該在結案五年後被銷毀嗎？」楊穎露好奇地問道。

李劍翔雙手一拍，說道：「沒錯，妳說到重點了。按照法規，這把刀應該要被銷毀，何況民國八十七年後，花蓮地檢署才蓋了大型贓證物庫，在那之前這類東西都得拜託各單位幫忙保管的。明明空間都不夠用，為什麼還會特地留下這把刀？我打了幾通電話去確認過，但就年代久遠，誰也搞不清楚是怎麼一回事。光憑這點就值得親眼去看看了。」

楊穎露笑道：「不是吧，老李。你該不會是想說，有人特地從花蓮偷出那把大刀，跑到豐原殺人後，又千里迢迢放回花蓮了吧？這殺人犯比神略還神了。」

李劍翔雙手一攤，臉上露出賣個關子的笑容。「我也不知道，神略給的線索就是這樣沒頭沒腦的。但我有直覺，這一趟也許能找出什麼東西，只是我們要隨機應變才行……對了，妳想想啊，要是那把大刀上真能驗出汪海彬的血跡，不是超懸疑的嗎？」

「怎麼可能！那是鬧鬼了吧。」

公務談得差不多後，兩人暫時無話可聊，只能轉頭看著窗外飛馳而過的風景，氣氛有些尷尬。楊穎露提議道：「到花蓮還久呢，你要不要小睡一下，比較保險些？」

「我現在精神還不錯……噢，我知道妳的意思了，真是謝謝關心啊。」李劍翔苦笑道。

楊穎露揚了揚眉，俏皮地吐了個舌頭。

李劍翔沉思片刻。扣掉那個見不著人的天南星不說，這新單位也就兩個活人，是應該要相互照應。為了省卻日後不必要的麻煩，他覺得現在正是向小楊吐露心病的好時機。

「妳還記得半年多前，發生在大雅廢棄工廠的那場緝毒槍戰嗎？」

「知道。你還是帶隊官，而且也是第一次有歹徒扛機關槍打警察吧。」

當時刑警們已經鎖定目標位置，就在工廠旁的鐵皮屋庫房裡。李劍翔完成包圍部署，並親自帶隊指揮攻堅。八名全副武裝的刑警正準備破門而入時，屋裡的歹徒不知怎麼探知動靜，架起M249班用機槍隔著鐵皮牆就是一陣亂掃，聚在門邊的刑警根本來不及反應，兩名弟兄被射穿防彈背心當場陣亡，自己則是大腿中彈倒地，但也許是這樣反而救了自己一命。

想起當時的慘狀，李劍翔仍心有餘悸，渾身冷汗直流。他定了定神，說：「……如果說，我這偶爾就會睡著的情況，是那場槍戰的後遺症，妳信嗎？」

「你的頭也給機關槍打到了？」楊穎露詫異地問道。

李劍翔搖頭苦笑。車程還有一個半小時，看來應該很足夠幫小楊好好惡補一堂PTSD課了。

●

在前往花蓮地檢署的計程車上，兩人還在討論這「非典型PTSD」。李劍翔回道：「擰大腿啊，看能不能讓自己痛醒，可是多半沒用。搞到後來我都不敢開車了，要是開在內線碰到紅燈，不能馬上靠邊停，這時突然睡倒……我連想都不敢想下去。」

「要是突然想睡但情況不允許，那怎麼辦？」楊穎露好奇地問道。

「平常沒有恐慌、焦慮，只有猝睡？老李，你這症頭真的是PTSD，還是單純的睡不夠？」

「誰說沒恐慌焦慮的。我這大半年來都沒跑過靶場，連常訓都喬掉了。聽到槍聲還是心驚肉跳啊！有時症狀嚴重點，還會想說轉調行政不必跑前線，是件好事哩。」

說罷，他訕訕地轉頭看向窗外。感覺他的心情似乎頗為激動，楊穎露帶著歉意拍了拍他的手臂，不敢再追問下去。

其實真正讓他惡夢連連的壓力來源，並不是腿上那該死的槍傷，而是親眼目睹好弟兄突然被子彈擊穿防彈背心，胸前噴出的血花濺了他一臉，然後那弟兄睜大眼睛、一臉不敢置信的神情，下一秒雙膝跪倒，趴在地上一動也不動了。

「兩位是第一次來花蓮嗎？可以往左邊看一下，我們的在地名人喔！」計程車爬上一段陡坡，行經美崙山公園時，計程車司機像是要化解兩人間的尷尬氣氛，出聲提醒著。

李劍翔抬眼望去，只看到一個由舊碉堡改建的巨大米老鼠頭，戴著一副巨大的紫色口罩，搭配自帶假睫毛的大眼比出YA手勢，朝著來往車輛開心地招呼。李、楊兩人不禁莞爾。

花蓮大型贓證物庫位於美崙區府前路上。兩人先在旁邊的地檢署下車，到二樓的紀錄科找一位昨天連絡的陳姓偵查紀錄書記官。李劍翔也照天南星先前的吩咐，把手機反插在胸前口袋處並開啟鏡頭，好讓他全程參與。

兩人在會客室裡等了幾分鐘，書記官便現身了。相互交換名片介紹後，隨即切入正題：

「你們那邊是在辦什麼大案？連這擺了幾百年的古董，都要特地繞半個臺灣跑過來看？」書記官好奇地問。

李劍翔以一副「沒什麼大不了」的神情，抬出預備好的說詞：「是個還在調查的小案子啦。有人上網拍買抗戰大刀，賣家保證是家傳真品，可是買家覺得是假貨，有些爭議。剛好有弟兄在資料庫裡一查，發現你們這邊還真的有一把同款式的，就想說來親眼確認一下。」

這番說詞當然無法讓書記官信服。但不細問非自己經手的案件，是檢警間不成文的規矩。因此他也沒深究，領著兩人回到一樓長廊，往地檢署側門走，有條風雨走廊通往旁邊的一棟三層樓建物，一樓外觀為鐵灰色、二樓以上為白色，門窗都上了粗大鋼條，看起來一副防衛森嚴的模樣。

書記官帶著兩人在門口法警處登記換證，過個金屬探測門，然後用電腦查詢榮民之家血案的卷宗編號，確認那把大刀放在地下室的Ｂ７庫房裡。

接著一名年約五十多歲的老法警領著一行人到地下室，沿途共開了三道門，進入了那間溫濕度保持恆定、約有百來坪規模的Ｂ７庫房。房間裡擺滿了多組四層白鋼角架，塞進各種紙箱、塑膠袋與雜物等，上頭都貼有大張白色標籤。從紙箱與標籤的泛黃程度來看，這間收納的多是二十年以上的贓證物。

各排置物架之間預留的走道很窄，幾乎只容一人橫身前進。法警打開所有的電燈開關後，就領著眾人一路向前走到最後排，接著往牆面一比，李、楊兩人抬頭望去，便看到了此行的目標——那把抗戰大刀被懸掛在牆上高處。沒有刀鞘，而是用一條約拇指粗的牛皮帶繞過刀把與刀身來固定。懸刀處的左方角落剛好是監視器位置。兩人借來矮梯，輪流爬上去仔細觀察它。

刀身已鏽跡斑斑、布滿灰塵，毫無金屬光澤。握把處纏繞的黑布也殘破不堪，一大半的絲縷下垂，成了碎爛流蘇，早已沒有當年縱橫沙場的氣勢了。不過在半月牙形刀口與前端刀刃處，仍留著一灣如乾凝血塊般的黑褐色殘跡，彷彿在誇耀自己殺生的本事依舊。看著那已鈍化捲曲的刀口，楊穎露忍不住要想，被這古董刀貫胸而過，會死得有多痛苦？

「大哥，按照規定，這把刀不是早應該要銷毀的，怎麼掛在這兒了？」書記官幫忙問了這題。畢竟他也才輪調到這裡沒多久，對陳年舊事還沒有眼前這位老法警熟悉。

「這我也是聽來的。之前管證物的某科長是江蘇人，打過抗日戰爭，覺得這大刀是珍貴的歷史文物，跟署長申請想保留下來。之前這庫房還沒蓋，很多贓物、證物要是塞不進承辦人的腳邊，就全堆到地下室去，跟那些卷宗、辦公雜物全混一起擱著，一整個亂糟糟。有幾個同事說，晚上值班時，常會聽到庫房裡有點奇怪的……動靜，那科長就把大刀掛上牆面，說上過沙場的武器能鎮宅，結果還真的有用。這新庫房蓋好後，大刀也移過來這邊了，那時還有私下請高人來幫忙安座哩！」

楊穎露若有所思地問：「所以這把刀就是當年扣押下來的樣子？有再去整理過嗎？」

法警搖頭：「沒，誰吃撐了去整理它呀？更何況資深的都說亂動這把刀就會出事，平常避著躲著都來不及了，誰敢去動它呀。」

「那我問一下，只是問問看……我們有可能採樣嗎？就刀口那裡，小小地抹一點，保證不會動到刀身的。」李劍翔試探道。

對方兩人的臉色全變了。法警連連搖頭：「不妥、不妥。」書記官也不解地問：「採樣有什麼意義嗎？你們只是來確認古董贗品，跟上面的殘跡有關係嗎？」

「沒事，只是問問而已。」李劍翔擺動雙手，假做失言狀。

書記官說：「如果你覺得真有必要，我看還是先送個公文來……。」

「啊，那我們有帶高解析度的攝影機，從各角度錄影留存，這樣沒問題吧？」李劍翔再次保證道：「當然，就只是錄影，絕對不會動到刀身。」

書記官跟法警互相看了眼，似乎仍有點疑慮，但最終還是點頭同意了。

「攝影機放車上，我們上去拿一下，很快回來。」李劍翔朝兩人打著哈哈，接著一把將仍一頭霧水的楊穎露給拉到庫房外。

「我看不懂你到底在幹麼，說什麼回停車場拿攝影機？我們哪來這些東西呀？」被李劍翔拉著往前棟地檢大樓走的楊穎露，一臉疑惑地問：「還有，到底為什麼要堅持採樣？豐原一家三口的命案，怎麼看都不可能會是這把刀殺的呀？它一看就是幾十年沒人動過了。」

李劍翔找到一間無人會客室，將她揪了進去並關上門。接著正色道：「沒錯，問題就在這裡，那把刀看起來像是幾十年沒人動過。但妳覺得，它跟我們在蒐證照片上看到的，是同一把嗎？」

楊穎露看著手機上的照片，邊與腦海中的印象比對著。「乍看是同一把，刀形、刀把甚至刀身上的缺口都相同，可是刀刃跟刀把那裡的質感不太一樣……不確定是不是因為生鏽的關係。」

「我覺得不是同一把。」李劍翔斬釘截鐵道：「那把刀上，我感受不到殺氣。當刑警這麼多年，有殺過人的凶器，我一靠近就能感覺得到。」

對這種「神回覆」，楊穎露不知該說什麼才好，倒是天南星接口：「感謝老李的科學解釋，我來補充明顯的一點……能不能把手機放平，有個比較圖給你們瞧瞧。」

李劍翔把手機平放在會客小桌上，楊穎露湊過去一看，天南星把方才錄製的影片與當年的蒐證照片進行比對：「我用比例尺APP來量測，長寬跟刃口曲度都很接近，在誤差範圍內，而刀刃上的血痕跟鏽班位置都差不多，當然掛在牆上這把鏽得更厲害些……。」

「所以呢，講重點。沒時間啦！」李劍翔不耐地催促道。

「重點在刀把的纏布這裡。」天南星放大兩邊同一側的刀把部位，上頭都纏繞著黑色布條。當年的布條本已有些殘破，至今更成了一道道的殘布碎縷。「乍看之下兩邊纏布的布料跟纏法很相似，但放大一看就會發現，目前這把的破裂處是之後人工故意仿造出來的，加上用的布料纖維不同，所以時日一久，兩邊朽裂的紋路就有差異了。」

天南星在兩邊照片上用紅圈標示了幾處，李楊兩人仔細看去，如果將圖片放大到能看見布料編織的紋路，就能輕易地發現蹊蹺處。被標示出來的地方，碎裂的布料紋理與之後朽爛的趨向是完全對不上的。

「如果真像他們說的那樣，幾十年來都沒人動過這把刀，那麼肯定是有人用另一把假刀換過真刀，而且還細心地做了復舊。」天南星宣告道。

楊穎露立即聯想起豐原血案中那場詭異的火災。「所以凶手故意用鋁熱劑焚屍，是為了不讓人聯想到那把凶刀其實流落在外？」

「現在妳知道我為什麼想採樣了吧，因為這會是最直接的證據。」李劍翔說。

「是啦，可是不能像他們說的那樣，送個公文照程序來嗎？畢竟人家都說了，隨便動它會出事的。」楊穎露仍猶豫著。幹了多年的制服警員，她早已習慣最好凡事照規矩來，也很清楚各單位難免有各自的迷信，一旦違反往往就會真的出事。

倒是李劍翔不以為然地「嘁」了聲，說：「都什麼年代了，怎麼還信這個，何況咱們還是執法人員。」他看著楊穎露說：「小楊，假如只是來看一眼還是拍個照，我叫他用網路傳來就好，何必特地拉著妳跑上這趟？車程來回八、九個小時，還不一定能報銷呢。」

楊穎露轉朝手機提問：「天南星，你怎麼說？」

「這個嘛——」天南星的臉上出現為難神色。「我也就是個外包商啊，輪不到我來指揮。但老李說得也是有那麼點道理。假如連證物都會被掉包，說不定這機關裡有內鬼，我們要是照正規程序來，可能被刁難還是拖延的，之後要查可就更困難了。」

楊穎露搖頭說：「你是外包人員，想著是怎樣便宜行事，好早點完成你的計畫？可是你要知道，這種非法採證來的東西，是上不了法庭當證物的。」

李劍翔笑道：「那咱們就先別聲張，把這些非法採證來的東西當作是手裡的籌碼。等這些籌碼累積得夠多，再一次亮出來讓幕後黑手一招斃命。到時我們再循正規管道來取證，還有誰敢作怪？哎，我們說了那麼多，妳到底幫不幫？」

楊穎露有些氣惱地咬著下脣。眼前這般進退兩難，又讓她想起以前在派出所因性別不同而來的差別待遇，總是因為各種理由被趕鴨子上架，勉為其難地接受別人的安排。反正自己早宣告不當警察了，眼前這差事對自己來說可有可無，她決定豁出去了，鼓起勇氣說：

「……要我幫忙可以，除非你們答應，以後要我配合什麼事，都必須事先跟我說清楚，我同意後才算數。不然像今天這樣逼我就範，我做不到！」

「同意、同意。」李劍翔點了點頭，說：「小楊，跟妳說聲抱歉。要不是妳昨天剛好請假，我們肯定會事先跟妳說清楚，不會硬逼妳配合。」

手機裡的天南星也忙不迭地猛點頭。「當然同意。」

「呼……。」楊穎露在心中暗暗鬆了口氣。其實說出自己的意見也沒那麼難嘛！不必什麼事都非得吞忍下去不可。「好吧。不過接下來的問題是，要怎麼暗中採樣呢？書記官跟法警都在旁邊守著，還有部監視器，而且我們就算站上矮梯也搆不著刀身。這些問題要怎麼解決？」

「放心，我有計畫了。偷雞摸狗這種事找我就對了。」天南星老神在在地笑道：「首先老李你先讓手機連上主樓的無線網路，然後在這房間找個地方把手機藏起來，最後還得需要你來演齣戲就行。至於小楊，妳的任務就稍稍刺激些啦……。」

聽完天南星的計畫，李、楊兩人開始有些緊張了。雖然算是兄弟機關，但要是失手的話，估計會讓花蓮、臺中兩地的檢警都不太開心了。

●

李劍翔跟楊穎露再次回到B7證物庫房。書記官跟法警仍等在後方牆邊處聊著天，李楊兩人側著身子，一前一後地挨擦著滿坑滿谷的紙箱朝他們走去。

「左手邊第二個架子上，八十五年度第七十七號箱子旁邊。」走到中途時，兩人的藍牙耳機裡傳來天南星的提醒。李劍翔裝作被某個證物箱卡住，故意放慢腳步排除障礙；後邊的楊穎露藉著他的身形掩護，飛快地把左邊架上的一支相機腳架拿在手中，用事先準備好的封箱膠帶覆蓋上頭的證物標籤，並以濕紙巾擦去上頭的灰塵與鏽斑。

「你們不是說要去拿攝影機來存證的？」書記官看到兩人手上都沒拿著類似器材，詫異地問道。

李劍翔搬出臨時演練的說詞，掏出手機笑道：「喔，不需要啦，我們是去拿這支……有高解析度相機的手機，從各角度錄影後，再回傳給鑑識中心來做個3D打磨……。」

「3D建模！」耳機裡，天南星沒好氣地糾正著。

李劍翔尷尬地乾咳一聲：「……嗯，3D建模，然後電腦跑程式算個圖，這樣就能用數位的方式，完整地保存這把刀的資料，比直接把實物帶回隊上還強呢。」

書記官跟法警疑惑地互望一眼。「有這麼厲害啊？看來我是得再去臺北進修一下了。」書記官半信半疑地說道。

一旁的法警擺手乾笑：「喔，現在科技這麼進步了。不過這些我也不懂啦。」

書記官湊近看著楊穎露手上的腳架，上頭是傳統相機用的雲臺。「你們這支手機要怎麼裝上這支腳架呢？」他納悶地問。

「哦，這沒親自操作過的肯定不懂了，這可是有眉角的……。」李劍翔呵呵笑了聲，以自信滿滿的語氣，複誦耳機內天南星的說法：「這腳架是用來固定手肘用的，因為拍攝時微小的震動，都會造成圖像模糊或破損，所以穩定性是很重要的。」

接下來李劍翔又補充了幾個看似高深的理由，說服法警幫忙關閉庫房內所有的日光燈，再拿緊急照明燈來當作補光照明，移近牆邊直往刀身上照射。「這樣可以了嗎？」李劍翔像是對著楊穎露說話，但其實是在詢問天南星的意見。

「再往右十五度……可以了。」天南星透過鏡頭量測光照度，協助完成燈光微調。

他先前已查詢過這間贓證物庫的所有標案，得知了此間庫房使用的紅外線攝影機型號，然後再從廠商網站取得所有參數，發現光圈調節速度太慢是這款產品的軟肋。因此他故意關閉其他光源、獨留強光照射大刀懸掛處。

這樣當攝影機在極明與極暗處來回擺頭時，感光元件必須頻繁調節入光量。這段過程中影像處於過曝狀態，螢幕上只會看到一片刺眼白幕。而當鏡頭調節完畢後，攝影機又開始往暗處擺頭，前面的調節流程又得重新來過。

天南星模擬過，藉著這樣的調節時間差，就算有人在螢幕前監控，在過曝狀態下除非立刻手動調整明暗度，否則很難發現大刀被人動了手腳。當然，除了動手腳的速度要夠快，現場還有其他障礙要排除。

此時，書記官的手機響起來電鈴聲。他接起後匆匆說了幾句，臉色忽地大變，連連點頭表示馬上回去。他一臉歉意地看向李楊兩人：「哎，不好意思，上面突然有些急事，我去處理一下。」接著又對法警說：「老劉，就麻煩你幫忙招呼貴客。萬一我來不及回來，你再幫我送送他們。」

楊穎露此時正拎著三腳架站在矮梯上，拿著手機準備進行錄影。李劍翔則跟著書記官朝外走，一邊對他握手道謝：「書記官，太感謝您的幫忙了，這次要不是有你……。」

就在兩人挨擦著貨架朝外走時，忽然聽到旁邊走道一聲巨響，一個中型紙箱給推落下去了。盒蓋大開，裡頭的卷宗、照片與證物袋等全灑落一地。

李劍翔尷尬地說道：「哎、哎……不好意思，一個用力過猛，不小心給碰下去了。」

書記官的臉上浮現無奈神色，朝法警喊道：「老劉，再拜託你幫忙一下了。」接著快步走出門外。樓上的狀況似乎非常緊急，讓他不敢再多耽擱。

老法警打開手機上的照明燈，往那條過道走去。只見大量的雜物散落在地面上，有些還滾落到架子底下，不禁低聲埋怨道：「這麼大個兒的箱子，架子這麼寬，還能給碰成這樣，你老哥也挺能幹的。」

李劍翔裝作沒聽到，急忙繞了過來，又是打躬作揖又是連聲道歉地，邊拿起紙箱開始撿拾起地上的東西。法警沒奈何地蹲下來幫忙收拾。

當那法警的視線一被置物架與李劍翔的身形給遮蔽後，楊穎露隨即將手機插回口袋，算準監視器的擺頭時機，立刻翻轉三腳架使其上下顛倒，把單邊腳架當成晒衣桿，直接伸進掛刀繩的下方，連繩帶刀地從牆上給摘了下來。

接著她拿出準備好的小刀與採樣瓶，從貼牆的那一側刀口處，刮下兩片約指甲片大小的黑色凝固血塊，放進採樣瓶中。她再高舉腳架把刀繩給掛回原位，花了點時間調整一下位置。整個過程中，她盡可能地貼緊泛著強光的牆壁操作，以免暴露在監視鏡頭前。

雖說都已鐵了心想轉行，但冒著上級機關之大不韙，在人家的地盤上幹這偷雞摸狗之事，楊穎露的心臟還是狂跳不已，後背冒出的冷汗都把襯衫給浸得濕透，還好她的手腳很俐落，天南星的計畫實行起來也比想像中容易些，作業時間幾乎不到三十秒，甚至連萬一被法警抓包的緊急備案都沒用上。天南星也忍不住在耳機裡暗讚了聲。

接下來，楊穎露裝模作樣地進行拍攝，李劍翔則老實地撿拾地上的雜物，而書記官沒再回到庫房。折騰了十多分鐘後，腿疼腰酸的老法警繃著一張臉，步履蹣跚地將李、楊兩人送出庫房外，勉強擠個笑容向他們道別。

暗中利用了這老好人，楊穎露心中有些過意不去，忙向法警連聲道謝。李劍翔揪著她，先回到主大樓的會客室把手機給拿回來，最後快步地走到外頭攔了輛計程車，往花蓮火車站駛去。

「你……還好吧？」楊穎露注意到李劍翔的雙手抖個不停。

「喔，呵呵。」李劍翔興奮地長呼了一口氣，將雙手緊緊交握在一起抑制顫抖，「唷呼」地喊了聲，把司機給嚇了一跳。「媽的……這應該是我這幾個月來最刺激的任務吧，哈哈。我很擔心那法警會回頭，焦慮得都快死掉了。還好他一蹲下去都爬不太起來了，不然他要是真回頭了，我在想得給他來個裸絞還是側手刀放倒他，哈哈。」

看到老李汗流滿面卻又興奮得瞳孔放大的怪異模樣，楊穎露有點毛骨悚然的感覺，暗中抹了把冷汗。「那……天南星是怎麼支開書記官的？」她轉移話題道。

「哦，小意思。我用會客室那支手機連上內部網路，然後從郵件伺服器裡面找到書記官的內部IP，連上後發現他的筆電安裝的還是Windows 7老系統，而且幾乎沒更新，有很多漏洞可以利用。所以我取得遠端操控的權限後，就幫他在網路上找了支日本愛情動作片，直接用全螢幕跟最大音量播放出來……然後他們的組長就急得到處找人了。」天南星輕描淡寫地說。

楊穎露聽了差點沒吐血。「你是沒有其他更好的作法了嗎？居然用這種損招。」看來那位書記官的年度考績是拿不到甲了。「這樣惡搞，我們真的會下地獄啊。」她嘀咕道。

「好吧，希望這些犧牲，真的能查出些什麼。」李劍翔激昂的情緒穩定下來後，拿起採樣瓶，看著裡頭的兩片血樣。「要是真能讓案子水落石出，公務員的一時得失算不了什麼的。」

半小時後，兩人搭上了往臺中的普悠瑪號。「老李，你就別客氣了，好好睡一下吧，車程四個半小時呢。」楊穎露說道。

「不用，我電力滿滿，感覺還能熬個夜哩。」李劍翔精神抖擻地回道。

「那好，等回臺中後，我們就先把血樣送驗，然後再看看神略的其他案件，哪一個比較好處理的，列個優先順序。我倒是認為可從第一件行車糾紛著手，從這幾個人或許能深入了解……。」

楊穎露自顧扳著手指說道，但隔壁卻無絲毫回應。她納悶地轉頭一看，只見李劍翔將頭倚著窗邊，已呼呼大睡了。

「老李，你這一言不合就睡倒的症頭，真的很嚴重啊。」天南星從旁幽幽地補了句。

八、卓映辰：警隊與教徒

今早卓映辰沒開店，而是特地開車趕往豐原汪宅，與汪海彬父母的代表陳律師碰面。卓映辰提早十分鐘抵達那傷心地，大門上的黃色封鎖線已被拆除，改用兩組工程圍籬搭配鐵鍊、鎖頭作為臨時阻隔。

雖然此時烈日當空，但當他透過圍籬縫隙看進客廳，卻只剩下深沉的黑暗與淒清，空氣中瀰漫著燒融後的木頭與塑膠的焦味，還隱隱有種蛋白質焚化後的刺鼻味道。

不多時，陳律師也開車抵達。他從公文包裡取出了幾份文件，直接在車頂上攤開。「卓先生您好，因為汪爸爸汪媽媽不克前來，由我全權代表。有些資料要請您過目簽名。」

這些都是汪海彬與卓映萱的身後財產分配文件。根據汪家兩老的意思，卓映萱的壽險部分可以留給卓家這邊，而其餘的部分歸汪家所有，當然如果有所不滿或想爭取什麼的，就反映給陳律師。對這樣的安排，卓映辰沒有異議，每份文件大致看了幾眼便直接簽名。

陳律師謹慎地收攏文件，一邊說道：「就像前兩天跟卓先生說的，今天想請您進去看看，收拾一下令姊的東西，能帶走的就盡量帶走。之後汪爸爸他們會找人來整理，如果沒帶走的可能會被當成廢棄物處理。」

卓映辰悶悶地點了點頭。他的心中很不是滋味，但又不知該怎麼回應比較好。接著陳律師拿出備份鑰匙打開了圍籬上的鎖頭，請卓映辰自便，完事後再把鎖頭扣回去即可。陳律師交代完便匆匆離開，似乎不想在此多待上一分鐘。

雖然卓映辰在車上準備了兩只收納箱，不過他現在沒打算拿下來，而是掏出一支手電筒，在屋裡仔細搜查，看看能不能找到一些證明大姊清白的線索。

客廳裡一片狼藉，許多被焚燬、水浸與碎裂的家具雜物堆疊積壓，不抹去上頭厚重的黑炭粒，都看不清原本的面目了。他在客廳裡繞了一圈後，又走到燒毀得最嚴重的浴室門口，那塑膠門幾乎給燒融得剩下三分之一，而首當其衝的浴缸則是扭曲變形，中央裂開一大段口子，露出了下方焦黑的水泥地面。

對一個刑偵門外漢來說，想找到線索談何容易？卓映辰忍受著刺鼻氣味，在各角落搜索了十多分鐘，甚至學推理小說橋段，鬆開排水口的螺絲，看看排水管裡有無蹊蹺等，雖然許多殘片碎屑看來很可疑，但他不知道該怎麼蒐證，到頭來還是徒勞無功。

他沮喪地擺了擺頭，舉步朝二樓走去。汪家的人已經先來過這裡，把汪海彬跟秀秀的全部東西都拿走了。至於卓映萱的衣服、保養品與書籍等雜物，則是絲毫未動。這倒不是他們刻意想把大姊的東西留給卓映辰，而是……

主臥室床頭懸掛著的那張全家福照，足已說明了一切。

婚紗照的玻璃框被扔到地板，裡頭照片被整齊地裁去三分之二，也就是原本屬於汪海彬跟秀秀的那方版面。現在照片上只獨留卓映萱孤伶伶地站在右邊，但仍執拗地展露最幸福的笑靨。

看到這張給強迫拆散的全家福合照，卓映辰感覺心臟被什麼東西給刺了一下，隱隱作痛。衣櫃裡有幾冊婚紗照與紙本相簿，逐本檢視也都是同樣的狀況。他珍而重之地把照片都放進隨身的背包裡。

原本他還在考慮要怎麼處理大姊那一大堆的衣服跟保養品。但看到眼前這樣的情景，他決定今天把屬於大姊的東西全都帶走。哪怕只留下一件她的外套、她的牙刷，就好像強迫把她的一部分給留在這已不完整的家裡似的。

一打定主意，卓映辰轉身想回車上拿收納箱，但隨即一腳踩上地面散落的雜誌、書籍。他小心地挪開腳步，而其中一本黃色封面的《苦樂自度真人生》小冊子忽然吸引了他的目光。

封面右下角註明了「紫陽萬靈聖道會」，這本就是警方認為卓映萱加入的那個「新興宗教」經文小冊。他隨手翻了翻，裡頭完全沒有折痕或翻閱過的痕跡。前頭有幾張彩頁，除了教主的發光玉像外，其餘都是教徒們的活動照片。出席者清一色都穿著黃色ＰＯＬＯ衫與紫色領巾。

卓映辰回頭打開主臥室裡的所有衣櫃，但並沒有發現類似的衣物。

他坐到床沿，慢慢翻著手上的這本小冊子，陷入長考。會不會新的突破口就在這裡頭呢？

●

卓映辰花了一個多小時，把大姊的雜物裝滿了兩個大型收納箱，但還有近五、六十件衣服塞不進去，只好再找了幾個垃圾袋來分裝，最後把自己小車的前後座都給塞得滿當當。

他還沒想到這些東西帶回家後得囤哪兒，詹悅然肯定也不會想接收這些女性用品。但如果到頭來還是得丟出門的話，那不如現在就別帶走？不、不，就算最後得丟棄，但放在這裡等著被丟，跟自己帶回家後再丟，兩者意義是截然不同的。

不知道大姊能否有所感，又或者真有誰會在乎這種事，但他就是這麼頑固地堅持著。

重新把透天厝的大門封上後，卓映辰坐進車內，開了瓶礦泉水猛灌，一邊打開手機看著記事本APP上的「真相調查待辦事項」。他加上了一條「走訪紫陽萬靈聖道會」，順序在「去四海通找一米勞談談」、「調查寶石利達社區」之上。

原本他想第一時間去四海通了解狀況。因為他直覺這樁慘劇很有可能跟汪海彬的業務有關，尤其那名像是他小三的神祕女子更為可疑。只是打從汪海彬出事以來，四海通處於半歇業狀態，一米勞被警方約談後，就直接跑回老家躲了起來，卓映辰好不容易打聽來的手機號碼，始終是「未開機」的回應。

對他這樣一個刑偵調查的門外漢來說，什麼技巧、經驗都付之闕如，眼下也只能硬著頭皮，走一步算一步了。他沉吟不決地看著待辦事項第一條「走訪大姊家的鄰居」，不知道該不該從現在開始，還是改天再來呢？他想起當年正猶豫是否創業時，大姊曾對他這麼說過……

「別再想明天還是改天了，最好的時機就是今天、就是現在！現在全心全力去做就對了！重點不在最後有沒有成功、有沒有收穫，重點在於你是不是付出夠多努力，最後你才敢說自己問心無愧啊。」大姊這樣鼓勵著他。

「我是第一次做生意，店面都還沒確定下來，也沒把握有沒有客人，還是以後回不回得了本……。」

「不要想這麼多，去做就對了。頭洗下去，自然就會知道下一步要幹麼。」大姊用像是買斤雞蛋似的淡然態度，把一百萬元的支票遞給卓映辰。

他從往事中醒覺過來。是啊，既然人都已經在這裡了，當然就該現在去執行，拖得愈久只會讓所有人的記憶都變得更模糊。打定主意後，他下了車，由最靠近大姊家的兩邊鄰居開始問起。

二個多小時後，扣除十多戶當晚不在家、沒住人與不肯受訪的，卓映辰把整條巷子裡的住戶都問過一輪了。雖然一開始詢問不得法，僅憑著一些從警匪電影中學來的對白，有時難免得回頭重新問過一次，但他也慢慢抓到訣竅了。試著先列出了幾個必問問題，並開始做重點筆記。

不過讓他有些失望的，大多數人的回答都是「我都有跟警察講過了」，其次對於那晚汪宅在起火前，是否注意到什麼特殊狀況？大多數也是回答「除了他們亂停車外沒什麼特別的」，沒看到有人從他家大門口進出，也沒有聽到什麼異常的爭吵或動靜。

如果真如那些蠢刑警說的，大姊是在盛怒之下殺害了全家，那怎麼可能事前沒有爭吵或其他徵兆呢？這些連棟透天厝的隔音之差，就連隔壁的電視聲都能聽得一清二楚呢。

讓他感覺特別有收穫的，是來自大姊家的左邊鄰居、一位賣車輪餅的歐吉桑，八月六日那晚也是他打電話給消防隊的。

「我懂看人。你大姊不可能像週刊說的那麼狠，不會去殺人，更不可能對自己的女兒下手。」卓映辰一表明身分，歐吉桑便把這話說得斬釘截鐵，簡直讓他感激涕零。

歐吉桑說，那天回來得晚，整理好攤車，洗完澡後都過十一點了。然後他打算處理完備料就上床睡時，突然聽到門口有人高喊「失火了」、「快救火」。為了避免火勢延燒到自家，他趕忙跑出來查看，然後就看到隔壁門口站了個戴口罩、穿反光背心的義警，神色緊張地指著汪宅裡頭，要大家趕快幫忙。

汪宅當時鐵門拉了下來，裡頭一片黑暗，但門縫處不斷有黑煙騰騰冒出，從投信口看進客廳，後半段已燃起多處火頭，他看到這情景嚇壞了。那義警要他趕快去通知消防隊，接著其他鄰居也動員起來，有人拿著滅火器、有人去挪巷內違停的車輛，之後兩輛消防車到場，很快就控制住火勢。歐吉桑說：

「我是頭一個跑出來看的，那時火勢已經不小，有夠嚇人。還好有這個義警提醒，我才趕快跑回家裡打電話。」

「這麼緊急，他怎麼不用手機報案？」卓映辰問。

「他是這樣講啦，歐吉桑，我今天出來值勤沒帶手機，你趕快打電話給一一九。」

卓映辰繼續問：「那個義警是附近的人嗎？你以前有看過他？」

「沒啦，很面生，我以前沒看過他。他說是值勤完騎車回家經過這邊，看到屋裡一直冒煙，就停下來了解狀況。」

卓映辰心中隱隱覺得哪裡不對勁，但一時間又說不上來。倒是歐吉桑又主動提起：「不過這個人應該很好認啦，他左邊脖子有一個戴紅花的鬼頭刺青。我想說刺青刺這樣還可以當義警哦？」

「之後呢?那個人去哪裡了?」卓映辰追問。

「後來哦?就消防車開進來,消防員去砸鐵門、拉水管,一整個兵荒馬亂的,我就沒再看到那個人了。」

雖然這次走訪鄰居有些收穫,但比較麻煩的是,包括這位歐吉桑在內,一旦卓映辰提出想請對方錄影存證,就個個面有難色地推辭了,最後他不得不改採利誘方式,保證未來有必要請對方出面時,會包上個大紅包,這下子才算掌握些人證了。

當他回到車內,正忙著整理訪談資料時,手機上忽然彈現來電視窗,原來是一位剛從市場收攤的老客戶,想找他幫忙貼個手機保護貼,卻發現店門沒開,於是特地打電話來催他開店。眼看都下午時分了,他只好先道歉,請對方明早再來。

掛斷電話後,他又隨手點開監視器APP,確認一下店內是否有異狀。打從上回疑似有人破壞筆電硬碟後,他已經在工作檯角落處多安裝了一個針孔攝影機,要是還有人入侵的話,就能拍下對方的尊容報警了。

對了,監視畫面!他突然意識到一開始聽見歐吉桑說的那位路過的保全時,自己為何會覺得不對勁的原因了。

他發動引擎,打算盡快趕去警隊,重新再看一次八月六日晚上的監視畫面。

卓映辰再次走進警隊。他在這裡已成熟面孔，值班人員看到他後，點個頭招呼一下，就直接打內線找鄭懷宇出來接待。

目前專案小組對案情與動機的評估，已朝卓映辰最不想看到的方向發展，檢察官也有很高的機率，會因「凶手已死」給予不起訴處分。所以鄭懷宇看到這位力主其姊清白的老兄又上門時，著實有些頭痛。

不過出乎他意料的是，卓映辰這回沒有質疑偵查方向，而是提出觀看八月六日當晚監視畫面的要求。由於組長之前曾打過招呼，於是鄭懷宇找了個空座位，借部筆電播放給他看。

卓映辰調整影片的時間軸，從大姊、姊夫開車回家，一直到消防車抵達之間的三個多小時，來回反覆地觀看。尤其每當有人車經過時，他就聚精會神地記錄其特徵與進出時間。

「卓先生你想找什麼？」鄭懷宇忍不住好奇地問道。

「……鄰居說，火燒起來那時候，是現場有一位義警叫人報案、幫忙救火的。」卓映辰回道。

「呃，我記得，第一個報案的應該是隔壁鄰居——」鄭懷宇打開平板電腦搜尋一會兒，說：「對，是擺攤賣紅豆餅的魯先生，他也幫忙做了筆錄。」

卓映辰這時才忽然明白，為什麼那名義警要推說沒帶手機，非得讓旁人幫忙報案不可。因為他不想留下任何紀錄。如他在監視畫面中，完全看不出來對方是怎麼出現與離開的。

他問道：「你們這邊應該也有調到當晚後門附近的監視器畫面吧？」

「有。不過後門是條防火巷，裡頭沒有監視器，只能從兩邊街道的監視器去找畫面。但有兩個問題——」鄭懷宇點開另一資料夾：「防火巷東邊出口對的是一一七巷，這裡的監視器壞了；第二則是我之前有跟你說過，你大姊家的後門是沒有開啟跡象的。」

監視器壞了？還真有這麼碰巧的事？原本卓映辰還以為其中存在什麼不可告人之事，但了解詳情後差點沒氣暈。原來一一七巷不只壞了一支監視器，往東的一小片區域約十六支監視器，全在二個多月前因為一場電力工程施工意外，引發超高瞬間電流而燒毀內部晶片。這些器材都已過了保固期，得等新的招標建置案。由於該區涵蓋了兩個常發生車禍的路口，所以這事還曾讓市議員拿到議會質詢過。

而防火巷西邊出口是大街，監視器安裝在最近的紅綠燈桿上。雖然拍攝的畫質比較清晰，但要在夜間辨識二十多公尺外的人臉還是不可能的任務，況且走防火巷內抄捷徑的人還不少。卓映辰想從兩端出口時間差研判誰可能有嫌疑，但另一出口的監視器大片故障，這作法就無法成立了……

假如他能證明現場有第三者存在，那麼警方把大姊視為凶手的推論也就不攻自破了，看來這義警似乎是個突破口，但要找到他難度卻不小。於是他直接問：「你們走訪過這麼多關係人，有沒有發現誰的脖子上有刺青的？」

鄭懷宇想了會兒，搖頭說：「沒有，怎麼了，你有懷疑的對象嗎？」

卓映辰擔心若說出來無憑無據的，反而平白給車輪餅阿伯添麻煩。於是搖頭說道：「沒什麼，只是問問。另外你們的案情調查如何了？還是沒有外力介入的跡象嗎？」

問到點子上了，鄭懷宇謹慎地措辭道：「我們找到更多證據了，可以證明這件事沒有外力介入。比方說，引發大火的是鋁熱劑，一般人家裡不會存放這種化學品。但我們發現，案發前三週，汪海彬在網路上買了這些材料，刷的也是自己的信用卡。」

說起化學品，卓映辰便想起大姊在淩志車的後車廂中，發現了一個運動提包，裡頭就有鋁粉、氧化鐵跟鎂帶。不過警方卻堅稱這些化學品是在家中找到的，也沒提到那個運動提包。因為不知道姊夫買鋁熱劑到底要幹麼，卓映辰此時並不想重提此事。他改問道：

「關於那個什麼紫陽新興宗教的，我姊從來就沒信過，你們應該也去查過了吧？」

「我們查訪過紫陽萬靈聖道會的工作人員跟教徒，但他們都否認了。但也不能排除他們不想跟這案子有牽扯，畢竟新聞都報了，怕惹上麻煩，所以從上到下都被要求噤口。」

「我姊真的沒在信什麼教。」卓映辰不耐煩地再次強調：「你看那些人聚會都會穿黃衣搭紫巾的，我姊的衣櫃裡連一件類似顏色的衣服都沒有。」

鄭懷宇撇了撇嘴，彷彿這不是什麼值得討論的問題。「卓先生，這些我們都打聽過了。很多教徒因為家裡反對，所以在他們的聚會場所裡，也提供置物櫃或公用制服，讓教徒到現場才換上。所以說，衣櫃裡有沒有制服，這實在是說明不了什麼。」

「那……我上次發給你，八月六日晚上我大姊攔車的影片，駕駛座上那個分明是個女的，這麼一路開去她家，這不就是當晚有其他人在場的證據呀！」

「卓先生，我們也花了不少時間在處理那支影片。但駕駛座上的人從頭到尾拿著東西擋住車窗，也都沒出聲，你有其他方式能證明當時開車者的真實身分嗎？」

卓映辰為之語塞。

「你上次也跟我們組長說，你大姊的手機跟雲端資料有被人動過手腳，然後還說有人跑進你店裡刪除電腦資料。如果你有相關資料還是證據，都可以拿來給我，我幫你連絡轄區去抓人。但你到頭來什麼也沒提供啊？」

鄭懷宇臉上一副懷疑神情，彷彿認為這些枝節全都是卓映辰捏造的，目的就是想找其他代罪羔羊，無所不用其極地混淆其姊就是真凶的事實。

卓映辰的心中很不是滋味，但也知道要是沒有證據的話，眼下多說無益。「我一定會證明我姊的清白。」

鄭懷宇搖頭嘆道：「卓先生，可不可以拜託你相信警方、相信事實，不要再節外生枝了。」

卓映辰忿忿地哼了聲，繃著臉離開警隊。

坐進小車的駕駛座後，他仍然心有不甘。「算了，乾脆再多跑個地方吧，反正今天都開車出來了。」他喃喃自語著。他用手機查詢紫陽萬靈聖道會的地址，雖然總會在霧峰桐林山區，不過為了有效吸納教眾，在城市裡也設立了小型開放式活動據點，在豐原區便有一處。這些據點為了配合上班族需求，活動時間多安排在晚間七點過後。

假如大姊真的參與宗教活動，應該也會選那兒吧！卓映辰心想。眼看也差不多快到活動時間了，於是他傳ＬＩＮＥ向詹悅然打個招呼，打算立刻驅車前往，看看是不是會比這些無用刑警，找出更多證據。

●

紫陽萬靈聖道會的豐原分會，位於後火車站旁的某商業大樓五樓。這一帶因為縣市升格而邊緣化，許多大樓與社區的空置率都高得驚人。而此刻正接近聚會時間，七、八名穿著黃制服與紫領巾的信徒已等在電梯口旁。附近的街道騎樓，還有許多同樣裝束的人，正三兩成群地陸續往這邊集結。這城市的一隅，彷彿重現往昔的熱鬧街景。

卓映辰穿過重重人群，在大廳櫃檯換了賓客證件。考慮到等電梯的時間太長，於是他決定直接爬樓梯上五樓。一走出安全門，就看到原本每層兩戶的辦公區域，已被打通成了一戶。正中央的門楣上，懸掛了厚重的天然檜木匾額，邊緣呈不規則鋸齒狀，上書龍飛鳳舞的燙金大字「般若堂」。門邊放了張接待長桌，後方站了兩名接待來客的中年女信徒。她們在黃色ＰＯＬＯ衫外又披上一件紫邊條紋背心，作為工作人員的識別。站在最外側的女信徒注意到面生的卓映辰，忙迎上前並雙手合十問他來意。

「我想找這裡的負責人。」他回道。正當他思索要用什麼名義來提高會見機率時，那女信徒熱情地拍著他的手臂喊著：「啊，你就是那個曇雲介紹的，一直想來見習的湯居士對吧？」

「呃，我⋯⋯。」當卓映辰還搞不清楚狀況、只能回以傻笑之際，那女信徒已不由分說地將他拉進門內，往最近的一間「靜修室」走去。

「湯居士，您在這裡稍待片刻，我馬上請分會長過來。」她再次雙手合十道聲「平安」，又匆匆轉身走出門外。

卓映辰此時已明白是對方認錯人了，但想到能因此與高層說上話，他索性將錯就錯到底，不再浪費口舌分說了。他聽到門外長桌的接待人員，正打聽師兄、師姐要哪種尺寸的會服。看來鄭懷宇警官所言不虛。

在等待的同時，他把注意力轉到眼前這個小房間。不到四坪大小，以木板進行簡單隔間，雖然隔音效果略差，但內部簡約且富質感的設計，營造出讓人放鬆的氣氛。

地面上鋪設了實木地板，中央處是古色古香的和室桌，桌上有個裝載不知名桃紅蘭花的圓潤瓷瓶，桌旁擺置了四個紫色的圓形厚實軟墊。牆角插座上有個電子薰香器，緩緩發散的檀香滲入空氣裡，讓人有種通體舒暢的感覺。

接著他注意到牆上那張理事長的法相。穿著改良式淡紫道袍的中年男子，一臉正氣地雙手合十，站在紅色背景前。頭頂上排了四圈黃底金字：「真知灼見」。他走近仔細瞧著，看似莊嚴肅穆的這個人，會跟大姊一家的血案有關嗎？這麼做的動機又到底是什麼？

現實中的無力感難免讓他的思緒跟著走偏，他現在看著這張臉，反而愈發覺得像個帶有邪氣、充滿惡意的大魔頭。不知不覺中，他握緊了雙拳。

突然響起兩記輕輕的敲門聲，一位年近六十的高瘦婦女直接推門進來。她的臉上化了淡妝，梳著高髻、身著淡紫色改良漢服，一看便知在會中的地位不低。她朝卓映辰一笑，接著雙手合十喊了聲「觀自在菩薩」。卓映辰不知該怎麼回禮，也只好鞠躬致意。

她笑容可掬地問：「湯居士平安，我是般若堂的慧渡。您是想從今晚開始見習嗎？」

「呃……師姐您好，我其實不是湯居士，是剛剛接待的那位認錯了。」卓映辰澄清道。

「哦？那請問您貴姓？是哪位同道轉介過來的嗎？」

「我叫卓映辰，我想來問問關於豐原一家三口命案的事……。」

慧渡的笑容驀地消失，整張臉垮了下來，以冰冷語氣高聲質問：「你哪家媒體的？怎麼盜用湯居士身分混進來？妙真，妙真！」

帶卓映辰進來房間的那位女信徒衝了進來，臉色很是惶恐。慧渡罵道：「帶人進來也核實一下身分嘛，牛鬼蛇神都往裡頭帶，看看都引狼入室了。」罵完後轉身就要出門。

妙真震驚地看向卓映辰。他知道現在要是不留下慧渡，今天就白跑一趟了。於是他忙掏出皮夾拿出身分證，揪住慧渡的手臂，但旋即被她一手拍開，妙真也趕忙攔在兩人之間護駕。

慧渡叱道：「莫動手動腳，壞我道心！」

卓映辰急忙分說：「師姐，請看看我的身分證。我不是記者也不是來打聽八卦什麼的，我是受害者的家屬。我大姊卓映萱被警察誣賴是凶手，都說她是信了邪……諧和的宗教，所以才心性大變的。我來這裡是想跟您打聽，她到底是不是這裡的教友。拜託您了，修行的人都慈悲為懷，希望您能夠幫幫我。」

只是他後邊的說詞都是多餘的。因為慧渡一聽到「卓映萱」這關鍵字，整個人立即爆氣，完全不顧修道者的形象，雙手上下甩動，又跳又叫地怒喊著：「啊——沒有這個人！沒有這個人！哇——每天應付你們這些記者就飽了！轄區警察現在天天來關切，你們到底是想怎樣？呀——我們只想安心修道，你們這些妖孽魔障就一定要來干擾，到底存著什麼心……。」說完後她掩面痛哭起來。

原本卓映辰還在懇求真相，甚至盤算必要時不惜下跪請託，但看到對方這種超乎預期的激烈反應，他也傻眼了。他感覺到門外的所有動靜都暫停半拍，但很快地又恢復如常。

「磨難是修行，苦厄是試煉……。」妙真轉過去拍著慧渡的肩膀，安撫她的情緒，然後對卓映辰說道：「我們這邊真的沒有你說的那個人，也拜託你不要再去問其他的教友，這完全是莫須有的罪名，破壞我們修行的心境。你不要再來了，我求你高抬貴手好不好。」

「再一個問題，我再問一個問題就好！」卓映辰不死心地追問：「你們的教義裡頭，是不是有非教眾死後以天火洗禮，就能洗淨今世罪惡這條？」

妙真大翻白眼。「不可能有哪個教派會寫這種教義。只要在我們這裡悟道，便能肉身成聖、羽化成仙。非教眾連道門都沒踏進來，心中無菩薩，光死後火化是要怎麼洗淨罪惡？」

「別跟他扯那麼多！」慧渡怒吼道。

於是她沒敢再回答卓映辰的問題，先把大哭的慧渡送出門外，並喊來兩名身材壯實的男性教友，又推又拉地把卓映辰給塞進電梯，然後護送下樓直到送出大門口。在卓映辰消失在他們的視線前，兩人還堅持擋在門口監控著，深怕他去而復返。

卓映辰朝停車處走去。在電梯裡，他感覺左手似乎給塞進了什麼東西。保險起見，他一直到坐進車內，才在儀表板下方攤開手掌，那是一張從便當廣告DM邊角撕下的紙條，上頭潦草地寫著「我知道你姊的事。九點半打這支手機」，後面跟著一串中華電信的門號。

Yes！卓映辰握拳低喊了一聲。走這一趟，總算沒有空手而歸。他始終深信，尋求真相這條路雖然難行但絕不孤單。他的堅持不懈，終於換來一絲曙光了！

●

被攆出分會後，卓映辰並未走遠。他回頭開車，在後站附近尋找角度合適的路邊停車格，從駕駛座注視那棟商業大樓的門口動靜。接下來他便待在車內，一邊滑著手機解悶，一邊緊盯著螢幕右上角的時間。

九點半一到，他就迫不及待地撥通那手機號碼，但對方沒接起來，重撥二次後還是一樣。再過了十多分鐘，對方才傳來簡訊，表示有人找他問事，目前無法通話，要求卓映辰先到某連鎖KTV訂個小包廂等他。

這臨時安排讓他起了戒心。紫陽聖道會可能跟大姊一家的死脫不了關係，難保他們不會有斬草除根的念頭？用手機查了一下KTV的地址，離此處不到五公里，他決定先過去看看再說。

由於是小週末晚上，KTV裡的包廂幾乎全給預訂到凌晨時分。服務員查詢後，恰好有間迷你型包廂空了出來，於是卓映辰馬上訂了兩小時。接著他到包廂坐了幾分鐘，吩咐服務生不要進來打擾後，隨即離開店裡。直到他坐進對街的車內，才透過簡訊將包廂門號回傳給對方，並一邊監看著進出的顧客。他盤算著要是苗頭不對，隨時能催足油門閃人。

他一直等到了十點二十分，看到一輛計程車開抵KTV門口。一名穿著深綠T恤與黑色運動褲的男子下了車，他刻意壓低頭上的黑色鴨舌帽簷，快速環視四周後，這才快步走進店內。

卓映辰認出對方，是他被攆出分會時、抓著自己左手臂的那位男性教徒。看到他隻身前來，並一副戒慎恐懼的模樣，反而讓卓映辰放下戒心。他重新回到店內，與對方碰面。

對方自稱「述空」，年約三十出頭。相貌平凡、體格壯碩，舉手投足間有些江湖味。因為有兔脣且牙列不齊的特徵，所以在大笑或發出「ㄒ」音韻時，他會下意識地遮擋一下嘴部。他說自己在紫陽萬靈聖道會待了一年多，算是個中階幹部，對於裡頭的各種骯髒事可說是瞭若指掌。

「你知道我大姊一家的案子，可以跟我說說嗎？」卓映辰開門見山地問道。

在對話的過程中，逑空的臉上始終是一副驚惶表情。他先要求卓映辰出示身分證後，才忿忿地罵道：「這個什麼聖道會的，根本就是無惡不作的犯罪團體，洗腦、詐騙、殺人樣樣來，徹頭徹尾的邪教！」

卓映辰聽得是心頭一驚。隨即問道：「我姊卓映萱到底有沒有信教？」

「有，還是張理事長的入門弟子，輩分很高呢。」逑空毫不遲疑地回道：「通常那個等級的都是另外聚會，平常沒事，不會出現在分會這種對外場所。所以警察來調查，這邊的人當然都說沒看過啊。」

卓映辰的腦袋一陣暈眩。原來不夠了解大姊的人，真的是自己呀。「那我大姊一家的死，也跟聖道會有關？」

逑空的神情更加緊張。他先喝了杯水，然後撕開一包濕紙巾在額上擦汗，回道：「憑我的輩分還不能參與現場，所以詳情我不清楚。我接下來要告訴你的，都是從帶我入門的師兄逑衡那裡聽來的。不過他現在已經躲到南部去了，聖道會的人一直在找他。那些人剛剛找我問話，也是逼問我到底知不知道師兄的下落。他一直催著我離開，但我不敢，很怕落得跟他一樣的下場⋯⋯。」

卓映辰急忙問道：「所以八月六日那天，你那個師兄也有參與？」

逑空點了點頭。「但我要強調，他只是去做善後工作的。人不是他殺的、火也不是他放的。他只是幫忙清理現場、做點布置，消防車一到他就閃了。」

「所以他知道到底是誰殺人的？聖道會到底有什麼理由要殺害我姊一家？」

「理由我不知道，我也不清楚他有沒有親眼看到誰殺的，這些你都得自己去問他。他應該知道那晚有誰出動……。」

「等一下、等一下，」卓映辰喘著粗氣，豎起手掌打斷對方，然後從口袋裡掏出手機：「你一邊說的時候，我可以錄影還是錄音嗎？這是非常重要的證據。」

逑空的神色大變，擺手拒絕：「不、不行，你要錄影我就不講了，我直接走人。你這樣做等於要害死我。」

卓映辰無奈地放下手機，逑空又道：「對不起，卓先生，我知道你很心急，可是請你諒解，我也有家人要保護。我能做的，只能幫你跟我師兄牽個線，就這樣，你想問什麼請自己去跟他談，之後不要再跟我有任何牽扯，拜託。」

看到對方低著頭雙手合十朝自己請託，卓映辰趕忙為自己的魯莽道歉。畢竟這是他展開調查以來，碰到最具體最有力的線索了。他深恐會出現任何閃失，白白丟失了這難得的機遇。

「所以，你師兄也不敢報警還是找記者嗎？至少可以救救自己啊。」卓映辰問道。

「報警？那就等於自殺。」逑空搖了搖頭。「我就跟你說實話了，你再怎麼說服，他也不可能出頭幫你作證，只能提供給你一些訊息或線索。這個聖道會已經成立快十年了，士農工商各界勢力都很龐大，警察高層裡面也有信徒。」

卓映辰聯想起專案小組的敷衍態度，難不成裡頭也有他們的人嗎？一想及此，他不禁怒火中燒。

「好，就把線索交給我，我來揭發這一切，把他們全部扳倒！」

「希望如此。我也會全心全意幫你祝禱，拔除這個邪教。」逑空用力點了點頭。「只是卓先生，這些事我只是先跟你提一下，我師兄那邊沒跟他說，最終還是得徵求他的同意，我才能把他的連絡方式給你。」

在卓映辰的央求下，逑空仍不露口風，非要他耐心等待不可。無奈之餘，卓映辰只好先跟逑空換了即時通訊帳號，之後透過網路連繫。「逑空師兄，如果這事能成的話，我一定包個大紅包給你。」為了提高對方的辦事效率，卓映辰使出利誘招數。但遭到對方拒絕了：

「卓先生，我跟你透露這些，不是為了錢。」逑空義正辭嚴道：「說是為了正義那太過矯情，要說真的是為了自己的良心，怎麼都過不去啊。我真的看不慣這些醜陋的生物了。來信教拜神，求的是獲得內心的平靜，但怎麼最後會連做人的基本良知都丟失了呢？」

逑空連連嘆息，讓卓映辰也唏噓不已。他接著說：「卓先生，其實我是個自私的人。我寄望在你身上，希望你能出頭扳倒他們，但到頭來也是為了我自己、為我的家人找一條生路。我走不了，我很怕我全家到最後都是死路一條啊。」

他邊說邊掉淚，卓映辰忙為他打氣，也賭咒自己一定會撐到最後，直到將聖道會連根拔起為止。但他畢竟是歷經風風雨雨的創業者，跟三教九流的人打交道慣了，難免也多留個心眼。「逑空師兄，我沒別的意思。就只想跟你確認，怎麼知道你師兄說的都是真的？因為警察跟我說，我姊一家的案子，沒有外力介入的跡象，連監視器也沒拍到有人進出她家。」

「不用不好意思，你本來就該質疑的。要是你不問，我都要懷疑你的誠意了。」逑空大氣地揮了揮手，表示絲毫不介懷，接著說：「我就講講我知道的，你自己參考看看。那天晚上，至少有三個人進去你姊家，都是從後門進入的。」

卓映辰搖頭回道：「不對，警察說後門反鎖了，還有兩支瓦斯筒擋著，不可能有人出入……還是用了什麼特殊機關嗎？」

逑空呵呵笑著：「警察說的沒錯，但也沒有你想得那麼複雜啦，又不是拍偵探電影。祕訣就是哦，留下最後一個人把後門搞定，然後他再從前門離開。」

卓映辰瞬間被點醒，他瞪大雙眼、以略微顫抖的語氣問：「那個人是不是穿著義警的制服？」

「對啦，那個就是我師兄。你應該是聽隔壁鄰居阿伯說的吧？因為我看警察也沒在找我師兄，所以我想他們應該沒把那阿伯的話當一回事。」

無須再問下去，卓映辰已可腦補後續的情節。那個善後的假義警，在其他人都離開後，把後門布置成無法出入的狀態，然後等火燒得更旺時，就到騎樓要鄰居通知消防隊。當消防車開進巷內，遮擋監視器的大半視野後，他再混入周遭救火、看熱鬧的人潮中離開。

現在卓映辰完全相信，那位逑衡師兄真的知道內情，而且可以藉著他提供的線索，找出那該死的幕後真凶！

九、楊穎露：行車糾紛

「老李，你不覺得，這畫面拍攝的角度很神奇嗎？」楊穎露歪著頭看向電視畫面問道。臺灣街頭的監視器密度相當高，在派出所服務期間，她每個月至少要從各單位調閱數十次以上的帶子，從飛車搶劫、失蹤協尋到吃霸王餐等無所不包，無形中也提高了她監看畫面的敏感度。

李劍翔盯著電視上的行車糾紛畫面，邊摩娑下巴沉吟著。「妳想說，如果這是路口監視器的話，角度有些偏高了？」

楊穎露拿起一旁的白板擦，斜擺在電視旁比畫道：「這個拍攝斜角大概快五十度了，而且連車牌甚至包包LOGO都看得一清二楚……假設白板擦是攝影機，那麼架設的位置可能在四、五層樓的高度。有幾個地方出現明顯的晃動，像是有大風吹過，不過看他們衣服飄動的模樣，現場的風力並沒這麼大。」

李劍翔點頭同意：「還有，這路口監視影像過了這麼久還沒被洗掉，也挺耐人尋味的。」

天南星哂道：「我們就別糾結在這種奇怪地方了，好嘛？那都不是重點啦。趕快找出這個輔案跟主案的關係才是正經。」

李劍翔突然問道：「貓坐在毯子上，因為它很溫暖。請問什麼東西很溫暖？」

天南星在電視上秀出一個藝人大翻白眼的迷因圖。「大哥，你還在玩圖靈測試啊。毯子很溫暖，我也不是AI。行了嗎？」

前往花蓮出了趟暗算上級機關的差事後，李劍翔的狀態變得詭異，整個人在極度亢奮與無比沮喪的兩種情緒間反覆徘徊，無法集中精神，神略小組只好先休息一天。次日一上班，眾人便投入第一個輔案的研究：一〇八年五月二十六日下午三時二十五分，發生在忠明南路與向上路口的行車糾紛。

這是一段共八分鐘長、含有十五分鐘縮時畫面的監視器影片。

影片中有一位穿著運動服、背著一個旅狐斜背包的年輕女性，邊滑手機邊站在十字路口等著過馬路。但她似乎在手機上看到了什麼有趣內容而分心了，明明人行道號誌燈還有二十多秒才會轉綠，但她卻舉步踏上了斑馬線，走到第三步的時候，就被一輛右轉的黑色賓士給撞倒在地了。所幸賓士的車速不快，一撞到人後便立即煞停，沒有再碾壓上去。

之後，電視影像突然切換到另一邊路口的正常監視器畫面，是楊穎露所熟悉的那種低拍攝角度、低照度與低解析度的「三低風格」。女方背倚著騎樓柱、伸直雙腿席地而坐，與一位穿著藍色POLO衫、司機模樣的男人，正比手畫腳地激烈爭執著。司機掏出皮夾，遞上幾張鈔票，但女方似乎不肯收，一邊搖頭一邊撥打手機求援。女方還不時撫碰著左大腿處，臉上浮現痛苦的表情。

天南星從旁解說道：「根據警方紀錄，這女性自稱盧婉華，其他資料不詳。司機叫藍正隆，七十二年次，是千霖建設集團的總裁司機。當時車上還有另一人，身分不詳，但顯然不是千霖的總裁。」

電視上彈現一個小視窗，簡介千霖建設集團。這是間財力雄厚的營建上市公司，目前在推動本市北屯區十一期「萬磐長青」都更案、以及西區的「悠曲繁星」危老案。集團總裁鄭沃霖年近七十，彰化人，政商關係良好，甚至在國會中也有能運用的人脈。民國九十九年時前往中國開拓網路、食品等新事業，但在二〇一四年時因投資失利而撤回臺灣。

影片上，盧婉華與藍正隆在街邊爭執數分鐘後，賓士後座有個年輕男子鑽出車外，拎著一個大型公事包走到人行道上。半分鐘後，另一輛白色特斯拉抵達現場，年輕男子立即上了車，繼續朝忠明南路方向前行。

特斯拉的鍘刀式車門讓李、楊兩人印象深刻。「這輛是多元化計程車。那位乘客應該是趕時間，看到車禍耽擱了，就立即叫了輛Uber。」天南星說。

楊穎露隨口問道：「能知道Uber的目的地是哪兒嗎？」

「我之前已經發文調閱到平臺紀錄了。乘客是在健行路上的第六市場前下車的，但不確定那是不是他的目的地。因為時日已久，司機沒什麼印象，也沒有路口監視畫面。」

影片快轉二分鐘左右，兩名騎機車的制服員警抵達現場。不過這時有了戲劇化轉變，盧婉華突然站起身，朝司機跟員警揮了揮手，似乎表示沒受什麼傷，打算離去。員警登記了雙方的連絡資料後才放行。最後，那司機搔了搔頭，繞了圈賓士車確認沒受損，也就上車離開了。

「這就是所謂的碰瓷黨吧？原本想詐幾個小錢，但沒想到碰了輛公務車，一開始錢談不攏，然後人家堅持要報警，她也只好盡快閃人了。」楊穎露說。之前她的轄區內發生過好幾起類似的案件，分局還特地發布內部通告。李劍翔也表示認同。

「不過有趣的是，這通報警電話是盧婉華打的。」天南星哈哈笑道。電視的子母畫面彈現一一〇的報案紀錄，報案人確實是她，並留下手機號碼。

李、楊兩人不約而同驚訝地「咦」了一聲。照道理說，如果她不是碰瓷黨，而是真遇上車禍受了傷，那麼應該也是先打給一一九找救護車來才對。更蹊蹺的是，若是為了討公道所以第一時間找警察，但當警察真的趕過來了，她反而又像是沒事似地離開現場。這……

「能從這手機號碼找出使用者嗎？」楊穎露問。

天南星回道：「不行。當天下午派出所想連絡盧婉華以確認後續狀況，但那號碼無人接聽。向電信公司查詢後，發現那是用人頭登記的預付卡。」

李劍翔讓他顯示轄區派出所的電話，然後撥打過去找當時處理本案的警員。三言兩語後，得知了更多細節：那位盧婉華帶有中國口音，但感覺已在臺灣住過一陣子，可能是陸配或在臺工作人士。警方雖要她出示證件確認身分，但她推說沒帶出門。她當時無明顯外傷、也無意願向車主提出告訴，雙方和解收場。

「那個賓士車主的態度還不錯啊，因為是公司車，反倒他比較想息事寧人，一開始還主動掏三千元給對方壓驚，但她也沒收。說實在的，我也不懂為什麼那位女士要特地報案？」警員很是納悶。

釐清當時狀況後，但楊穎露還是頗為疑惑。「好吧，就算不是碰瓷，也沒有什麼重大意外。但到底這跟主案有什麼關係呢？」

畢竟那套神略系統就是從這支約八分鐘的影片中，來尋找出與主案相關的線索，而且號稱關聯度達百分之九十．四五，可見該線索應是顯眼的存在。

「我好像知道是什麼了。」李劍翔沉聲說道。「我們再來看一遍，這次把重點放在周邊行人跟車輛上。」

天南星依言重播影片。這是他們第六次觀看了，楊穎露緊盯著路經的行人與車輛，凡是看得到車牌的，都讓天南星進行圖像處理與辨識。這回他們在七分三十六秒處，注意到一輛可疑的黑色凌志休旅車。

那輛車原本是違停在盧婉華左方的十字路口約五公尺處。當賓士的乘客下車轉乘Uber離去後，凌志立即打方向燈切入外側車車道，跟在後頭駛去。

天南星立刻辨識車牌。當車籍資料一調取出來後，他高喊道：「找到了！」電視上的新視窗顯示，這輛黑色凌志的車主是汪海彬，豐原一家三口命案的死者。

「有注意到嗎？從頭到尾，都沒有人靠近那輛黑色凌志。所以司機應該是一直坐在裡面。」李劍翔說，同時故意看了楊穎露一眼。

她很快便意識到，這是老李給她的一道挑戰題。她翻看筆記上記錄的疑點，仔細思考一陣後，隨即恍然大悟，雙手一拍說：「學長，我明白了！這是一個局。汪海彬跟盧婉華聯手布下的一個局！」

李劍翔微笑道：「說說看，妳是怎麼想的。他們布這個局的用意又是什麼？」

「盧婉華故意用上碰瓷黨的招數，不但不收錢還主動去報警，就是為了拖住賓士車，好讓汪海彬有機會去跟蹤賓士車的乘客。這也是為什麼當警察來時，她會藉故離開。因為他們已達到目的了。」

「嗯，跟我想的差不多。但既然要跟蹤，那汪海彬一開始用凌志跟在後頭就好，為什麼還要讓這女的多挨一次撞？」李劍翔繼續問。

「嗯……因為這樣，才能讓賓士車的乘客單獨離開？」

「為什麼非得這麼做？」

「因為讓乘客去轉搭Uber會比較好追蹤？」密集的問答讓楊穎露的腦袋快超出負荷，隱隱有些發疼，說出的答案連自己也沒把握了。

「我猜因為賓士是公務車，能夠出入汪海彬他們無法進入的管制區域，所以只能布個局讓乘客轉搭其他車……。」天南星代為答道。

楊穎露搶答：「我懂了。很可能公務車能夠直接開進有管制的停車場，但要是那乘客改搭其他車輛，就得用步行的方式進入大樓，這樣汪海彬就有機會繼續跟在後頭……。」

李劍翔打斷道：「但要是停車場管制嚴密，通常大樓的大廳也會有保全驗證身分吧，跟在後頭不會被攔下嗎？」

「……汪海彬他們想確認乘客前往的地方，應該類似大型科技園區或集合式住宅，好幾棟大樓共用地下停車場的設計。運氣好的話，說不定還能知道他前往的樓層甚至房號等資訊。」天南星說。

李劍翔點了點頭。「這個盧婉華，還有這輛黑色賓士……應該說千霖建設集團，在主案裡應該扮演了很關鍵的角色，可是警方辦案的卷宗裡卻都沒有提到。」

楊穎露靈光一閃，說道：「這個盧婉華就是汪海彬的小三吧？當初警方一直希望她出面說明，可是卻一直都沒找到人。」

這番話給了天南星靈感。他立即在主案裡以「汪海彬女友」搜查卷宗檔案，果然很快有了發現：警方曾經拜訪過當時她居住的寶石利達社區，但卻已人去樓空，而且現場被清理得很乾淨，即使派了鑑識人員進去，勉強採集到些許頭髮與指紋，但卻都沒比對出個結果。

但最關鍵的是，當時警方有從社區監視器中，擷取了數張汪海彬女友的影像。與盧婉華進行比對，臉形與身形都十分相似，很有可能是同一人。警方也跟房東確認，盧婉華是在一〇八年六月一日搬入，案發隔天的八月七日晚間連夜搬走。

楊穎露開了手機地圖查詢，若有所思道：「那個賓士車乘客是搭Uber到第六市場，離寶石利達社區不到三十公尺。他真正的目的會不會就是那裡？」

「我向來不信巧合，這其中肯定有相關。」李劍翔對這發現大表讚許。「如果是汪海彬跟女友聯手設局，在五月二十六日跟蹤賓士乘客到寶石利達，然後六月一日也設法搬進社區的話，那就表示，社區裡面有他們想找的東西。」

就在眾人琢磨的時候，電視上彈現新視窗，是來自鑑識單位的回覆。天南星說：「從抗戰大刀採下的血樣的鑑識結果出來了。不是人血，是豬血！」

李劍翔的眼中迸發銳利光采。「這案子，還有神略，確實都很有點意思啊。」

●

下午二時，李劍翔與楊穎露前往寶石利達。這裡的建物布局確實如天南星所猜想的，是個大型的住商混合社區，四棟主樓共用地下三層樓的停車場。如果從最外圍的花園廣場起算，只要步行一分鐘就能抵達第六市場，確實與賓士車乘客的目的地有地緣關係。

李劍翔直接找上寶石利達的總幹事，出示刑警證後向他打聽消息。由於總幹事的兒子是交警，他把李劍翔也當成「自己人」，態度十分配合。三人到花園廣場的休憩區坐下，李劍翔遞給他一根菸，然後先出示手機上汪海彬的照片：

「我想問問你是不是還記得這位先生？」

「汪先生？當然啊，印象很深。很遺憾他後來這樣了。」總幹事不勝唏噓地回道：「那陣子警察來找過我兩次，我也陪著看了很久的監視器。怎麼，你們又回頭查他的事嗎？」

「算是……例行公事吧，舊案重新檢討，有些細節要重新確認一下。」李劍翔含糊帶過，接著切換到盧婉華的照片。「那這位女士呢？你有印象嗎？」

「哦，B棟十二樓之二C，這就是汪先生的愛人啊，她是這麼說的啦，我不知道她是不是開玩笑的，但她總是跟汪先生同進同出的嘛……怎麼，你們找到她了嗎？」

「還沒，還在查訪中。你知道她的本名嗎？」

總幹事搖搖頭。「不知道。不過後來聽我們另一個保全說，有次汪先生催促她動作快些，曾叫她曼莉還是孟黎之類的。我想說要是警察還來找我問話，我就會跟他們說這事。」

曼莉？孟黎？楊穎露喃喃念了幾次，這是小名或綽號嗎？還是跟盧婉華一樣，也只是個化名呢？因為天南星在內外部資料庫或社群網站都搜索不到相關資訊。楊穎露插口問道：「你或是保全有跟她聊過嗎？還有沒有什麼關於她的事情，可以多跟我們說說的。」

總幹事撫著下巴想了會兒。「因為她才住二個月，來往都走地下停車場，跟我們很少有說話的機會。聽說是從上海來的，不知平常做什麼工作。」

「你之前跟警察說，這位女士是連夜搬家的？」

「是啊，那晚我值班，聽到她突然要搬家我也是嚇了一跳，她說是有急事要回上海。不過房東知道這事，她也幫汪先生把相關費用都結清了，我也管不著啊。」總幹事雙手一攤說。

「大概搬了幾車？」

「她搬來也沒多久，東西不多。我記得就一臺兩噸半吧。」

「你知道是哪間搬家公司嗎？」在刑案卷宗裡留有當時的監視畫面，地下停車場有輛兩噸半小卡車，但登記簿上寫的是假資料、懸掛的是變造車牌，因此這條線索也告中斷。

總幹事搖頭道：「那車上沒寫搬家公司名字。他們要下去停車場時，十二樓小姐有帶兩個工人過來登記。那兩個的身形跟氣質不太像搬家工人，這種我看得很多了，反而比較像是跳八家將的少年郎哩。」

「他們搬得專業嗎？」李劍翔問。

「十二樓沒什麼大型家具啦，都是房東附的。他們上去忙了兩三個小時，然後大包小包地扛下來，拖著幾個大籃子，看不太出來有沒有功夫啦。」總幹事回道。

才一臺兩噸半小車，但是搬家卻搬了兩三個小時？回想一下警方的資料，當初在盧婉華的公寓中，連個指紋都沒採到，不能不讓人懷疑，這搬家公司的另一個副業，是不是也協助清理滅證的呢？兩人問得差不多後，接下來李劍翔展示另一張照片，是五月二十六日那場交通意外中，坐在賓士車後座的乘客。「那這個人呢？你有印象嗎？」

因為是從監視畫面翻拍下的影像，雖然天南星幫忙做過處理，但總幹事仍聚足眼力才識別出來：

「啊，是A棟十六樓之一D的高先生嘛。」

李楊兩人心中暗叫一聲「賓果」！接著從總幹事的口中打聽出更多消息：這位乘客的全名叫高燦星，平日出入都是全套高級西裝加賓士車，一看就知道是在大公司做事。雖然他每個月花了二萬八租金，但平日並沒有住在這裡，白天也沒看到有什麼人出入，這公寓像是租來當倉庫的。

租間公寓來放東西？這讓人聽著有些納悶。天南星立刻在網路上搜索「高燦星」這名字，在許多新聞照片的圖說中都有標註此人，是千霖集團總裁鄭沃霖的高級助理。由於總裁夫人姓高，因此外界也猜測，高燦星很有可能是總裁娘家那邊的親戚。

只是話說回來，千霖總部位於城市南區的爽文路上，距離這裡有十多公里的路程。若說是特地租來當倉庫，稍嫌遠了些，也無須選擇這種高級地段。

李、楊兩人此行的重點，就是想查出汪海彬跟盧婉華兩人設局跟蹤高燦星的目的，這也應該跟後者特地租了間公寓當倉庫的作法脫不了關係。於是李劍翔朝總幹事打聽了房東的連絡方式。

很巧地，房東自己也住在寶石利達社區，A棟十四樓。當初是以持分的祖傳土地向建商換來兩間公寓，於是留著一間自住、另一間收租。由總幹事代為連絡、而且李劍翔保證絕對不會談到稅務相關的問題後，房東便同意受訪。李、楊兩人立刻搭電梯上了十四樓拜會。

房東是個六十來歲的中油退休員工，老婆離世後就一人獨居於此，似乎頗感寂寞。儘管是警察上門問話，但表情卻頗為開心，將兩人請進門、奉上茶後，話匣子一開就滔滔不絕。

「高先生在那間十六樓的公寓大概住了多久？」楊穎露問道。

房東答道：「前後大概租了三年多，雖然打的是年約，但一〇八年九月底就搬走了。當時搬得有些突然，晚上十點半搬完後馬上點交，說是在南部老家找到新工作了，職位更高薪水更好。這是好事呀，我也為他高興，押金一毛不少地還他。」

「這邊的住戶好像都喜歡趁深夜搬家呀？」李劍翔打趣道。「聽說他把這兒當倉庫，自己沒住在這兒？」

「也不是這麼說啦。」房東臉上有種一言難盡的表情，說道：「高先生可能很常加班，在家的時間確實很少，偶爾深夜時也會帶幾個朋友回來坐坐。因為就在我樓上嘛，這些動靜都聽得到。」

「你知道高先生大概是搬去哪兒嗎？」

房東搖頭說：「跟你們說啊，現在的人跟我們那年代不一樣啦。雖然就住在上下樓，但房東跟住戶也就搭電梯碰到時點個頭、聊兩句，沒什麼交情了。他的事我是完全不清楚。」

李劍翔追問：「那他的東西多不多，前後大概搬了幾車？」

「前後大概搬了一個多小時，東西還真不少呢，哈哈。說不定真把這兒當個度假村，有錢人真的跟我們想的不一樣。他搬得差不多的時候，我有上來巡一下，沒問題就把押金還他。他有聊到總共搬了兩大車。」

「我問他這麼兩大車的，連夜南下很貴的吧？他跟我說這搬家公司是網路找的很便宜。我想跟搬家工人拿名片，但他們居然都說剛好沒帶，不然我想推薦給總幹事也不錯啊。」

「哦，還有把業務往外推的搬家公司啊。」李劍翔笑道。

「我是不好意思說開啦，給人留一線日後好相見嘛。」房東促狹地笑著，壓低聲音道：「我看那搬家工人好像也不是找專業的，反而比較像臨時工還是迌迌人那種。我當時從這點就看出來，大概是高先生的經濟狀況有點問題了，所以才連夜打包搬家躲債。」

聽到這兒，李、楊兩人不禁面面相覷。根據總幹事的說法，盧婉華連夜搬家時，找的也是「像跳八家將」的搬家工。兩造之間到底是巧合，還是這城市真有這麼多不專業的搬家公司呢？

李劍翔問：「現在方便讓我們上樓進去看看嗎？」

「不大方便。」房東搖頭道：「去年年初已經租給另一戶小家庭了，假如你們要看的話，我是可以跟他們問問。」

「那就不必了。」李劍翔回道。原本他想上樓看一下房間格局，順帶觀察有無什麼蛛絲馬跡，但既然另一戶已租住這麼久了，估計也沒太多參考價值。

倒是房東先生戴起老花眼鏡，開始滑起手機。片刻後他向兩人展示了幾張照片：「你們要想看的話……高先生搬走後，我想做個局部裝潢，有拍了些照片傳給師傅。你們可以參考，看看有無幫助。」

李劍翔不抱期待地看了眼，但他隨即發現被清空的房間，仍有幾個特別之處，於是如獲至寶似地，讓房東先生立刻把照片全轉發給天南星。首先他注意到的，在客廳、臥室等空間，房東所提供的沙發、書桌、電視櫃等家具都給堆到角落去。

楊穎露好奇地問：「這些家具是房東先生搬的，還是本來就這樣？」

房東聳了聳肩答道：「我上去看的時候就這樣了，不曉得是不是高先生為了搬家方便才挪開的。平常應該不會堆成這樣吧，不然怎麼住人呢？」

李劍翔看著客廳空出的大片區域，思考片刻後，又指著天花板角落處問：「這些電線跟鑽洞，是之前房子就有的嗎？」

「哦，那些全是高先生搞的啦。他說自己視力不好但又喜歡看書，很擔心照明不夠，所以自己裝了很多護眼燈具。我是沒親眼看到，只是他自己來不及把這些電線跟固定孔復原，還主動表示願意讓我扣些押金呢。」

天花板上足足有八處「燈具」的位置，難不成這位高先生很喜歡換位子看書？

眼看問得也差不多了，李、楊兩人隨即起身告辭。原本他們還想交代兩句「日後有需要可能還要來拜訪」的場面話，誰知熱情的房東搶在前頭，主動歡迎兩人以後有空多來坐坐，反讓他們有些哭笑不得。

「下一步呢？直接找高燦星打聽嗎？」離開寶石利達後，楊穎露問道。

李劍翔搖頭否決了。「不，我們現在手上的籌碼還太少，現在去找他只會打草驚蛇。誰知道千霖集團是不是也跟這案子有關呢？」

●

一走出寶石利達的社區大門，李劍翔的眼神習慣性地掃視四周，臉色突然變得有些怪異。接著他向楊穎露表示，自己要去附近辦點事，讓她先回辦公室待命。「不要老搭計程車。反正又不趕時間，幫公家省點錢，可以搭一五九號公車回去啊！」他還不忘交代道。接著他老大走向花園廣場角落的吸菸區，坐在休憩椅上，叼起根菸自得其樂起來。

「所謂的辦事就是自個兒抽悶菸嗎？」楊穎露不解其意，不過還是照他吩咐的，穿越花園廣場，往第六市場路口的公車站牌走去。

上了公車後，她找個靠窗位子坐下，拿出手機打發時間。不料一則主動推送的新聞，引起了她的注意：「無人機火攻！為父贖罪網紅險喪命」。報導內容是今日早上十時許，知名YouTuber「白爛薯條」位於南港的工作室，忽然從外頭飛來一架四軸飛行器，撞破落地窗後墜毀在地板上，隨後引發大火。所幸現場除一名職員輕微嗆傷外，並無重大傷亡。

警方已取得飛行器殘骸，初步研判是玩家自行組裝的載重型機種。機身上殘留炸藥成分，很可能是密封不完全而未成功引爆，但洩漏的易燃成分導致機體劇烈燃燒。由於這是國內第一起將四軸飛行器作為自殺炸彈的案件，警方高度重視……

為了喚起讀者的記憶，報導後邊還貼心地附上了白爛薯條的小檔案。他是國內首宗駕車衝撞隨機殺人犯吳朝淵的兒子，當時年僅十六歲。最早是因為替父親贖罪道歉的影片在網路上一砲而紅，之後公關公司介入操作，聲言影片獲利將用來彌補受害家屬。但前兩年引發了爭議，受害家屬們指控，從頭到尾只獲得數萬至十來萬元不等金額，白爛薯條將大部分的分潤都用來購屋甚或名錶、跑車，貪圖個人享樂，顯然早已忘記為父贖罪的初衷。

這種炒作其父犯下的血腥慘案，將網路流量轉化為個人收益的作法，被網友戲稱為「血流量」。被害者家屬無不對這種生意經恨得牙癢癢的，尤其是楊穎露的父親更是極度痛恨，聲稱從沒看過這麼耀武揚威的加害者家屬。

白爛薯條這樣的作法雖讓人觀感不佳，但並未違法，因此看不過去的家屬們，也只能在每支影片下方按倒讚、並在留言處規勸其他網友勿看勿分享。只是這樣做反而吸引了更多好奇的網友前往「朝聖」，最終捧出了一個高流量網紅。之後發生其他隨機殺人案件時，有些媒體甚至還會找白爛薯條發表高見。

也難怪在這則「無人機火攻」的新聞底下，有好幾名網友紛紛毒舌：「早該被教訓一下了」、「老天總算開眼但失了準頭」、「可惜沒燒死未來殺人犯」等等。

楊穎露第一時間想把這新聞分享給父親，但在按下發送鈕前一刻卻遲疑了……這該不會就是父親幹的吧？之前在法院觀審時，她看過了其他四位被害者家屬，也大致了解其背景。這之中若真要說誰有能力搞出這場遙控飛行器火攻，也只有父親了。

只不過，為什麼要特別選在七年後的今天復仇呢？

楊穎露直接撥打父親的手機，但彼端遲遲未接聽，這讓她心裡七上八下的。直到她換了一次車、快抵達辦公室時，撥出了第六通電話，父親這才接起來。他不耐煩地表示，自己早上十點就過來醫院等著看醫生，搞了一輪檢查後，好不容易踏進了診療間，她又打電話來亂。楊穎露唯唯諾諾地問候幾句便收線。

聽到父親會主動就醫，楊穎露有些驚訝，但另一方面也鬆了口氣，至少他有著確鑿的不在場證明。只是她仍放心不下，想起白倩就是在這家醫院當行政，於是發ＬＩＮＥ訊息給她，請她幫忙幾件事……

在第二市政大樓站牌下車時，她還埋頭跟白倩傳訊聊著，不料天南星突然來電，轉到了藍牙耳機：「美女，不要逗留，繼續往辦公室方向走。」

「怎麼啦？」她訝異地問，同時下意識地想梭巡四周動靜。

「不要東張西望，更不要朝後看，回辦公室再解釋。」天南星急促地說：「妳就裝作沒事一樣，照平常節奏走進辦公室就好。」

「知道了。」

楊穎露大概猜到發生什麼事，於是依言舉步前行。走進辦公室後，她給自己弄了杯熱咖啡，偷空研究一下火攻案的後續進度。網路新聞臺已開始循環播報此案，除了找來其他網紅與專家參與討論外，也透露警方正清查白爛薯條的周邊關係，不排除是最近廣告代言所引發的糾紛，倒是沒有人將此案與當年其父的隨機殺人案聯想在一起。

半個小時後，渾身髒汙、滿頭大汗的李劍翔，拎著一罐烏龍茶走進辦公室。

「怎麼搞成這樣？你什麼時候發現有人跟蹤我的？」楊穎露問。

「那個多嘴天南星跟妳說的啊？」李劍翔癱坐在椅子上，仰頭猛灌了幾口飲料後，說道：「進去寶石利達的時候，就注意到那輛豐田車了。我們出來的時候，裡頭的人居然還沒下車，我就有點懷疑了。」

楊穎露佯怒道：「然後拿我做餌啊？」

「引蛇出洞嘛。我看到那輛車跟在公車後頭慢慢開著，就知道肯定有鬼了。」

「你都搞成這副模樣了，到底抓到人沒？」

李劍翔無奈道：「我讓天南星去查車牌，結果是偽造的，查無車籍。然後我就想趁他下車時抓他個現行，誰知道這傢伙超有耐心，妳都走進辦公室十多分鐘了，他老兄還不肯下車。隔熱紙又貼得很厚實，我想盡辦法都看不進車內。」

楊穎露苦笑以對。在沒有配槍的狀況下，若要單槍匹馬對付一個不肯開車門的駕駛，以及數量不明的乘客，確實非常棘手。

「沒辦法，我看這傢伙隨時會開溜，又擔心打草驚蛇，只好打一九九九申報違停，接著又為了找到最佳觀看角度，在安全島上匍匐前進……。」李劍翔自嘲地看著自己沾滿泥土與草莖的衣褲，搖頭嘆道：「等我爬到能看見駕駛座的位置，架好了手機錄影，線上警網也在前一個街口了，然後……那傢伙就跑了。」

楊穎露聞言一愣，然後哈哈大笑起來。李劍翔沒好氣地拍了拍桌子：「別笑，嚴肅點兒，這事情很嚴重的。我敢說寶石利達跟警察內部肯定都有人通風報信，這傢伙的時機才能掐得這麼準。這可不是開玩笑的。」

楊穎露仍止不住笑意，連連點頭道：「好、好，老李，咱們一定會更小心，至少別弄得全身髒兮兮的。你快去清理一下吧。」

●

趁著李劍翔去梳理清洗、天南星忙著分析圖資時，楊穎露走到外頭的辦公區給白蒨撥電話：

「白白，有找到我爸嗎？」

「有。伯父還記得我啊，看到我很高興，一直要請我去地下街喝飲料。又說了幾句他的兒子沒福氣之類的，場面尷尬到不行啊。」

楊穎露苦笑。比起自家人，父親總是對外人格外友善熱情，這算是公務員家屬的通病嗎？之前她想撮合白蒨跟老哥楊振華，特意找她去家裡玩過幾次，所以父親還有印象。

「那他是去做肝功能檢查的嗎？」

白蒨訝異道：「不是呀，他找的是韓醫師，骨科的。我問過他，說是來看五十肩老毛病了。」

楊穎露納悶了。特地跑去大醫院看肩膀？他該注意的明明是他的肝呀。

「然後啊，我就照妳吩咐的，說要載他回家，順便幫妳拿考試要用的畢業證書，他也同意啦。」

「然後妳有進到我家裡了嗎？」楊穎露問。

白蒨得意地笑道：「你爸堅持要我等在外面，他自己進去拿出來。不過我跟他說想借洗手間，他大概覺得搭我的車不好意思了，所以要我在外面等五分鐘，他整理好後才讓我進門。」

「再來呢？」

「客廳沒什麼特別的，倒是妳哥那個房間關起來了，如果有什麼可疑的，應該就在那裡。」白蒨邊思索道：「浴室裡面，我把瓶瓶罐罐都看過了，不像是有女人同居的樣子。」

「有沒有什麼妳覺得怪怪的地方？」楊穎露追問。

「嗯，真要說的話嘛……我不太會形容耶，應該是房子裡面的空氣吧，有種很重的酸味，還有一種金屬的氣味，類似這樣的吧。」

兩人再聊了幾句後才收線。這時李劍翔走了進來，他放棄一點一點去清理襯衫上的髒汙了，打算直接送洗，然後去找隔壁的環保局借了件T恤穿上，那是先前他們辦民眾徵獎活動的獎品。楊穎露看著上頭的「低碳、生態、永續生活更有愛」口號不禁莞爾。

「開工、開工啦！」李劍翔拍著手讓另兩人歸位。「大家加把勁，把寶石利達的事情給順一順再下班。」

「嘿，老李居然認真打拚了。早上進來時明明還要死不活的，一副不想上班的模樣。」天南星打趣道。

「因為這案子感覺愈來愈有趣，愈來愈有挑戰性了嘛！」李劍翔打個哈哈，接著又壓低聲音說：「而且我也愈來愈確定，恐怕有警察牽涉在裡頭。這次我們得低調點，畢竟手上沒槍。」

楊穎露也學李劍翔靠坐在桌沿，憂心地問：「你是認真的？我從沒想過要跟自家人作對的，又不是拍電影。」

天南星從旁插嘴：「別那麼謙虛啦，上次花蓮地檢署妳已經作對過一次了。」

李劍翔也回道：「這計畫頭都洗一半了，現在要是改換其他案子，趙科長那邊交代不過去啊……算了，咱們就多加小心，多拿點籌碼在手上就什麼都不用怕。來，咱們把這幾天查過的東西整理一下。」

天南星把抗戰大刀的檢驗報告投放到電視上。李劍翔說：「死者汪海彬的胸腹處以及手機有疑似大刀貫穿的痕跡，我們也向其同事確認過，汪確實有把手機放在胸前暗袋的習慣。」

「然後我們到花蓮地檢署實地調查，卻發現那把大刀可能被掉包過，上頭的血跡是豬血。到此我們可以推測，凶手之所以要大費周章地用鋁熱劑破壞汪的遺體，很可能就是為了掩蓋大刀被掉包過的這件事。這樣合理吧？」

楊穎露跟天南星同時點了點頭。

「梁秀楠法醫覺得對照汪海彬的傷勢，留在汪宅地面的血量太少了，但不排除是救火時被水柱沖刷過的緣故。但要是汪宅真的不是第一現場呢？有沒有可能汪海彬被大刀刺傷的地點，就是在寶石利達的A棟十六樓之一？這也是汪海彬跟盧婉華聯手設局找出的地點，而且他們為了就近觀察那公寓的動靜，所以也搬入了那個社區。」

「所以說，這件事可能跟高燦星甚至千霖集團有關囉？我們不能去拜訪他們嗎？」楊穎露問。

「跟這種大集團鬥，就要打蛇七寸一招斃命。但問題是，我們目前掌握的線索太有限。」李劍翔嘆道：「時間都過去這麼久，監視器畫面早就洗掉了，證人的記憶也都模糊。如果沒找到有力證物就去跟高燦星談，肯定沒有結果，而且只會讓他們加速滅證……。」

「還好，房東提供的那幾張照片，還是有點用的。」天南星接口道。接著他把照片逐一投放出來，上頭多繪製了幾條標明長度的參考線。「首先請看看天花板上面的管線孔，也就是房東說的疑似『照明燈座』部分。」

李、楊兩人仔細看著那八個加圈的位置，看出了點端倪。雖然電器設備都給拆除了，但根據牆上的管線空洞與一旁螺絲鎖孔，仍有機會推估原本安裝的是什麼裝置。

「客廳中央兩兩相對的六個孔位中，各預留了兩條電線；但門口跟窗邊上方的兩個孔位採對角設置，裡頭預留了兩條電線跟一條黑色纜線。我認為那兩個孔之前應該是安裝了監視攝影鏡頭。」天南星說。

「正常人誰會在客廳裡裝兩部無死角監視器呀，而且還安裝那麼多電燈？」楊穎露說道。

「沒錯。而且我覺得最有趣的是中央那六個相對孔位。一般家裡如果要做直接照明的話，安裝的多半是吸頂燈、日光燈還是燈泡等等，但從這些孔位來看，若說是燈座的話顯得太小、吸頂燈的話又顯得太密集……。」

李劍翔不耐地哼了聲：「講重點！」

「別這樣嘛，就當我宣傳一下神略的好處成嗎？」天南星加快語速說：「我讓神略先以照片上的電源插座作為比例尺，精算出每個螺絲鎖孔間的距離，然後參照國內外各品牌燈具的規格參數，找出完全符合的產品型號……雖然這一連串說起來很冗長，但其實不到五分鐘就完成了。」

天南星的語氣中掩不住得意與自豪，但李劍翔已達忍耐極限，伸出食指在空中猛畫圈圈，高嚷著：「神略真是好棒棒，開心了嗎？快轉、快轉，給我結果。」

電視上出現一盞燈具圖片。它的外觀跟一般家用燈具大異其趣，看起來反倒像是小型的探照燈，黑色長方形的燈體上，密密麻麻地嵌入了六十顆ＬＥＤ燈泡，名符其實的「高功率投射燈」。

李劍翔訝異道：「哇，一盞一百瓦功率，還裝了六盞。這姓高的是把客廳當成燈塔還是開聖誕趴了嗎？」

「第二個線索在地板上。」天南星在電視上秀出貼皮木地板的放大圖，經過圖片處理後，可以看到為數不少的六角形凹痕。「一共有十二個形狀相同的凹痕。透過比例量測，應該是三組款式一樣的櫃子……。」

「然後你讓神略上網查了產品規格，用這些資料進行比對後，終於找到了符合的產品，而且從頭到尾還花不到五分鐘，對吧。」李劍翔接口道。其實他心裡倒是挺佩服這等效率。換作傳統刑警的

「跑斷腿」作法，肯定會派出大量人力展開地毯搜索，走訪成千上百個廠商店家等等。要是能有這種「五分鐘找出答案」的黑科技，他們還不樂翻天？

電視上切換出十多組圖片列表，都是符合推算尺寸的產品。雖然大小材質迥異，但它們有著共同用途：可自訂空間的多層架展示櫃，而最便宜的款式也要八萬元起跳。

楊穎露逐個翻看價格，不禁咋舌道：「高燦星是想做個博物館嗎？光一個展示架就快十萬，裡頭展出的東西應該更名貴。到底是些什麼奇珍異寶呢？」她想起了那把抗戰大刀，繼續說：「聽說有些企業主會蒐集古董文物的，我猜他是幫老闆找個地方存放這些東西的吧。」

李劍翔沉聲說：「至少我們現在知道，汪海彬跟盧婉華的動機了。小星星，你的神略有辦法盯梢高燦星嗎？我不想找其他人支援，免得又有誰去通風報信了。」

汪與盧兩人的動機，很顯然就是想當賊。他們想從高燦星的私人展示廳中，偷出些什麼東西。

●

今天一連串密集的查訪與案情分析，外加有人跟蹤的突發狀況，讓李劍翔跟楊穎露都累得夠嗆。於是天南星也同意，今晚大夥兒就早些下班休息，明日再戰。

楊穎露輕哼著流行歌，拎著花茶沖茶器跟茶杯走出辦公室，將茶具好好洗淨晾乾，這是她重要的下班儀式之一。

李劍翔注意到她的手機仍擱在桌上，於是把自己的手機塞進腳邊的背包內，隨手拿起杯子也走進茶水間。楊穎露朝他點頭招呼，接著納悶道：「老李你都是喝外頭的手搖飲，根本沒用到杯子，幹麼下班前還洗它？」

李劍翔沒料到這輔助道具給一眼識破，有些尷尬地搔了搔頭，索性把杯子給擱到水槽旁，說：「只是想避開天南星那傢伙，來問問妳晚上吃什麼？今天不用吃素吧？」

「……啊？」楊穎露對這突如其來的邀約有些意外，不自在地答道：「就回家隨便微波個便當之類的來吃吧。」

「我知道有一家新開的拉麵挺不錯的，可以去試試。」

「哈……天氣那麼熱，不適合吃湯麵吧。」

「那附近還可以吃豬排飯或義大利麵的，選擇很多。」李劍翔繼續遊說著。

「哎呀……這個嘛……。」

李劍翔看出她在打哈哈，這才驚覺她似乎誤解了自己的用意，忙補上一句：「地點在忠明南路與向上路口，有興趣嗎？」

楊穎露的眼睛隨之一亮。這也是兩人於晚間八點位於此路口的原因了。

因為不想被天南星掌握行蹤，兩人一步出行政大樓，手機便先後關了機。李劍翔拿出事先列印出來的監視器影像，比對當時汪海彬與盧婉華設局的所在位置。

站在今早反覆研究的真實區域中，讓自己有種登上舞臺的錯覺。楊穎露拿起另一張照片，站在汪海彬當時違停的位置。把照片高舉在半空，根據距離與角度來反推此拍攝鏡頭的所在處。

對李、楊兩人來說，跟公家或民間監視器打交道，早已是家常便飯了。而他們都對神略屢屢展示的神奇角度、超清晰畫質的監視畫面，感到格外好奇。

兩人四處走動比對半天，並站到每個路口、店家監視器處仔細觀察，最後有了個共同的結論：早上那支影片的後半段，是剪輯自兩邊路口的監視器。但前半段的影像來源，絕不是來自任一支公家或民間的監視器。

如楊穎露早前所懷疑的，前半段的影像拍攝角度，大概是在對邊大樓上方。但實際勘查後，那位置比她原先預期的還更高，大概是在第八、九層的高度，還得配備十倍以上的望遠鏡頭，但那裡不可能架設任何監視器。

「哦，我想到一個可能性了。」楊穎露靈光一閃道：「比方可能有其他單位在監視汪海彬或盧婉華，當時有人在窗口拿著攝影機蒐證，這段影像被保留在伺服器，就給神略拿來用了？」

李劍翔再次抬頭看向那棟大樓。確實，他蹲點監視過不少嫌犯，深知蒐證器材的能耐，無法排除這種可能性，不過……「但後半段擷取自路口監視器的畫面怎麼說？按正常程序來看，這些畫面如果當時沒保存下來，早就給覆寫蓋掉了，神略根本也調不到。」

「會不會是監視的單位，連附近監視器影像都一併轉存下來？」

「不可能。如果是他們自己拿著攝影機從頭蒐證到底，根本不會想用那種三低監視畫面……。」

兩人來回討論片刻後，仍然沒有結果。於是決定先把大樓、路口的幾個關鍵參照點記錄下來，之後再來研究。因為沒辦法用手機拍照，於是李劍翔掏出筆記本，用手繪的方式來處理。

等兩人主動加班的業務告一段落，時間也接近九點，附近的餐廳大都準備打烊，因此只有選擇提供宵夜的豬排飯連鎖餐廳了。

「炸豬排嘛，要選底下有墊鐵絲網的才算及格，而且要交代豬排不切，口感才一級棒。」李劍翔夾起一塊豬排，迎著日光燈仔細鑑賞，像個老饕般評頭論足。

「……炸太油、粉太厚、筋太多，個人是覺得不及格。」楊穎露吃了一口後搖頭說道。雖然她聽了老李的建議，讓豬排保持原狀，但咬下去後滿口油，光喝油就快撐飽了。

李劍翔訕訕一笑。他之前評價這家的炸豬排可達九十八分，看來自己的味蕾感受跟一般人天差地遠。回想起來，之前當班時用餐只求裹腹，食物有煮熟就及格了，如果還考慮到能單手持用、不掉碎屑與方便入口那就滿分了，至於好不好吃則屬其次，大概是這種評分標準把自己的品味給拉低了。比如從來就沒人聽過「刑警美食家」這種設定吧！

楊穎露的注意力則是轉移到老李的筆記本上。她看著上頭的手繪草圖與標示具體的角度、距離與遮蔽物等參數，不由得佩服起老刑警的偵查功力。「哇，老李，你們刑警都要練素描的嗎？看你畫的這個現場圖，甚至比拍照還更讓人一目了然。」

「嗐，沒什麼，基本功啦。」李劍翔故做瀟灑地擺了擺手說：「我剛幹刑警那年頭，別說什麼照相手機了，連底片相機都沒拿到。要事後憑著記憶把地圖、相對位置還是嫌犯的臉給畫出來，那可是家常便飯了……。」

話匣子一開，他又分享了好幾則刑警趣聞，讓楊穎露聽得是瞪圓雙眼、驚呼連連，也不禁為他離開這麼一個能發揮所長的工作崗位而感到可惜。

等到用完主餐、服務生端上紅豆奶酪甜點的時候，兩人的話題又轉移到天南星身上。

「老李，你有這種感覺嗎？自從參與這個神略計畫以後，老是覺得一舉一動好像都被誰監看著。」楊穎露首先發難道。

李劍翔苦笑。「誰叫我收了他那支新手機呢？我看妳的手機應該也無法倖免，被那傢伙往裡頭塞了什麼木馬還是監控程式之類的。」

「那你還敢繼續用？就不怕他趁你洗澡時偷開鏡頭嗎？」

「新iPhone挺好用的，幹麼不用？」李劍翔的臉上浮現高深莫測的笑容。「個人隱私我會注意的。這手機先留著，或許以後能派上用場。」

楊穎露嘆了口氣。「我還是不太習慣這種遠距合作的方式。更何況，天南星這個人神神祕祕的，雖然離我們很遠，但好像又無所不在。」

「根據我每天故意問他的那些問題，我相信他應該是真人，不是什麼人工智慧機器人之類的。」

「哦，我還以為你只是找題材跟他吵嘴呢。」

「哪這麼單純，他自己也很清楚那些問題的用意。還有啊，他也許不像趙科長說的那樣……我總覺得他不在紐約，甚至離我們並不遠。」

楊穎露頓時來了興趣。「你怎麼發現的？」

「我認識幾個電腦高手，這幾天聽他們說，我們下去花蓮那天，臺灣跟美國的海底電纜出了意外，很多網路服務都受到影響，但天南星跟我們的連繫倒是挺即時的呀。」

「這只能算間接證據吧？說不定是那傢伙的網路功力很高強，能克服這些問題？」

李劍翔的鼻子哼了聲。「想要直接證據是吧？明天會有，我來變個魔術給妳瞧。只要我們在下午兩點到三點間跟天南星開會，有力的證據就會送到妳眼前。」

他故意賣個關子，卻讓楊穎露好奇心大起，但也有些不安地說道：「真希望這計畫早點結束，不然我感覺自己真的愈來愈像是在找方法對付自己人了。」

用餐完畢後，兩人走到店外，就近找了個人行道椅坐下。李劍翔本想探手入口袋拿菸，但想了想後又放棄了。改問道：「對了，我是不是沒問過妳，怎麼不想繼續當警察了？」

楊穎露納悶道：「幹麼突然提這個？」

「想知道妳是有其他生涯規畫，還是跟我一樣，只是碰到了煩死人的『職場問題』？」李劍翔雙手的食中指略彎了彎，幫關鍵字做個加框手勢。「明天咱們應該會研究那個廢車回收廠的輔案，猜猜轄區在哪裡？」

當時天南星把那幾個輔案一列出來，楊穎露就馬上注意到第二個「方陣廢車回收廠」。因為該處就位於環中南路上，是潭岡派出所的固定巡邏路線，她甚至還記得附近的路口有設置簽到簿。她長長地嘆了口氣說：「最近事情多，我都差點忘了。算了，講到這個心情就差。回家！」

兩人在餐廳門口分道揚鑣，李劍翔去騎摩托車，楊穎露則走往反方向去搭公車。但走沒幾步，她突然小跑回來，喊住了他：「老李，你在臺北南港那邊，有沒有認識的人？我想打聽一些事。」

李劍翔點了點頭，回道：「……能講得上話的至少有三四個。怎麼，想打聽啥？」

她抬手指向對街的商業大樓。二樓的牆體上懸掛了一片超大尺寸螢幕，正在播送網路新聞。坐在電子布景前的女主播，談起昨天發生的YouTuber白爛薯條遭到飛行器火攻一案。由於其別開生面的犯案手法與名人效應，使其成了這兩天最熱門的話題。各種推測、花絮甚至當事人感情狀態，鋪天蓋地席捲了各大社群版面。

回想起楊穎露兄長的遭遇，他大致明白她請託的用意了。但他也注意到，她的神情裡還藏有一絲憂慮。或許她想了解的，未必光是這個案情的後續發展而已。

十、李劍翔：廢車回收場

為了讓天南星把會議挪到下午，李劍翔今早特意請了半天假。當他中午來上班時，斜背著一個大型黑色尼龍背袋，但沒直接帶進辦公室的小隔間，而是將它藏到外部辦公區域的某個座位下。等到楊穎露要外出吃午飯時，他朝她示意先把手機擱在桌上，然後神祕兮兮地把她帶到那座位上。

「小小禮物，不成心意。」李劍翔把背袋拎到桌上，比著手勢讓她打開。

「老李，這樣進展太快了吧？而且我的生日還早呢。」楊穎露故做羞澀道。昨晚共餐後，彼此多些了解，雖然雙方因年齡、背景等差異，並沒有爆發男女間的化學反應，倒是同袍之情深厚了些，也更能自在地互開玩笑了。

「呿，別臭美了好嗎？完全不是妳想的那種骯髒事。」李劍翔笑罵道：「老李我向來不吃窩邊草的，妳自己先打開看看，再說說要怎麼感謝我。」

楊穎露拉開背袋拉鍊，拿出裡頭一件防彈背心，拎在手上仔細估量著。這防彈衣的質地比警用款式更輕更軟，還預置了能放入抗彈陶瓷片的口袋。

李劍翔得意地解開胸前的襯衫鈕釦，對著她一拉衣襟，原來他已將防彈背心穿在裡頭了。「3A

級標準款，採用以色列三十二層防彈布料，透氣度跟防護力都比警用背心更好。要是插上陶瓷片，連M-16步槍子彈都能擋下來……當然啦，如果真有人扛出那玩意兒，還是逃命要緊。」

楊穎露哈哈笑道：「難怪覺得你今天看來更大隻了點……咦？」一邊說著，她拿起下方兩片抗彈板後，發現下頭還有個金屬密封盒。盒身約莫Ａ４紙大小，但拎起來相當沉，大概有三公斤重。

她疑惑地看向老李，後者用眼神示意她繼續動作。她用力扳開兩個鎖扣後，上蓋自動彈開，她定睛一看，不禁倒吸一口冷氣：裡頭躺了一支精巧的緊湊型手槍、兩個壓滿六發九毫米子彈的彈匣以及簡易型清槍工具。

「莫斯伯格MC1sc手槍，長十八公分、重量六百公克，最大裝彈量七發，配備夜光準星……。」李劍翔又像是個推銷員般，眉飛色舞地細說起產品規格，但旋即被楊穎露給打斷了：

「夠了、夠了，我問你這是哪來的？該不會是去超商買的吧？」

「之前突襲某個毒品分裝點查扣的。這把制式的在臺灣很罕見，拿著挺有面子的吧。放心，是乾淨的。」李劍翔回道。所謂的槍枝「乾淨」指的是之前未犯過事，沒在警方的彈道資料庫中留下紀錄。

「這肯定違法的吧？你送給我，我也不敢開啊。」楊穎露咬著下唇糾結道。其實她之前也曾耳聞，有些刑警會在現場扣下槍枝後留著私用，沒按照規定上繳。這要被發現了可是記過調職的大事。

李劍翔看她這反應，聳了聳肩，似是沒什麼大不了的模樣。「我們辦緝毒案的，大都這麼幹。不然警槍繳回去後，走在路上怎麼自保啊？」

「……不行，這我真的不行。跟你們一起做事，簡直一次又一次地刷新我的底線。」楊穎露猛搖頭不肯接受，半開玩笑道：「就算我明天就離職，我也不想開黑槍。離職事小，吃牢飯事大啊。老李，我也勸你改改這習慣。」

「這社會一直都是壞人有備而來、好人赤手空拳，尤其有人在跟蹤我們了，不能不作準備啊。」李劍翔無可奈何地把槍盒收起來。「這樣，放我車上，以備不時之需。要是人家真拿槍衝過來，咱們不能光挨打不還手的吧。」

兩人把東西收拾完畢後，回到小辦公室裡。楊穎露看了下錶，已接近兩點了。她想起李劍翔昨晚說的，要揭露天南星的所在位置，心中不禁有些期待。當天南星準時出現在電視螢幕上時，李、楊兩人心照不宣地朝彼此挑了挑眉。

「嘿，小星星，聽說紐約今天有萬人抗議啊，你外出得小心點。」李劍翔嘻皮笑臉地招呼著。

天南星皮笑肉不笑地回道：「先別轉移話題。我早上才問過小楊，怎麼你們昨晚都這麼巧，兩人的手機同時關機啊？」

「需要澈底休息嘛。昨天一整天開會、外勤的，得抓緊時間休息，怕你又來煩。」李劍翔回道。他跟楊穎露昨晚已核對過口供，確保說法一致。

「開會前我還是要來轉達一下趙科長的意見。他希望你們盡量別出門，真有必要的話，一定要找轄區同仁陪同出勤，還能派個公務車或幫忙取證之類的，別再單槍匹馬了。」

李劍翔雙手一攤，故做無辜道：「我也想待在室內吹冷氣就好，不過實際情況就是做不到呀！你自己看看，前面兩個輔案要是不出門，計畫怎麼可能有進展？我們又怎麼會知道有人在偷偷跟蹤？至於要我跟陌生人一起查案？饒了我吧！」

楊穎露細想了會兒，他說的也沒錯。直到目前為止，他們的外出走訪都很必要。像是在花蓮地檢署確認抗戰大刀的真偽、從寶石利達處得知千霖集團有涉案的可能等等，這些都是之前的專案小組碰觸不到的環節。而若只是坐在辦公室研究陳年卷宗，估計也看不出什麼端倪來。至於找轄區同仁協助？拜託！她最清楚第一線的日常工作量有多大，要是他們動不動就出動警網護駕，肯定會變成極度顧人怨的黑單位。

「行、行，了解。早料到你就只有這些臺詞啦，我也先跟趙科長打過預防針了。他再三強調呢，他完全是為了兩位的人身安全著想，不得不跑外勤也務必要多加小心。好啦，就這樣，我個人純粹只是傳達而已。」天南星一副已盡人事的無奈表情。

完成長官要求的政令宣導後，會議進入正題，也就是如李劍翔前一晚所預測的第二個輔案：關聯度百分之八十九．七二的方陣廢車回收廠自殺事件。而楊穎露預期今日有可能會回一趟老東家，還特地穿了一襲黑色套裝來上班。

天南星開始在電視上播放此案的相關資料。相對於其他輔案，這算是個較單純的案件。一〇八年八月八日晚間九時許，一位服務於千盾保全公司、三十二歲的保全員莊慕龍，趁著搭檔下車巡查時，突然開走公務車，並關閉車上的定位與無線電設備。

之後根據路邊與工廠的監視器顯示，莊慕龍在十點左右，開車闖入環中南路旁的方陣廢車回收廠。由於監視器只設在廠區大門處，因此並未拍攝到後續畫面。大約十點十七分，廠內的大型雙滾筒粉碎機被啟動，警方認為莊慕龍應是從作業平臺處一躍而下，連骨帶肉全被絞得碎爛如泥，下方的回收槽更是一整個慘不忍睹……

隔日早上八點，回收廠老闆上班時發現異狀，便立即報警。警方在公務車內發現兩支高粱酒空瓶與一封莊慕龍的親筆遺書，從監視畫面與現場狀況並未發現打鬥跡象。但到底有什麼理由，非得要用這種痛苦萬分且粉身碎骨的慘烈方式自殺呢？畢竟死無全屍可是臺灣人的身後大忌。雖然這一點很是詭異，但檢察官申驗死者的ＤＮＡ後核實了身分，最終仍以自殺結案。

莊慕龍的遺書顯示，他是因為買房後經濟壓力太大，工作上與同事處得不好，從網路的自我評估認定自己有中度憂鬱症。之後因為染上某種「不名譽」的病，為了在親朋好友間留下美好印象，因此毅然決然採用這種面目全非的自殺方式，希望大家原諒他，也為造成方陣前老闆的困擾而致歉。

「警方有查出，莊慕龍曾在方陣工作過一年多，之後也偶爾回去找些特定車輛的零件，跟老闆的交情還不錯。假如他堅持這種慘烈死法，或許很直覺地想到這個地方了。」天南星補充道。

莊慕龍身後留下一妻一女。他在遺書裡除了對家人致歉外，也希望老婆把房子賣了，並盡快改嫁個好人家，不要再這麼辛苦。

「……這起自殺案，除了發生在主案的兩天後，我是看不出有什麼疑點，還是跟主案有什麼關聯了。不過到底是患了什麼病，一定要把遺體破壞成這樣啊？」儘管一播放現場的蒐證照片，楊穎露就立即別過頭去，但這麼「驚鴻一瞥」已造成極大衝擊。遺書裡那「面目全非」是太過客氣的說法，真要確切地說，簡直是完全不成人形了。估計那堆肉泥山的畫面，至少會在她的腦海中盤旋到年底。

「應該是器官變形還是皮膚異狀那種病？比方ＡＩＤＳ還是炭疽病之類的。但筆錄裡有提到，跟他朝夕相處的家人與同事都沒發現有什麼異狀，我猜應該是比較私密的部位？」李劍翔認真地思考著。

「好啦，回到正題。這次給兩位大優待，本案就不跟大家賣關子了。」天南星故做大方道：「這起主輔案的關聯度，神略是分析金流後計算出來的，至於細節就無可奉告……嗯，是說這後續調查也不可能不出門呀。」

組員們最關心的「關聯度」問題，天南星倒是說得雲淡風輕。但若好好思考一下，這神略系統之神通廣大，未免也讓人震驚不已……不，可說是令人恐懼萬分了。

以相當於金管會的監理權限，來追蹤分析個人、法人的金流，對一般民眾而言或許無感。但問題是，他們是在什麼樣的時機下進行的？要知道，那時候的專案小組認為，豐原一家三口命案的凶手是妻子，沒有任何外力介入，那神略是在什麼時候，特地去查詢了這個從未在主案卷宗出現過的莊慕龍身家？

只要實際辦過幾件刑案，甚至稍有刑偵概念的人，從這一點就能明白，為什麼神略系統在很多方面常得遮遮掩掩的，因為個中詳情恐怕挺嚇人的。李、楊兩人從彼此的眼神中，看見同樣的驚異與疑惑。

「所以……接下來，我們要好好調查莊慕龍跟他服務的公司囉？」沉默半晌後，李劍翔問。

電視上出現千盾保全的公司簡介。這是千霖集團在民國九十七年所設立的子公司，總部也位於南區爽文路上，主要業務是為集團的大小公司提供保全服務。目前千盾的員工人數約四百人左右，在保全業中算是「麻雀等級」的規模。

接著是莊慕龍的背景介紹。眾人第一次看到他清晰的正面照片，雖然戴著文青型的復古膠框眼鏡，略微修飾了剛硬的臉部線條，但陰沉的眼神、狠戾的表情，掩藏不住他身上濃濃的江湖味。他臉上的最大特徵，是在右臉頰靠近下巴處，有個指頭大小般的魚形暗紅色胎記。

「民國七十八年出生，臺中大里人。他國中時就被紫玉聖宮吸收，入伍前都在廟裡幫忙，出陣頭或跳官將首之類的，跟地方幫派有些淵源。入伍後被選入特種部隊，五年後因為情緒管理問題退伍了。方陣老闆的兒子跟他是同梯，找他去回收廠工作。一年多後其他戰友轉介他到千盾當保全主管，但又因為情緒管理問題跟客戶起了衝突，被降調成保全員。」

「喔，看來這位莊先生的脾氣很大，生活壓力也確實很大啊。」李劍翔翻閱著當時的筆錄，裡頭寫到莊慕龍被降調後本想離職，但當時女兒才剛出生，他先前因為酒後駕車撞死人，每年都在支付龐大的賠償費用，因此不得不忍氣吞聲繼續工作。也因為之前的下屬轉眼間變成了他的主管或同事，所以他才抱怨有些人際關係上的問題。

楊穎露也聚精會神地在筆電上比對著相關資料，發現一個有意思的地方：「這個莊慕龍的少年時期就在紫玉聖宮混，那跟第五個輔案有關係嗎？」

天南星把神略列出的五個輔案投放出來。第五個是發生在一〇二年十一月九日的「紫陽萬靈聖道會」與「紫玉聖宮」鬥毆糾紛。兩個小型宗教間的爭鬥，為什麼會跟一家三口命案牽扯在一起？跟莊慕龍又有什麼關係？

李劍翔闔起手邊資料，拉過一張辦公椅坐下，開始滑起手機。「先別考慮這麼多了，一件一件處理吧！不過看來這兩天得跑幾個地方……。」

他的話還沒說完，楊穎露的手機忽然「吱！吱！」地拉長音尖叫起來，把她給嚇了一大跳。楊穎露拿過手機一看，螢幕彈現一個「地震速報演練」視窗，上頭寫著這是氣象局於全國發放的測試簡訊，請民眾無須驚慌。當她把視窗關閉後，看向一旁老神在在的李劍翔，忽然想起他昨晚說的，可以「見證」天南星是否真在國外的方式。

此時的天南星已離開鏡頭前，彼端的麥克風也關閉了，沒有先前的背景雜音。

「這就是你說的直接證據吧？」楊穎露問。

李劍翔點了點頭，秀出手機上的影片。「我上網查過了，這地震速報走的是4G網路。我剛剛打開手機的飛行模式了，然後對著電視錄影。」

他按下影片的播放鈕，楊穎露湊近細聽。在警報響起那瞬間，她明顯聽到從電視彼端也傳來了手機的刺耳蜂鳴聲，而且至少有兩支以上。

●

「那個天南星還真敢睜眼說瞎話。明明就被當場抓包了，還推說是他監控的其他臺灣手機響的警報。」

「哇，他聽到警報那瞬間的表情也太經典，你記得抓個圖，我們拿來當LINE頭像。」

「哈哈，看那樣子肯定是嚇到尿褲子了，看來他老兄真的不是機器人。」

李劍翔開著自己的車，載著楊穎露前往潭岡派出所，方陣廢車回收廠就是在其轄區內。而剛坐進車裡，兩人就很有默契地打開手機的飛航模式，因為他們迫不及待地要交流剛剛在辦公室內發生的事。

等兩人討論得心滿意足、關閉飛航模式後，天南星就立即接通了李劍翔的手機。「我發現你們兩個要是同時關手機，應該就是在講我的壞話了。」他故作憂鬱地說。

楊穎露哈哈笑道：「誰叫你沒事愛監聽別人的手機。而且我們可沒說你壞話，只是做點地震警報的學術討論而已。」

「天大冤枉，我可沒監聽你們的手機，只有你們允許我才接入的好嘛。」天南星辯解道。

「最好是啦。喂，後面有沒有誰在跟蹤？」李劍翔問。

「目前沒有，上次那個車牌沒再出現了。」自從上回的跟蹤事件後，他們決定每次出外勤時，就讓神略透過交通監視器進行交叉比對，要是出現熟悉的車牌或是尾隨在後的車輛，就立即回報，看能不能反過來設套揪出對方。

「是說，妳這次回老東家，也太正式了吧？」李劍翔對著楊穎露打趣道。她今天特地換上一身新套裝，臉上也化了點淡妝，展現出大女孩的柔媚風情。

她聳了聳肩，不以為意地說：「今天應該會碰到一堆老同事，得讓他們知道我在外頭過得可精彩了。」

「我的意思是，妳不是討厭那裡甚至想離職了？我還以為妳這次會找藉口不來。」

「難得可以當一次客人啊，趁著他們還搞不清楚我是在哪個上級單位時，我看看有沒有機會能修理某個人。」楊穎露以開玩笑的語氣說。

「修理某個人？誰呀？」

「老是精神霸凌我的一個江Sir。你知道他多過分嗎？平常冷言冷語就算了，後來居然還在女廁裡面放針孔。被抓到後，所長也只給他口頭申誡，連處分都沒有……。」

「這都什麼年代了，還有這種事？」李劍翔驚訝道。天南星也出言附和。

「我真的超氣的好嘛！我就是因為大學時在外租屋，被房東裝針孔偷拍過，對這種侵犯隱私的鳥事很火大，想說考警察可以維護正義，結果又碰到了。」

天南星不自然地乾笑兩聲，李劍翔則默然以對。因為他當差時，知道一般人的個資、隱私有多容易被無視或濫用，所以他對這番話很有同感。

「算了算了，不講了，愈講愈生氣。」楊穎露有些後悔自己一頭熱，自個兒家醜外揚。她改口道：「我比較好奇的是，這案子的資料應該都在分局，天南星也把數位化的內容都撈出來了，你特地跑這趟有什麼意思？」

「這個嘛……我對這自殺案有點想法，想看看第一線處理的弟兄有沒有什麼印象。另外莊慕龍之前也是轄區人口，看他那樣的背景，應該會有誰認識他，我想多打聽點他的事。」

抵達潭岡派出所後，兩人先跟所長打過招呼，其他同仁也都圍上來，好奇地對著楊穎露問東問西。當時接獲方陣老闆通報後，第一位趕到現場的是方姓與高姓警員。由於前者今日排休，於是由後者來回答問題。三個人坐在值班臺旁的泡茶桌上，邊泡壺老人茶邊聊著。

根據高姓警員的說法，當時他正在巡邏，接獲值班無線電通報後就前往方陣查看，一確認是死亡案件，就立即按照程序封鎖現場，並回報派出所請分局支援處理。

「現場真的慘不忍睹，還有那個氣味……很恐怖。不過因為人手不夠，我跟老方也都下去幫忙了。」高姓警員心有餘悸地回憶道。

李劍翔掏出手機，秀出千盾保全的制服照片。「莊慕龍是值勤時直接跑到方陣的，所以跳下粉碎機時，應該還穿著千盾的藍色制服。在那些……殘餘物裡面，你有看到類似的藍色布料嗎？」

高姓警員偏頭想了會兒。「我不確定……說真的，那麼慘烈的畫面，我也沒想看那麼細啦。倒是鑑識員有幫忙把一些沒攪爛的小配件挑出來，說是可以跟轄區的失蹤人口比對看看，我用手機拍了照。稍等，我找找。」

他在手機上翻找半天後，找出了幾張照片給兩人看，都是不同角度的同一標的：在水泥地面上，排列了手錶殘骸、戒指、金屬扣之類的配件。李劍翔看著那只剩半邊的手錶錶面，依稀能看出是卡地亞知名的藍氣球款式。

「當保全的還戴名錶，挺招搖嘛。不過這牌子有點秀氣啊？」李劍翔自言自語道。只是在場的同仁對手錶都沒什麼研究，沒人接話。倒是天南星在耳機裡說：

「藍氣球有分男女款，你要是能拿到這照片，我可以精算一下尺寸。」

高姓警員爽快地把幾張相關照片都傳給了李劍翔，一邊好奇地問：「這不早結案了嗎？案情也很單純，沒什麼疑點。你們為什麼還要回頭查這些？」

「我們手上有個案子跟莊慕龍的家人有關，詳情不便透露。」李劍翔含糊回道。「他老婆還住在你們轄區裡嗎？」

另一名值班警員從旁補充道：「之前有聽說，他老婆搬到城市南區去了，應該是搬回娘家。那時好像有留市內電話號碼。」

正當他們翻找連絡方式時，突然有一名高大的二線一巡官從備勤室走出來，一看到楊穎露，便以浮誇的驚訝語氣說：「哎唷，大家快看看，我們最愛的小仙女回娘家了。幾天不見，換件套裝擦上口紅，女大十八變了，還多個護花使者。」

楊穎露面色僵硬地朝對方點頭招呼。她臉上那副不自然的微笑，說明眼前這位就是使她離職的主因——江Sir。

看到其他人給出的迎合、促狹或手足無措等反應，他似乎很享受這種主導現場氣氛的快感，繼續挖苦道：「有沒有，我之前是不是說過，妳這樣穿就對了嘛！之前穿制服跟綁肉粽一樣，不適合妳啦。今天這樣穿還算及格，至少比較像個娘們。是說，在哪家大尺碼店買的呀？」

楊穎露給氣得粉臉通紅，雙手也微微顫抖，但還是盡可能保持風度地說：「江Sir，我們今天是來辦公事的，可以讓我們繼續開會嗎？」

「哎，放輕鬆啦，什麼時候不能辦公事。愛辦多久辦多久嘛，回娘家耶。」他的猥瑣笑容讓人看著就不舒服：「是說，不要這麼見外，以後常回來找我，招待妳來個燭光晚餐啊。反正沒男朋友前，可以先演習一下是吧。」

李劍翔看不下去了，站起身道：「江Sir，久仰大名。能不能借一步說話。」

江Sir嘻皮笑臉道：「喂、喂，護花使者不爽了？沒事啦，你不要想得太嚴重，我們這邊都是這樣開玩笑。」

「只是演習一下，我們新單位都是怎麼開玩笑的。」李劍翔走上前拉住他的右臂，半推半拉地架著他直往門外走。

兩人間的互動隱約能嗅出些火藥味，搞得在場的所有人都有些不安。兩名警員想跟上去看個究竟，但所長擺擺手給阻止下來。「繼續，繼續談公事。」他裝作若無其事地說道。

幾分鐘後，江Sir陰沉著一張臉走進來。他豎起左掌遮住左臉，快步走回備勤室，完全不理會其他人的探問。接著李劍翔也若無其事地晃了進來：「拿到電話號碼了嗎？也差不多了，還要跑南區呢。」

李、楊兩人再次謝過所長的協助後，離開派出所，繼續開車上路。

「喂，你把江Sir怎麼啦？該不會打他了吧？」楊穎露迫不及待地問。

李劍翔點點頭。「朝他臉上一個肘擊，略施薄懲。誰欺負到我同事頭上，就等於把我當塑膠做的。」

「什麼！你還真敢在別人地盤打人？」

天南星接口道：「放心，他虧心事做太多，我秀了一段影片給他看，讓他被打了也不敢聲張。」

「什麼！你也有分？」

「我堂堂天南星，也不想被人當成塑膠做的啊。」他俏皮地回道。李劍翔跟著哈哈大笑，朝他來個隔空擊掌。

雖然兩人信心滿滿地打包票，但楊穎露心中還是頗為不安。「你到底是怎麼跟他說的？打人也該有個理由吧？」

「嗯，理由應該很充分……我說我們在交往，讓他嘴巴放乾淨點。天南星也提醒他針孔相機的事，還抬出趙科長嚇嚇他。反正他自己也心虛，就老實地吃我一記。」

楊穎露一臉震驚，同時哭笑不得。「我怎麼覺得……好像又被趕鴨子上架了？」她搖頭嘆道。不過這回心中沒有厭惡感，倒多了幾分暖意。

接下來，天南星已完成市話反查，回傳莊慕龍老婆的南區地址。李劍翔想起什麼，交代道：「對了，你再打聽一下，看他的骨灰放哪裡。就說他軍中同梯想跟他致意之類的。」

「哦，所以你懷疑莊慕龍還沒死，對吧？」楊穎露若有所思地問。

李劍翔還來不及回答，天南星急匆匆地打斷：「神略剛剛分析行車模式，發現有一輛黑色Honda CR-V很可疑，跟你們隔了三輛車。」

李劍翔下意識地瞥了眼後照鏡，接著笑道：「該來的還是要來啊。小楊，準備一下，今天說不定能釣到大魚了。」

●

李、楊兩人驅車前往南區的途中，刻意用上了迴轉繞道、搶黃燈、鑽小巷甚至進停車場等反跟蹤手段，但那輛黑色休旅車總是有辦法吊在後方，始終維持著三輛車外若即若離的間隔。

「嗯，確實是衝著我們來的，而且是老手。車牌查出來了嗎？」李劍翔問。

天南星說：「是假車牌，原車車籍已註銷。報警嗎？」

「不要，免得像上次一樣打草驚蛇。既然甩不掉，那等等看有沒有機會給它設套。」接著李劍翔轉朝楊穎露問：「妳上回問的事有結果了，介意天南星一起聽嗎？反正等妳聽完後，八成也會想找他幫忙。」

「真的假的？這麼快……好吧，讓他也出點主意。」楊穎露偏頭想了會兒後同意了。

李劍翔三言兩語向天南星交代前因後果後，隨即切入重點。當然這些全都是靠學弟兼老友——詮友徵信社的廖師言——所提供的情報。

關於警方調查YouTuber「白爛薯條」遭無人機火攻一案，目前的進度是陷入膠著，即使找來民間科技團隊協助，但連無人機到底是從哪裡起飛的，都還沒有定論。

另外分析遺留的殘餘物後發現，搭載於無人機的爆裂物，是自製的棉花炸藥與硝化甘油。嫌犯應是打算讓無人機直接衝向落地窗玻璃，讓硝化甘油撞擊引爆。

但凶嫌失算的是，落地窗前還有一層紗網，這種柔軟富彈性的線材，本就是飛行器的大敵，因此撞破玻璃與部分紗網後，兩軸的旋翼斷裂、固定爆裂物的夾臂也鬆開脫落，並使得原本密封的箱體破裂大半，所以並未引發預想中的爆炸效果。

由於清查白爛薯條的人際關係線，以及化學原料的來源都毫無結果，也還沒有獲得有力線報，因此警方採土法煉鋼的方式，鎖定了幾個可能的地點，然後調閱附近的監視器，尋找可疑的行經車輛。只是目前已過濾了約四百多輛汽機車，都還沒有消息。

藉著民間團隊的協助，還原後的飛行器其最大酬載重量約在二十七公斤左右，一名成年男子可用背包或行李箱攜帶，因此也應將大眾運輸或步行者列入過濾對象。但該區的人流密集，用傳統方式來調查的難度很高。

「所以你覺得……可以找神略來幫忙過濾可疑人車？」楊穎露問。

「賓果！」李劍翔打了記響指。「假如能像上回那樣，從路口糾紛一路查到寶石利達，那要破這案不是易如反掌嘛。」

天南星哈哈大笑道：「這事沒你想像得那麼簡單好嗎？之前從主案卷宗來篩選出輔案，是因為相關資料都查清楚並完成建檔了，而且要分析的項目很有限。但現在這種狀況，光是要決定監視影片的時間範圍，就是個大問題了，然後路上的每輛車、每個人完成辨識後，都要做一次資料庫的深度探勘，我看就算是十分鐘的影片內容，也夠神略忙上好幾天了。」

「那我還是挺好奇的，為什麼汪海彬跟盧婉華那次的行車糾紛，明明連備案都沒有，怎麼神略就知道要記錄下來了呢？」李劍翔問道。

「哎，這牽扯到技術問題，再說再說……倒是這個白爛薯條，被火攻之後反而更紅了，訂閱數跟觀看人數都暴增哩……話說回來，為什麼小楊妳會對這案子感興趣？」

楊穎露的表情萬般糾結。「嗯……我有懷疑的對象，不過現在沒辦法告訴你們。」

「了解，交給我吧。」天南星應允道。

楊穎露倒是頗為意外，他這回還挺好說話的。此時車子已開抵目的地附近的巷弄，由於這一帶住宅密集，加上有很多「幾之幾」的門牌號碼，連GPS定位都失準，於是李、楊兩人只好緊盯著兩邊的住家門牌號碼來確認。

平常日的午後，這條住宅區的小巷幾無人車、格外靜謐。這一帶的房子都有些年頭了，多是二層樓再往上加蓋一至兩層的透天厝。二、三樓外的陽臺上晾晒著花花綠綠的衣物，是這條巷道的日常風景。

楊穎露注意到前方某戶房子，有一位中年婦女抱著一名嬰孩，站在二樓陽臺處晒衣服，竹竿上已吊掛了一半衣物。接著一陣手機聲響起，她接起交談幾句後，神色變得慌張，探頭朝巷內飛快張望一眼後，隨即退入室內。

「三十七號之五……三十九號之一……過了過了，在後邊。」在巷內轉了個彎後，門牌號突然又變成另外一條街道名稱，李劍翔只好又倒車回來，往另一條岔道前行，但又再重新迴轉一次，才總算在三十五號之七與三十九號之三中間，找到了三十七號的門牌。

那正是楊穎露方才看見的，那名抱著嬰孩的婦女所在的房子。

兩人在屋前停下車，按了幾次電鈴、拍打著鐵捲門，但始終無人應門。楊穎露隱約聽到屋內傳來嬰兒的啼哭聲，但馬上被掐斷了。他們撥打室內電話、也在外頭喊了幾次，但還是毫無回應。

「資料上不是寫說他女兒已經上小學了嗎？」楊穎露低聲問道。莊慕龍死後約一年七個月，老婆手上就捧著一個嬰孩……雖然他遺書裡有勸老婆早些改嫁，但這樣的成家進度似乎也太快了些？

李劍翔擺了擺手。「這種事別在人家門前亂嚷嚷，說不定她是幫別人帶孩子呢。」

「嘖，我剛剛明明看到二樓有人的。」楊穎露不甘心地再叫喚幾次，仍無回應，也只有作罷。她寫了張字條並附上名片，投入門前的信箱。

兩人回到車上。楊穎露問：「接下來去哪？方陣回收廠要不要去看看？」

「我覺得去那邊意義不大，畢竟當時的採證跟筆錄都很完整。要是可以的話，我倒想去一趟莊慕龍的靈骨塔探探。小星星，你查到地點了沒？」

「查到了，是在市立納骨塔，我標示在電子地圖上了……不過你們倒是可以先去附近晃晃。那輛跟蹤你們的車，現在正停在一條死巷裡。」

「哦？不用我們布局，他自己先鑽進來了？」李劍翔驚訝地說著。但下一秒，他迎向楊穎露的目光，從彼此眼中都意識到，那或許是對方布下的陷阱，正等著請君入甕。

十一、楊穎露：火力衝突

依照天南星提供的定位資料，跟蹤車輛正停在兩條街外的巷底。該處已屬於大里區，住家密度沒那麼高，房屋外觀也更顯陳舊，甚至有幾處被列為危樓。十年前這裡曾提列過自辦都市更新計畫，但至今仍毫無動靜。這兒已沒有幾戶人家入住，鄰近街坊都把自家車往這兒停，整條巷子成了免費的大型露天停車場。

李劍翔謹慎地先在大街上繞了一圈，再把車開上正對巷口的人行道，調整一個能觀察巷內動靜的最佳角度。接著他比對著電子地圖顯示的地形，不禁眉頭大皺。

這條巷子的盡頭是一棟住家的後院牆面，而目標車輛是停在牆面右側另一條死巷巷底。一個「巷中有巷」的格局，簡直就是完美的口袋戰術地點。陷阱的可能性大幅提高，但若能藉此抓住跟蹤者，案情八成會有突破性進展，只是風險會不會太高了呢……

「說不定他只是剛好停在那兒吧？他怎麼可能知道我們會找過來呢？」楊穎露問。

李劍翔搖頭道：「他停在那兒一定有問題。我們剛剛一路上試著甩掉他，我猜他早就知道我們有防備了。況且上次反跟蹤，可能也有人給他通風報信，他很可能是反過來測試我們的情報能力。雖然我是想來個將計就計，但好像有點凶險……。」

「老李，咱們赤手空拳的，還是先找後援吧？」楊穎露擔心地問道。

天南星說：「是啊，先別輕舉妄動。我請趙科長派支援過來。」

「假如像上次一樣，內部又有人走漏了風聲，他先開溜了怎麼辦？」李劍翔反駁道。他像是認定對方把車停在此處，是種公然挑釁或攤牌的行為了。

他斟酌片刻，心中已有了計較。他讓楊穎露先穿上防彈背心，然後用手機撥打一一〇報案電話，舉報眼前的這條巷子裡，有人正在路邊的車內吸毒。

不到三分鐘，兩名騎機車的制服警員便抵達現場。他們將車停在巷口，以彼此掩護的標準動作，逐一清查停在路邊的每輛汽車，但都沒發現裡頭有任何人。接著他們又在巷內步行巡邏一圈，確認沒有任何狀況後，用無線電回報勤務中心，隨即離開了。

楊穎露這時才明白了他的用意。「你是擔心那傢伙來個聲東擊西吧。把休旅車停在右邊巷底，等我們過去查看後，再從左邊發起攻擊。」

李劍翔點了點頭。「假如是我就會這麼幹。他才不會蠢到躲在休旅車裡，等著給甕中捉鱉。」

如果跟蹤的人真是莊慕龍，依其特種部隊資歷而言，這種戰術安排應該是小意思。只是李劍翔用望遠鏡仔細觀察、也安排警察來搜索過，還是看不出來他到底躲在哪裡，也不清楚對方的火力如何。眼下著實猶豫不已。

「假如你怕內部洩漏消息，我現在就讓趙科長調彰化警隊支援，半小時內就可以趕到。」深怕兩人涉險，天南星仍不屈不撓地遊說著。

自己人搶功都搶不夠了，還找外人跨轄區來搶？聽到這建議，李劍翔直想翻白眼。他不耐地說：「別這麼婆媽了，機會只有一次。對方應該也就一個人，我們可以搞定。」

說罷，他探身打開手套箱，那支MC1sc手槍的提箱擱在裡頭。他打開箱蓋，為手槍裝彈匣並上膛，然後把槍插往後腰。接著拿起另一支備用彈匣，原本塞在口袋裡，但又嫌太沉而決定把它留在提箱裡。「應該不會真派上用場吧。」他故作輕鬆地笑道。

在這緊要關頭，他注意到，楊穎露的臉上仍有幾分猶豫，他知道她不想用黑槍的顧慮。「等一下我打頭陣，妳在車內待命。狀況不對就立刻撤離，懂嗎？」

「可是老李你的狀態……真的行嗎？」她注意到他又開始額上冒汗、呼吸急促，一整個躁動難耐的模樣。

「嘿，什麼話，不行也得行！」他像是要為自己壯膽般，拍了幾下胸膛提高聲量道：「況且我還有暴力裝備，就算對方拿手槍也不必怕。我就不信他還能有機關槍了。」

李劍翔將車開到巷口位置停下。巷子裡看似一片平靜，即使以多年的刑警直覺，仍沒感應到任何殺機。楊穎露拿出小型望遠鏡，再次檢視路邊車輛與各家門口，也沒發現可疑人跡。接著李劍翔在大路上做個迴轉，以倒車方式進巷子，這樣苗頭不對時，才能以最高速度撤離現場。

李劍翔緩緩地倒車入巷，楊穎露則緊盯兩邊停放的車輛，以及住房的門廊與二樓陽臺。

「……是有點太安靜了。」她睜大雙眼來回觀察，不錯漏一絲細節，卻愈發不安地嘀咕著。彷彿有某種迫在眉睫的危險，但他們卻視而不見。這使她沒來由地一陣毛骨悚然。

車子緩緩倒退，即將退到巷底時，左手邊就看到了那輛Honda黑色休旅車，像隻慵懶的猛獸般，靜靜蟄伏在兩棟透天厝之間的通道上。擋風玻璃上貼著黑色隔熱紙，加上午後陽光照映，完全看不清裡頭到底有沒有人。

李劍翔將車停在該處約半分鐘，仔細觀察周邊環境。接著便一路倒車到住家後院圍牆為止。他比了個換位手勢，打開車門走到車身右方。楊穎露則挪到駕駛座上。

李劍翔踩上汽車後廂，雙手攀上後邊住家的後院圍牆，用力撐起上半身，飛快地探頭看向圍牆內側。這是兩人討論後，認為是狙擊者最可能的藏身處。

不過下邊不見人影，只有一隻土狗朝他狂吠幾聲。

李劍翔縱身跳下，示意楊穎露打開後車廂，拿出了他的「暴力裝備」：霹靂小組攻堅用的重型防彈盾牌。主要材質為高強度防彈纖維，上方有鑲嵌防彈玻璃窗，讓操作者可看見前方動靜。盾牌的強度很高，一般小口徑的彈藥無法穿透，加上有防彈衣護身，難怪老李這麼有信心了。

看到他扛出這怪物裝備，楊穎露也不禁咋舌。這面盾牌重達十五公斤，是攻堅隊員的標配，通常得一手持盾、另一手持手槍，頂著火力掩護後方隊員推進。之前的攻堅訓練課程中，這面盾牌讓楊穎露吃過不少苦頭。「確實夠暴力」她心想著。

「不管發生什麼事，都不要下車，車也別熄火。」李劍翔繞過車前，在駕駛座窗旁叮嚀道。他轉頭緊盯那輛休旅車，感覺身體有些僵硬，潛藏許久的心魔又蠢蠢欲動。不過他沒得選擇，要是他安坐車內、讓女性同僚出頭冒險，往後自己肯定會變成警界笑柄。

李劍翔一咬牙，強壓下心中不斷滋長的恐懼，半轉身子朝右並踩三七步，膝蓋微彎重心略往下，左手持盾過頂、右手持槍緊貼盾側，以標準戰術走位，亦步亦趨地靠近那輛黑色Honda休旅車。

正當楊穎露屏氣凝神注視著老李的背影，準備隨時出手支援時，提包內的手機突然震動兼響鈴，把她給嚇了一大跳。「不是吧？就偏偏在這緊要關頭的時候來電話？」她翻看螢幕是陌生號碼，隨即按下了拒接鍵。

此刻李劍翔已走近休旅車的車門邊，隔著盾牌視窗掃視車內，突然間神情大變，似乎發現了有什麼不對勁，飛快地往後退開，但仍將盾牌擋在身前。

楊穎露的手機傳來簡訊聲。她低頭一看，是對門羅嬸傳來的。「你爸昏倒了，剛送醫院急救。」

那輛黑色休旅車突然「轟砰」地一聲爆炸開來！

迅猛無比的衝擊波朝李劍翔襲來。雖然有盾牌擋住，但衝擊力道太大，使得他慘呼一聲後，整個人騰空飛起，後背狠狠地撞上一旁牆面，盾牌因為慣性又再重擊他的胸口，他摔落地面，手槍也滾落到一旁。

十餘公尺外的楊穎露也能感受到一陣震波與熱浪，所在車身不住地來回晃動，駕駛座的側窗玻璃，也被飛射而來的車體碎片，砸出數道裂痕。

巷道裡瀰漫著白色煙霧。休旅車後半段燃起火苗，冒起滾滾黑煙。

楊穎露從驚嚇中回復過來。她打開車門，朝老李喊了幾次，但他仍趴伏在地面上，毫無反應。

她再顧不得之前的計畫，飛快地跨出車外衝向老李，打算先救他回車上，再來擔心之後的事。

停在巷子對邊的一輛深藍色福特車，後車廂緩緩開啟。一名身穿黑色戰鬥服、頭戴戰術面罩的男子，拿著一把H&K MP7衝鋒槍，悄無聲息地爬出車外，凌厲的眼神掃視四周後，隨即朝李、楊兩人的方向快步進逼。

對李劍翔與楊穎露來說，接下來如驚濤駭浪般的三分四十六秒，是他們人生中最貼近死亡的時刻。他們像是站在深淵邊緣，一腳已踏空虛懸，只要些微失誤，瞬間就會摔得粉身碎骨。而這次慘烈的遇襲經驗，也為往後的無數個夢魘，提供了源源不絕的素材。

一看到李劍翔被爆炸波及，整個人趴伏在地、生死未卜，楊穎露心中大急，沒按照規範先冷靜觀察四周，而是一把推開車門，飛快地衝到他身邊查看。就在此時，她耳邊聽到「砰砰砰」急促三連響與金屬破空的尖利聲；她看見前方水泥壁面驀地多出一個深孔並彈起一陣煙塵碎屑；她的左肩跟左脅像是各被一記重拳擊中，猛烈的力道將她上半身推折到李劍翔身上，臟器深處反饋的劇痛，直讓她喘不過氣來。

「輕機槍，三發點放！」楊穎露的大腦花了零點三秒分析情勢。雖然標準教程是盡快蹲低身體並尋找掩蔽物，但在這條空蕩死巷內，根本沒東西可以掩蔽……

「砰砰砰！」犀利懾人的槍聲，讓她完全沒有思考的餘裕。三發子彈急速飛至，二發各打在李劍翔的後背與左小腿上，另一發則擊中楊穎露旁邊的地面，流彈反彈到防彈盾上，打出一個凹痕。

楊穎露下意識地旋身抓住防彈盾牌，運用自身重量將其抬起，然後打橫擋在前方。她將身體盡可能地蜷縮起來並靠緊牆邊，並確保能最大面積地掩護後方的李劍翔。

此時，她透過盾牌上的玻璃窗看見了槍手身影。他戴著黑色面罩，趴在老李車子的引擎蓋上，以標準戰姿端著一把衝鋒槍瞄準他們，槍口再次迸發火光。

連續兩輪點放，六發子彈呼嘯而至，全打在盾牌上，盾面登時出現大面積凹陷變形，一發子彈甚至擊穿玻璃窗卡在上頭。楊穎露雖緊張、害怕，但頭腦異常冷靜，她知道不能光待在原地挨打，等盾牌被硬生生擊穿後，兩人就是死路一條了。她必須盡快反擊，但那把手槍……她快速往四周梭巡一番，那把手槍落在另一邊牆根處。

千鈞一髮間容不得她多想，她的眼角餘光突發覺半空中有異物飛來，槍手也立即停止射擊，縮身躲回引擎蓋後方。當她還在研判來物為何，那東西已滾落在她前方兩公尺左右的地面。她定睛一看，是一個以封箱膠帶纏繞的小圓柱體，約玉米罐頭大小，頂端還有個小火苗滋滋作響，冒出陣陣白煙……

楊穎露心中大驚，忙握緊防彈盾牌的手柄，並將身體略撐離地面。下一瞬間，那鐵罐子轟然炸開，火光並不大，致命的是爆震波與滿天飛射的小鋼珠。楊穎露先是感到耳膜發疼，同時一股巨力撞在盾牌上，將他們兩人往後方推開半尺遠。

半毫秒後，密集的小鋼珠如暴風雨般，漫天蓋地疾速攻至，盾牌隨之發出砰然巨響，大半塗層瞬間被擊毀，盾面變得斑斑駁駁，右上一角甚至被打飛，原本已龜裂的玻璃視窗也告粉碎。楊穎露持盾的雙手一陣酸麻，手柄開始有點鬆動，這面盾牌似乎隨時就會解體。

「老李，老李！快醒來。」楊穎露朝身後的李劍翔狂喊著，甚至不惜用手肘往他身上擊打，希望這位前輩能盡快恢復意識，齊力擺脫這樣的絕境。對方有輕機槍與土製炸彈，而且殺傷力驚人，使她恐慌不已。

她想退到燃燒中的休旅車旁找掩護，但車身散發陣陣灼人熱浪，加上她根本也推不動李劍翔，不得不困守原地。當她再次試圖喚醒李劍翔時，她赫然發現，他根本就沒有昏迷，而是被嚇壞了……他就像是個驚慌失措的孩子般，雙手緊緊環胸、膝蓋抵上雙肘，眼神慌亂、身體僵硬，同時不停地急促呼吸，根本聽不見外界的聲音。

「老毛病又犯了」楊穎露頓時意識到處境的惡劣，此刻不能再指望他，甚至得分神保護他了，必須靠自己突破困境才行。她再次確認手槍位置後，正準備衝刺過去撿拾，第二顆冒著白煙的炸彈卻又迎面飛了過來。

這回的拋擲角度很高，落點會在休旅車旁邊，也就是會在他們的正後方炸開。槍手就是算準來個兩面夾攻，看他們光靠一張盾牌要怎麼防守。屆時不是挨鋼珠便是吃子彈！

生死之際，楊穎露急中生智且腎上腺素大爆發，抓準槍手停火瞬間，突然站起身來並斜舉盾牌，硬切進炸彈的墜落軌跡，只聽得一聲撞擊悶響，那顆炸彈在半空中被硬生生擋了下來，循著盾牌斜面滾落地後，再往反方向回滾二公尺餘，最後在靠近槍手那端炸了開來，老李愛車的左側車窗與車身，登時間變得千瘡百孔，而爆裂的碎片也讓槍手短暫分神。

搶在這寶貴的半秒間，楊穎露飛快地衝到巷道另一側，拾槍在手，擋下爆炸後再本能地按照規定先對空鳴槍示警……該死的！她不禁暗罵自己死腦筋，危機當頭，居然白白浪費一顆子彈。但這聲槍響讓槍手愣了一下，他似乎沒預料到這兩人竟有反擊能力。

楊穎露心一橫，蹲低身體同時吃力地單手抬起防彈盾牌，另一手持槍貼緊盾側，快步往巷口進逼。與其困守原地挨打，她打算主動出擊，用攻堅壓制的戰術來個反守為攻。當槍手再次從引擎蓋後探頭時，她朝他開了一槍，並未擊中，但成功地迫使他縮回頭去。

當她離巷口還有五步左右，槍手躲在引擎蓋後方，單手持槍過頂，往她的方向連續射擊。擋下三發子彈後，楊穎露快步往車輛後方橫移，果然捕捉到蹲在車前的槍手身影，但槍手也注意到她了，展開先發制人的一輪掃射，將剩餘完好的車窗玻璃全打粉碎，盾牌又再挨了兩發子彈，然後槍手的輕機槍突然停火……他沒子彈了！

楊穎露自然不肯錯過此良機，從汽車後座方向還了兩槍，其中一槍擊中槍手胸口。只聽到他一聲悶哼往後倒下。她正要繞過汽車過去查看時，那槍手竟在倒下瞬間，快速切換彈匣並拉上槍機，採臥姿全自動射擊朝楊穎露猛射。

這傢伙也穿了該死的防彈衣。

如狂風暴雨般的子彈迎面射來，逼得楊穎露不得不往斜後方退開，同時緊靠左側牆邊，免得後方的李劍翔被流彈擊中。她原本想堅持到槍手換彈匣時再上前反攻，但在那一輪瘋狂掃射後，防彈盾牌突然從右邊三分之二處裂開來，一邊把手也破碎了，無法再用單手握持。

在那最貼近死亡的瞬間，楊穎露的大腦極速運轉，時間彷彿慢了下來：她清楚看見槍手半蹲起身，以極其熟練的手法，在零點三秒內拆換彈匣、釋放槍機，透過快瞄鏡瞄向她。她做的最正確應對，就是在零點二秒時，果斷地拋下殘存的盾牌，用雙手持槍的方式，準確穩定地射出倒數第二顆子彈。

這顆子彈完美地避開了槍手防彈衣的覆蓋面，擊穿他的右手二頭肌，破壞了他的射擊節奏。他慘呼一聲，忙蹲低掩蔽後檢視傷勢，中槍處血流如注，右手已使不上力了。他恨恨地幹了聲，從戰鬥服的口袋中掏出快速止血帶綁上肩膀，接著以左手持槍，改採單發模式射擊。這也是李、楊兩人與死神錯身而過的重要關鍵。

此時楊穎露已狂奔回李劍翔身旁，趴在他身上，慌亂地摸索著他的褲袋尋找備用彈匣。保命用的盾牌已然損毀，若連反擊的手槍都派不上用場，兩人真的只能坐以待斃了。

「李劍翔，我們都快死了，給我醒過來啊。」楊穎露強忍身上多處劇痛，低聲哀求著。她將他身上的口袋都摸了遍，卻找不到彈匣。李劍翔的臉上只剩下惶恐的表情，楊穎露登時絕望了。她忽然想起來，那支備用彈匣，還躺在槍手旁那輛車子的手套箱裡。

眼看對方下一秒隨時會再開火，不能再耽擱。楊穎露繞到李劍翔後方，用力抬起他的上半身，雙手繞過他的腋下，抓住他橫在胸前的右手，狠命地拖著他往燃燒中的休旅車後邊躲。但火舌時不時竄出車外，聲勢頗為嚇人，且熱氣蒸騰讓人難以忍受。

此時，楊穎露突然看到火勢最大的後座下方，有支車用滅火器。她猶豫半秒後，決定舉槍射出最後一顆保命子彈。子彈擊破滅火器鋼瓶，立即噴洩出大量白色泡沫，後座的火勢瞬間給撲滅大半。

眼見槍手正微微探頭觀察情勢，兼且自己手中已無盾無彈，楊穎露心中更為惶恐。儘管車身溫度仍高，但她還是快步將李劍翔給拖拉過去，緊貼著車邊的大半身子都在發燙，身體彷彿也要跟著燃燒起來。

她將李劍翔一路拖到休旅車後側，兩人背貼著牆坐倒在地，喘息不已。休旅車的車尾門不知炸飛到哪兒了，此時她注意到後車廂有兩大筒已焦黑破損的瓦斯鋼瓶，原來槍手是這麼引爆車輛的。由於氣爆的緣故，所以車後幾乎沒什麼火焰，反而是前座的內裝燃燒得更猛烈。

「砰！砰！」槍手恢復射擊。單手持槍難以抑制槍口上揚，因此他改成單發射擊，準度依然很致命，彈道都落在他們半公尺的方圓內，流彈與車身、牆壁的碎屑不斷在四周飛揚。連續七、八發的壓制射擊後，槍聲暫停下來。楊穎露的瞳孔放大、全身顫抖，要是再扔來一枚土製炸彈，在這麼侷促的空間裡，要怎麼閃躲？

同僚恐懼無助的眼神，似乎深深地觸動了李劍翔，一個關於誓言的回憶。是了，他曾在陣亡弟兄的牌位前捻香，發誓不再眼睜睜地看著身邊的任何一位同僚死去了。他一定得做點什麼，不然自己的良心會被反覆折騰著。對，做點什麼，哪怕當場陣亡都會比事後的無盡悔恨來得強。

活下去的本能以及保護同袍的意志，成功地壓制了心中的恐慌。他長吐一口氣，眼神重新聚焦，身體不再僵硬，能感受到疼痛，也能自由行動了。他半坐起身，艱難地站起身，一跛一拐地朝休旅車前座走去。他左小腿的槍傷處血流不止，為先前拖灑出的一道濃重血路，又再灑上斑斑血點。

「你要去哪？」楊穎露急著喊道。

槍手看到李劍翔這麼大喇喇地現身，暫停扔炸彈的動作，抬起槍又開始點射。李劍翔打開前車門作為掩護，接著傾身挨進仍在燃燒的前座椅上，放下手煞車後，將方向盤往左打到底。

數秒間，烈火將他的右手手毛全給燒焦了，皮膚也被烤得通紅，冒出了幾處水泡。但他卻絲毫不感痛楚，左手緊抵A柱，將身體重量向前壓去。

槍手射來的子彈，大部分被車門擋下，但也有七、八發穿透了板金較薄的部位，其中一發打中了李劍翔胸腹處，另一發打穿他的左手臂，一團血花綻放在擋風玻璃上。

他慘叫一聲，左半邊身體都能感受到子彈在體內翻滾與撕扯，一陣痛麻感覺險些讓他跪倒在地，但此刻的他不敢稍有遲疑，緊抓車身硬撐著身子，扭頭嘶吼道：「推！」

槍聲暫停。楊穎露回過神，雙手扳緊溫度較低的車尾處，雙腳反蹬牆上用力推車身。兩人合力前推下，數秒鐘後，休旅車往左前方斜移兩公尺多，車頭抵緊了左方牆面，車尾與右方牆面呈約三十度斜角。

楊穎露瞬間明白老李的用意。槍手不知道己方的子彈都打完了，所以不敢貿然突擊，最有效的殺傷手段就是炸彈了。在失去盾牌的情況下，這窄巷又沒有地方能躲，唯一能遮蔽的就是這輛只剩半個車架的休旅車了。

槍手必然會盡可能地把炸彈往後方丟，但這休旅車已沒了車尾門，如果想躲進車內的話，就必須把車子轉個角度，讓較完好的側邊板金來承受衝擊。只是車內還有幾處火頭在燃燒著，高溫蒸騰逼人，他打算怎麼進去呢？

在左車門撞上牆面被強制關閉瞬間，李劍翔仰倒脫身，接著靠著右手肘奮力向後挪動身子，楊穎露衝過來將他再拖回車後。這時，他們看見空中又飛來了土製炸彈……共三顆！全數落在車後。

槍手不讓他們有絲毫喘息機會。將衝鋒槍開啟連發模式後，單手抵在腰間朝他們進行壓制掃射。雖然準度很差，但聲勢十分驚人。

此時三顆炸彈已先後落在車後約一公尺的範圍內。李劍翔強忍身上多處傷痛，一把揪住楊穎露繞到車尾處，毫不猶豫地抱著她側身跳入車內。這回換李劍翔擋在她的前方，同時忍受車內火焰的燒灼與可能穿透車身的鋼珠。

三顆炸彈幾乎是同一時間炸開。一聲轟然巨響，休旅車車身隨之上下彈跳，緊接著無數鋼珠往四面八方爆射開來，所有車窗玻璃應聲而碎，左側車身瞬間滿布密密麻麻的小孔。尖嘯而來的鋼珠群裡，有二十多顆穿透車體板金射進車內，楊穎露感覺全身上下似乎都被打中了。

與此同時，槍手傾洩的子彈也不斷乒乒乓乓地擊打右方車身，時不時地射穿板金，製造出一個又一個透光的小孔。兩面交擊的炸彈、槍火，外加車內四處蔓延的火頭，竟交織成帶有異樣美感的人間煉獄。

爆炸過後，趁著槍手更換彈匣，兩人相互扶持下了車。李劍翔忙拍熄衣角的火苗，一邊打算把休旅車再往前推……「往前推？不是把我們主動推到他的槍口上了嗎？」楊穎露問。

「到時我會去纏住他，妳趁機去手套箱拿彈匣。」李劍翔的雙臂被烈焰烤得紅通嚇人，但他仍強忍劇痛，從休旅車後座拿起滅火器。這是目前他能找到的唯一武器了。

楊穎露喊道：「你瘋了嗎？他有機槍啊。」

「不然怎麼辦？他遲早會衝過來掃射。與其兩個人一起死，不如賭妳身手夠快，來得及救我。」李劍翔慘然笑道。左上臂傷口的鮮血迸流，他覺得全身氣力也跟著飛快外洩。他再無法抑制身體的顫抖，心中也恐慌到極點，但此刻絕不是倒下的時候。

槍手已裝好彈匣，微微探頭觀察情勢。當他發現對方試圖推車靠近時，立即決定向前突擊。他緩緩站起身，端槍在肩朝巷內前行。依他的經驗，對方應該是子彈很少甚至沒子彈了，不然沒必要花力氣前推掩體。

一看到槍手大膽地離開車旁，李劍翔頓時頭皮發麻，知道大勢已去。「妳去右邊，我一纏住他，妳就跑。」他飛快交代後，把楊穎露推往車尾另一方，橫下心要跟槍手同歸於盡了。

楊穎露心下不忍，眼中噙著淚水，但她知道此刻已無選擇，儘管她已數不清全身上下有幾處創口在流血、手腳還能不能發揮全力，她打算拚盡僅餘的一切，用最快速度取得彈匣，老李才有望獲救。

就在槍手正要踏進巷內時，突然聽見大街方向傳來一聲槍響，接著是男人的叱喝聲：「不准動，警察！把槍丟掉。」

是那兩名巡邏員警接獲報案後，又再次繞了回來，並掏槍對槍手示警。那槍手恨恨地罵了聲，轉朝大街方向連發數槍，警員也還了兩槍後，槍手快步翻過巷底的住家圍牆，逃離現場。

直到兩名警員戰戰兢兢地探頭巷內，李、楊兩人才確認自己獲救了。緊繃的情緒一放鬆下來後，兩人頓感全身乏力，雙雙倒地後失去了意識。

這是一場名符其實的浴血惡戰，兩名警員從未看過這麼慘烈的街頭血拚，男女傷者從頭到腳幾乎都被鮮血浸透，地面處處焦黑，車輛與二人高處的牆面全都被打得坑坑洞洞，有上漆的地方都剝落了，露出底下的建材原色，幾乎沒有一吋是完好的。

「……靠！這是在拍電影嗎？」一名警員目瞪口呆地嘆道。

左側牆面突然掉落一大片水泥塊，又是一陣巨響並揚起一片煙塵，兩名警員再給嚇了一大跳。

「發什麼呆啊，快呼叫支援啦。」另一名資深警員催促著，邊喃喃自語：「這火力也太強大了，該不會是哪國恐怖分子跑來市區開戰了吧？」

十二、天南星：緊急救援

李劍翔，男，六十六年次。左上臂一處貫穿槍傷；左小腿一處槍傷，子彈卡在肌肉內並造成脛骨粉碎性骨折；全身共十八處一點五毫米鋼珠穿透傷與百分之二十深二度燒燙傷、肋骨斷裂三根，另有多處擦挫傷與大片瘀青。送醫時失血性休克，緊急手術後病情穩定。

楊穎露，女，八十三年次。右臂與左腰被子彈擦傷、全身共七處一點五毫米鋼珠穿透傷、左臂一度燒燙傷。另有多處擦挫傷與大片瘀青。緊急手術後病情穩定。

由於兩人遇襲時都穿上了防彈衣，並在裡頭加裝防彈鋼板，因此儘管被四點六毫米彈頭擊中身軀，但並未擊穿，變形的彈頭還卡在鋼板上，兩人幸運地撿回一條命。只是那巴掌大小的深色瘀青也夠讓他們痛澈心扉了。

兩人被推到雙人病房中休養，趙科長還安排了一名制服警員在門口站崗，以保護兩人安全。與此同時，城市首長也給驚動了，正急著找人了解詳情，好應付那些聞風而來的記者們。趙科長想來探望兩人，但還是得先解決一些政治問題。

此時的天南星也沒閒著。如果不是他在休旅車一爆炸時就立刻報警，那兩名巡邏警員也不會這麼快地返抵，及時救回李、楊兩人。之後他通報趙科長，請他派人到莊慕龍家，將他老婆帶回警局協助調查。不料指令層層轉達下來，警網終於趕抵莊家時，早已人去樓空。他老婆將女兒從學校帶走，去向不明。

之後警方入屋搜索，發現莊慕龍確實還活著，並改名陳漢雲，去年底還與老婆生下一子。警方在天花板夾層內找到一把制式手槍與一批彈藥，當中就有四點六毫米子彈與數枚土製炸彈，與槍戰現場使用的款式相同，如此可證明莊慕龍就是襲擊李、楊兩人的槍手。

天南星讓神略查詢「陳漢雲」與其妻的財務狀況，發現他們的存款幾乎都是只進不出，收入來源成謎。接下來他讓神略鎖定莊慕龍的生物特徵，進行交通樞紐與街頭監控，預估警方很快就會發布通緝。

天南星認為還有兩個問題值得深入探索。一是既然莊慕龍還在人世，那麼放在市立納骨塔裡的骨灰，究竟是誰的？當時警員在方陣廢車回收廠所拍攝的照片中，有一支卡地亞的藍氣球手錶，經過計算後該錶直徑為二十八點五毫米，比對原廠規格屬女用款式。他再跟當時的鑑識人員確認後，發現他們是從莊慕龍車內的帽子裡，找出帶有毛囊的頭髮來進行ＤＮＡ比對的。至此，該替死者的身分可說是呼之欲出。

第二個問題是，莊慕龍的行動，到底跟千霖建設集團有沒有關係？天南星讓神略加大對高燦星的監控，看看能否從中找到些蛛絲馬跡。

晚上七點半，傷勢較輕的楊穎露先恢復了意識。醫生進來檢查後，她第一件事就是請看護在已打包的個人物品中，翻找她的手機。畢竟她沒忘記，遇襲前數秒鐘，她收到了一則羅嬸傳來的「父親送急救」簡訊，她急著想知道父親的現況。不料看護把她的手機找出來後，卻已經無法開機了——當時它被放在楊穎露的背心後腰袋裡，鑲嵌在螢幕中央的兩顆鋼珠迫使它提早退休。

無可奈何，她只好先向看護借了手機，回撥給羅嬸。

「楊小姐，妳這麼晚才回電話啊？就放妳爸一個人在醫院，這樣好嗎？」羅嬸連聲埋怨著。

楊穎露有種被錯怪的委屈，她很想叫羅嬸去看一下新聞，那個被困在死巷遭到掃射、轟炸的倒楣警察正是自己呀。只是她擔心會嚇著父親，也只能推說是工作太忙，頻繁會議讓她來不及回電了。

羅嬸又絮叨幾句「樹欲靜而風不止」之類的老調才切入正題。下午時父親從外頭購物回來，爬樓梯到二樓時突然暈倒。還好羅嬸沒幾分鐘後也回到家，見狀況不對立刻叫來救護車，才沒延誤就醫。

「醫師說是肝癌三期，還說妳爸自己都清楚，但就是故意不回診，結果搞成這樣了。」

楊穎露無言以對。這半年她一排休就回老家，為的就是希望父親能回診，但他從不聽勸，要她怎麼辦？

「妳不回我電話，我又要照顧家裡，只能先放他一個人在醫院。」羅嬸說：「還好後來有一個姓白的小姐過來，說是妳同學？她說會幫忙看著。」

楊穎露對著羅嬸千恩萬謝，掛線前她不忘補上一句：「趕快回來照顧妳爸。工作可以再找，爸爸只有一個，懂嗎？」

接下來楊穎露打給了白蒨，也把自己的狀況跟她說了。「妳還好吧？要不要過去看妳？」白蒨擔憂地問。

「不必了，我還好。妳有空幫忙看一下我爸，我已經很感謝了。」

白蒨苦惱地回道：「可能也看不久。醫師堅持要妳爸做化療，不過他吵著要出院，我根本勸不動。」

楊穎露無奈道：「別說妳了，連他女兒都勸不動。就麻煩妳幫忙看看他，等我出院了會立刻回去接手。」

兩人又再聊了幾句後才收線。楊穎露有些哭笑不得地想著，真的很諷刺，父女倆明明平常見面都說不上幾句話，但居然選在同一時刻住院，還是挺有默契的嘛。

又再過了一個多小時，李劍翔也恢復了意識。醫生進來確認生理指數後，還特別細問狀況。「警官，你挨了這麼多顆大小子彈，居然沒進ＩＣＵ簡直是奇蹟。」醫生離開前這麼說道，李劍翔姑且把這當作稱讚了。打過止痛針後，他全身還是感到陣陣劇痛。此外，他還藏著複雜心事，話變得特別少，老是沮喪地盯著天花板。

「趙科長想視訊問候兩位，現在可以接通嗎？」為了方便連絡，天南星安排專人送來一部平板電腦，看護幫忙架在床邊小桌上。待兩人同意後，趙科長隨即上線。

「抱歉，長官。」李、楊兩人不約而同地道歉。

趙科長擺了擺手。「我聽天南星報告過了，我明天中午前會過去一趟，究責的問題到時再說。你們的身體狀況都還撐得住吧？」

兩人點頭應是。

「好，因為安全保密考量，我先讓你們兩個住一間，外頭有轄區弟兄會幫忙照看著，至少擋個狗仔什麼的。要是得動手術或換病房，還會加派人手。那個姓莊的還沒落網，一切都小心為上。」

趙科長說到這兒暫停一下。因為他的語氣很是急切，兩人只能默默聽著，沒有任何異議。

「半小時後，市政府這邊會開個臨時記者會，我也得列席，所以長話短說。這案子我們統一說法，你們是跨區跟進一件地下軍火交易的案子，在蒐證時發現可疑人物，上前盤查時展開駁火。」

「是。」

「莊慕龍那邊，我們已經發布通緝。他偷了一輛車，被拍到出現在西濱快速道路上，確認車內有兩名男女成人、一名女性幼童跟一名嬰孩。」

「他們大概是在往中國還是泰國的船上了。」李劍翔幽幽回道。

「最後，你們安心養傷吧。沒有正式編制下，讓你們協同神略運作，是我思慮不周。接下來我會自請處分，讓兩位歸建原單位。之前答應過你們的事都照舊。」

「呃……科長，豐原一家三口血案，真相都查得差不多，就只差後面收尾了。這時候喊停，不就前功盡棄了嗎？」李劍翔忍著痛，支支吾吾地說著。

趙科長看著他，搖了搖頭。「你連老命都差點丟了，還查什麼呢？真敢拿著一把黑槍上街亂開啊？算了，我最擔心的就是你的狀況，你好好養傷別多想。」

「這傷算得了什麼？你看看我左右腳各挨一槍，不剛好平衡了嗎？」李劍翔故意抬高打上石膏的左小腿入鏡，逗得楊穎露噗嗤一笑，卻扯動傷口而發疼。「這神略挺神的，陳年懸案真的能破，我們付出點代價證明這件事，非常值得啊。現在放棄，我們這幾槍可就白挨了。」

趙科長似乎對這提議也有些心動，沉吟數秒後回道：「……先到此為止，其他的我們明天再討論吧，今晚都給我好好休養。」

等趙科長結束通話後，手機畫面切換回天南星，他好奇地問：「老李，你不是開玩笑吧，豐原這案子你真理出頭緒了？」

楊穎露也側過頭，好奇地看著他。

「嘿，我案子辦多少年了，查到這裡也該把案情摸透了，不然刑警白幹了……唉唉。」他喊了幾聲痛後說：「不過得等我小腿跟燙傷沒那麼痛後，再分析給你們聽。」

楊穎露不禁朝他投去欽佩的眼神。雖然她仔細地記錄下每個線索，也試著畫出關係人圖與案情時間軸，但別說真相或真凶了，就連可能觸發血案的動機，她都還沒有具體想法。

「天南星，我看莊慕龍就給其他弟兄去傷腦筋，你全力盯著高燦星就好。要是跟我推想的一樣，他接下來的動作肯定就是關鍵。」

「嗯，英雄所見略同，我正盯著呢。」

「然後……你可以先離開嗎？我想跟小楊講兩句話。」

天南星識趣地主動斷線。為求保險起見，李劍翔還是請看護將平板電腦關機，這才轉向楊穎露。她屏氣凝神地等著他開口。

「……小楊，對不起。」他低聲說道。

「……你幹麼道歉？」楊穎露不解地反問：「是我應該向你道謝才對。如果不是你掩護我，真不敢想像會怎樣。」

李劍翔以自責的語氣說道：「我那個病又發作了。我之前根本就不相信心理師講的那套，什麼我已不再適合現場工作了。我是個男人，什麼苦都能吃，什麼傷都不喊疼，怎麼可能被這種莫名其妙的心理小病給打倒？我以為等時間過去，加強自我訓練後，一切都可以跟以前一樣，可是……可是我今天差點就害死妳。要是只害死自己我也就認了，但我絕不能害死其他人。」

說到後來他開始哽咽，聲音愈發低細，也因一口氣說這麼多話而不斷喘氣。楊穎露看他真情流露的模樣，不禁有些難過，試著用輕快語氣回道：「老李，你根本沒害死誰好嗎？你又沒在現場睡著，哈。你看，要不是我們聯手反擊，我們說不定真的要因公……什麼職了。」

李劍翔悔恨道：「我應該更早反擊的，而不是窩囊地躺在地上，讓妳還得掩護我。這次沒害死妳，只是運氣好。我真的不該逞強出現場的……對不起，其實我們也許坐辦公室就行，但我太想往外跑，忘不了在外頭奔波查案的感覺，但不該拉著妳一起冒險。」

「老李，真的不用這麼想。我在這邊一個禮拜學到的東西，比我在派出所兩年還多。要不是你經驗豐富，沒有你準備的黑槍跟盾牌，我只能赤手空拳地面對那個火力強大的瘋子，想躺在這裡都不可能。」楊穎露誠摯地說。

「嗯……先這樣吧，之後我不會再出現場了。等這案子結束，我也會離職。」李劍翔心意已決地說道。

雖然不知他口中的離職，是指離開神略還是連刑警都不想幹了，但他難得掏心掏肺地說了這麼多內心話，楊穎露的心中滿是不捨。她給了個善解人意的微笑，說：「好，就一起離職吧，反正我好像也有PTSD了。現在要是關門聲大點，我都會以為又有人朝我開槍了。」

交代完最介懷的心事後，李劍翔整個人總算放鬆下來，再次昏睡過去。

●

儘管常有網友打趣，這座城市是「黑道故鄉」或「子彈之都」，每年都要上演幾場警匪槍戰或幫派鬥毆的戲碼。但下午的這場街巷火併，規模看似不大但影響卻不小，不僅牽涉到兩位現役警官，甚至還動用了輕機槍與炸彈，導致多輛汽車受損，明顯已非警告性質，而是下了至死方休的重手。整個社會也為之震動了。

不過詭異的是，官方對於兩名警官的職階與任務仍嚴格保密，槍手的意圖為何，也說得不清不楚。假如僅是因為被盤查想脫身的話，何必搞得這麼慘烈呢？因此儘管臨時記者會結束了，但記者們依然疑問重重，警界高層也不得安寧。

今晚，對很多人來說，是個無眠的夜晚，天南星恰也是苦主之一。

他讓神略跟進分析的幾條項目中，居然有兩條同時回報了新進度。數十頁的情資一口氣灌了進來，一時間讓他手忙腳亂。

凌晨一點四十分，神略回報南港「白爛薯條」遭無人機火攻一案的處理進度，雖然楊穎露特別託付了這項目，但其實早在前一週，天南星就已經讓神略跟進了。意外的是，神略分析火攻當日的前後三天的路口監視影像，對來往人車逐一進行身分識別，卻在其中找到了一個熟悉的身影——卓映辰，也就是豐原一家三口命案的女主人親弟。

天南星大感驚奇。這會是巧合嗎？看似風馬牛不相干的兩案件，竟出現意外交集。根據警方紀錄，這卓映辰可說是僅次於其姊一家的最大苦主。他不肯接受檢察官的不起訴處分，執意要親自調查找出真凶，但最後卻落個店面被燒還遭詐騙、背負巨債的悽慘下場。聽說他之後把房子賣了，帶著妻女搬回了南投娘家，改行開多元計程車維生。

話說回來，在無人機火攻的前一天，卓映辰特地拖了口行李箱北上南港，轉搭捷運、公車到白爛薯條的工作室附近——可能棲身在某大樓或旅館——並在隔天中午循同一條路線南返。從作案時間來看是相符的，又或是單純的巧合呢？

但如果他想為親姊一家復仇，選在這時機點未免太奇怪，而且白爛薯條跟這案子根本也扯不到一起……等等，他隱隱感覺到，這其中或許有些脈絡可尋，如果清查一下白爛薯條的周邊人際關係，再……還沒等他想出個結果，神略居然又再跳出一個新通知。

天南星朝螢幕看去，不禁倒抽一口冷氣，是莊慕龍！他不但沒有如其他人所猜測的，跳上某條開往海外的偷渡船遠走高飛，而是安頓好家小後，又偷了輛車開回這座城市，現在人已經殺到了醫院樓下。

李劍翔跟楊穎露所在的醫院！

神略是從停車場到醫院大門的監視器中，根據他的步態辨識出身分的。而李、楊兩人位在七樓。

假如莊慕龍還要花時間尋找兩人病房……不，根本不需要。既然他都能準確地找來這家醫院，很可能又是警方內部洩露出去的情報，或許連病房號都知道了。

最嚴峻的估計，他們的反應時間頂多只有一分半！

電光石火間，天南星分析完情勢，頓感渾身發涼，心跳急促到讓他快喘不過氣來。他不知道來不來得及警告所有人，於是發瘋似地用上手邊所有能撥號的機器，撥打所有可能幫上忙的號碼。

先報警，但警察趕過去大概要兩分鐘。打給醫院櫃檯，讓警衛過去擋一擋？李劍翔的號碼沒回應……對，他手機壞了，改打平板那個號碼，沒人接？繼續打！門口那名警員的手機是幾號？什麼，他回家了？十二點交接輪班？趕快給我問出接班警員的號碼啊……

莊慕龍穿過院內大廳抵達電梯口。神略隨即接入醫院的電梯監控影像。他戴著一副木框眼鏡與黑色口罩做偽裝，穿著一身輕便的ＰＯＬＯ衫與牛仔褲，手上拎著一袋日用品，像是一位剛下樓採買回來的陪病家屬般，神色自若地走進電梯，按下七樓按鈕。

醫院櫃檯接起電話了，但保全不知該怎麼應付持槍歹徒，推說要先回報上級。天南星要他改接醫院的控制中心，立即停下電梯，但他卻又說得找上級授權；門口接班警員的號碼還沒問到；病房內平板電腦的鈴聲正響起第三輪，但依然沒人接聽……

天南星一整個心慌意亂，向來冷靜如冰的他，眼下卻驚懼交加，連重撥指令都屢屢出錯。與李、楊兩人這幾週共事下來，他已經將他們視為休戚與共的好伙伴了。他要是在今晚真的親眼見證他們被屠戮的過程，他一定會跟老李一樣，罹患ＰＴＳＤ的……不，他更可能會當場瘋掉，絕不能讓這種事發生。

平板電腦的鈴聲響起第四輪，這回楊穎露總算接起來了。她睡意正濃，勉強抬手拿過案頭上的平板，迷迷糊糊地回應著：「……喂？」

「小楊、小楊！快醒醒，莊慕龍現在就在醫院，正要上七樓，往你們那邊過去了！」

楊穎露聞言大驚。這煞星的名字比潑一盆冷水還管用，她立即清醒過來。身上疼痛已不算什麼了，她趕忙起身想喚醒李劍翔。誰知一下床走沒兩步，左半身猛地一股拉扯力道疼得她險些流淚。她連忙把身上的點滴針跟傳輸線都拔下來，生理監視器開始嗶嗶大響。

她趕忙走到李劍翔床邊，用力推搡著他一邊大喊：「老李，快醒醒，那個瘋子又回來了！」

莊慕龍已抵達七樓。他走出電梯前，順手按下了緊急停止按鈕。接下來，從電梯口步行至李、楊兩人的病房只要二十秒。他甚至不必費心比對房門號碼，因為看向左手邊長廊，只有盡頭處的那間病房外頭，站著一名全副武裝的制服警察，格外顯眼。

莊慕龍朝那名已注意到他的警察走去。對方一手按住槍套、一手豎掌阻止他前進。「來外送的。」莊慕龍輕聲回道，並拎起塑膠袋向對方示意，另一手還伸進袋內，似是要出示證件之類的模樣。

「快警告外面警員，他有配槍，能擋一擋。」天南星急促地大吼著。他想打聽門外警員的手機號碼，或至少讓勤務中心用無線電轉達，但打去分局的電話卻被轉接兩次還沒有回應。

楊穎露想朝外叫喚，但一時間又忘記該怎麼稱呼及解釋。眼看情況緊急，她隨手抄起床邊小桌上的玻璃水杯，用力砸向房門

但一切都遲了。當門內傳來清脆的玻璃破碎聲時，莊慕龍也直接扣下藏在塑膠袋內的手槍扳機，

第一槍擊中了警員胸前的防彈衣，他驚呼一聲後踉蹌地靠向背後牆壁，平時嚴謹的訓練讓他本能地朝右方避開，同時掏槍反擊，但莊慕龍已一個箭步衝上來，按住對方要拔槍的右臂，朝他的頭部繼續開第二槍、第三槍……

門外槍聲大作，護理站傳來尖叫聲，門板一陣顫動。楊穎露眼明手快地，拉過靠門邊的一張看護躺椅抵住房門。緊接著外頭有某個重物壓在門板上，一汪鮮血緩緩地從門縫下流淌進來。

「過來，幫忙推。」李劍翔已下床，但站得不太穩。他的雙眼圓睜、表情僵硬，跟下午時的恐慌表情如出一轍。他使不上力，楊穎露忙走過去，將輪式病床給推到門邊。

這時門外的重物似乎被移開了，接著是幾次的粗暴撞門，門板隨即反撞回來。對方一發現門內有障礙物抵著後，旋即放棄了。然後門外是一陣窸窸窣窣的聲音，不知道在門板上擺弄著什麼。

剛才硬壓下幾次撞門的力道，讓楊穎露驚恐不已。現在她整個人壓在床尾，飛快說道：「我們要把床給橫擺吧？不然這底下有輪子，會被推開的。我們還要多搬幾個東西來擋……。」

尖利的槍聲，又在李劍翔的心中，反覆激盪出更多恐懼，他渾身都起了雞皮疙瘩。所幸歷經下午的衝擊後，他雖然還是渾身乏力，甚至很想躲到角落去，但至少腦袋不再一片空白了。

眼下的處境比起下午更是糟糕萬分。敵人的火力依舊旺盛，但己方卻連槍、盾甚至防彈衣都沒了，澈底的手無寸鐵……不，該說是待宰羔羊。他看向全身發抖、手足無措的楊穎露，心中做了決定。

他忍著痛楚，一把卸下點滴架上的鐵掛勾，又撿起床上的點滴針頭與地上的玻璃碎片。接著在楊穎露不解的目光中，他一瘸一拐地走到抵著門的病床旁，先把室內的燈都關掉，然後躺上床去，並拉起被單將自己蓋住。

「沒時間了，我們一樣用老戰術，懂嗎？」他飛快地交代道。

還沒等楊穎露意會過來，只聽到一聲「砰乒」的轟然巨響，一股強勁氣流霸道地貫入室內，隨之木屑紛飛，白煙四溢。她連忙蹲低身體緊靠床旁。抬頭一看，病房房門已從鉸鏈處被炸開了，整張門板搖搖欲墜。有十多顆熟悉的老朋友「小鋼珠」激射而出，在斗室內的破空聲更顯淩厲，乒乒一陣亂響，也不知打碎了多少東西。

然後主戲登場了。門外傳來七八聲亂槍掃射，在門板上製造出同樣數量的彈孔。接著又是一枚冒著白煙的土製炸彈被拋進房內……

出乎所有人的意料，這場下午未完的槍戰，居然這麼快就再次開打了，而且肯定是至死方休。

●

來自上頭的指令，要求莊慕龍把自己搞出來的爛攤子收拾乾淨。他沒得選擇，萬分不捨地將妻子兒女送上船後，再隻身一人潛回醫院打突襲。他知道目標的情報來源很靈通，但此刻正是所有人防備意識最低落的時候。只要速度夠快，不會有人來得及阻止這記回馬槍的。

他出其不意地擊倒戒護警員後，按照原本計畫做了布置，但在推開房門時卻受阻，這讓他有些意外。他原本預期房內這兩人，應該還在琢磨門外槍聲是怎麼回事，不會想到這其實是衝著他們來的，沒想到卻又提早有了防備。沒關係，這不會影響任務進度，他有強大的火力可以快速解決他們。

遠處傳來警車的淒厲鳴笛聲。也有幾個不識相的病患、家屬從病房內探頭查看，但一見到長廊上的慘況時，全都嚇得哆嗦地躲回房內。而七樓的護理站也空無一人。

莊慕龍迅速地從塑膠袋內取出兩枚炸彈，用膠帶貼上病房門的上下鉸鏈旁。拉開插捎，接著從容地推開隔壁病房門，走入後倚著牆側並關門掩蔽。裡頭的病患家屬恐懼地靠牆瑟縮著，莊慕龍只是微微一笑，豎起食指擱在自己的口罩上，朝他們比了個噤聲手勢。

兩秒後，伴隨著兩聲轟然巨響，整棟大樓似乎也跟著晃動，白漆與木屑紛飛空中，無數顆小鋼珠爆散開來，L形兩邊長廊上的日光燈、盆栽、掛畫等全都應聲而碎，各種破片落屑鋪滿一地。潔淨平整的乳白色牆面，眨眼間就變成了一片斑駁破敗的戰區景象。

長廊上一片幽暗，只剩盡頭處微弱的逃生燈光，以及被炸壞的燈組因短路偶而閃現的電火花，時不時照亮這方區域。莊慕龍側耳聆聽門外動靜，確認長廊上並無其他活物後，迅速端著槍推門走出。

隔壁那門板只被炸了個朝內歪斜，右上角撕開了一個大口子，但整張門並未完全倒下。沒辦法，自製炸彈的主要功能，是用來殺傷而非破門用的，效果自然大打折扣。

莊慕龍朝門板掃射一輪，來個先聲奪人，並打散門邊埋伏。另外他也知道，裡頭那個男刑警一聽到槍聲就會恐慌。眼下數秒後見生死，這傢伙不可能像下午這麼好運，能夠像隻狗熊趴在地板上，直到恢復反擊的勇氣。

隔壁房內還是沒動靜。

莊慕龍使出清掃屋內敵軍的老戰術：先丟進去一顆炸彈，再用亂槍轟殺所有衝出來的人。不過他估計這兩個警察應該沒這麼蠢，恐怕會跟下午一樣推個什麼東西出來當掩體，然後再伺機去撿槍。但這回他們可沒那麼容易得逞了。

他掏出最後一顆自製炸彈，拉開插銷後等了一秒，再朝隔壁門板上的缺口扔了進去，接著退回隔壁病房內。果不其然，這下他們沉不住氣了。歪斜的門板被朝外撞開，一張輪式病床被用力推了出來，在長廊上滑行了三公尺有餘，邊擦撞著牆壁停了下來。

緊接著又是一陣令大樓晃動的劇烈爆炸。

莊慕龍冷笑一聲，側身閃出門外，果然看見那名女警正狼狽地趴在地板上，試圖從倒地的那名警員身上掏摸手槍。但當她發覺對方身上的防彈衣不見了、槍套也是空的時候，那震驚傻眼的表情簡直讓人捧腹。

莊慕龍朝她連發兩槍，一發射進那名倒楣警員的大腿、另一發則擊中女警的後背，她慘叫一聲，連滾帶爬地想躲回房內，但明顯遲了。手槍準星瞄準她的後腦，扳機正要扣下時，莊慕龍的身邊突然響起一聲大吼，接著一個壯實身影從那張被推出長廊的病床上彈起，連人帶床單地朝他撲來。

莊慕龍本能地朝後一躲，調轉槍口想轟他一槍，但對方像不要命似地雙手緊扣住他右腕，並用自身重量將他壓往旁邊的牆壁。莊慕龍右上臂的槍傷狠狠地撞上牆面，痛得他大叫一聲，好不容易止血的傷口又開始大量滲出鮮血。他怒氣沖沖地用左手拔出插在腰後的警用ＰＰＱ手槍，反手就是一槍。接著他看清原來這傢伙就是那名男刑警，出其不意地打了自己一個埋伏。

李劍翊被打中側腹後，怒吼了一聲，全身力氣突然爆發，一個轉身將莊慕龍給壓制在病床上，這下子他的左手被壓在自己身下無法再開火。李劍翊死死地壓著莊慕龍不敢放鬆，另一手拚命地想搶他右手的槍，手槍走火了兩次但未成功，接著李劍翊又抄起預先準備的各種利器，發狠地朝莊慕龍身上猛刺亂扎一通。但對方把戒護警員的防彈衣給穿在身上，除了手臂跟腿上多了些皮肉傷外，李劍翔的最後掙扎完全沒發揮功效。反倒是因為用力過猛，加上腹部血流不止，扭打不過數秒後，他的雙手力氣就全放盡了，但身體仍死命地壓在莊慕龍身上。

莊慕龍的右手重獲自由後，立刻調轉槍口打算射擊。不料這時楊穎露扶著牆邊跌跌撞撞地衝來，一把抓住他的右手，另一手扣著某金屬物體猛地朝他打來。莊慕龍的右臉被打得發疼，腦袋也有點暈眩。當他想抬起右手開槍時，卻發現手抬不起來……定睛一看，自己的右手竟被手銬銬在另一側的病床床架上。原來剛剛這女警是用警銬當手指虎使，先打了他一拳後再將他上銬。

楊穎露一臉憤恨地看著他，但又忌憚他的雙槍，不敢以命相搏，只求救下李劍翔。此時他已快陷入昏迷，壓制力道漸弱，莊慕龍不斷彈動反抗，逼得李劍翔踉蹌地靠向牆面，無力地緩緩坐倒。

身上壓力一輕，莊慕龍立刻起身，並舉起左手警槍，想先擊殺這礙事的女警。不料那女警一個矮身，用肩膀頂住病床的一腳，用盡全身力氣將它往外推。地面已滿布鮮血，女警也因反作用力而腳滑倒地，她順勢抱住李劍翔，雙腳反覆踩蹬地板，艱難地將兩人給挪進最近的病房內。她看到自己腰邊汩汩流出的鮮血，從門外至門內已流淌成一道紅河，登時心驚不已，全身的氣力也正飛快地流失。

那張病床逆時鐘打轉七十度，再往前推移了半公尺。莊慕龍左手的手槍登時失去了射擊的角度，但他還是不放棄地緋緊被銬住的右手持續射擊，子彈不斷射入牆面、門板與地板，並在金屬門把上打出燦爛火花，只是彈匣都打空了，那對男女還是成功地躲進病房。

媽的，他不禁暗罵一聲。要是手邊還有顆炸彈，這兩人肯定躲不過去。他趴上病床、翻身到另一側，觀察一下手銬與床架的狀況。床架是焊死的，沒辦法脫開。雖然明知手槍對付不了手銬，但他還是抱著僥倖心態試了下。他用槍對準鍊條處，連轟了兩槍，但鍊條卻完好無損，而且反彈的流彈險些打中自己。

無可奈何下，莊慕龍推著床到那間病房門口，準備再次發動攻擊。他有兩把槍與三十多顆子彈。至少在其他條子趕到前，他不相信幹不掉這兩人。他試著推一下房門，果然又是從內側被擋上了。

他朝門板上開了幾槍後，將病床轉了九十度，打算用它來當作撞門錘。第一次全力撞擊，門板便有些鬆動，房內還傳來幾聲尖叫。看來挺有效的嘛，莊慕龍獰笑著。接著他再撞第二次、第三次……

「把槍丟掉！」「雙手舉高！」「警察，不要動！」

長廊兩端同時傳來叱喝聲，兩隊武裝警察從兩邊將他包圍了。對方的裝備很完整，有盾牌、衝鋒槍跟震撼彈，七、八束戰術手電筒的強烈光線，將幽暗的長廊照耀得如同白晝般刺眼。

莊慕龍長嘆一聲。該死的，差那麼一點點，就可以完全剷除老闆跟家人的隱患了。但現在卻得止步在這裡……要是沒被銬在這張該死的病床上，他大可以躲進任一間病房，挾持幾個人質出來再戰它一陣。可是……

「最後一次，把槍丟掉！」「你再動開槍了！」「雙手舉高！」

電光石火間，莊慕龍突然明白了。此刻不管他怎麼做，都是死路一條。但只有一個選擇，不會禍及家人，而且走得也痛快。

長廊兩邊的警察突然退了回去。緊接著一顆震撼彈從走廊底拋來，撞擊到牆上後反彈一次，慢慢滾落到他的腳邊。莊慕龍將右手的槍口伸進嘴裡，在腦海裡回想一遍妻女兒子的容顏後，決絕地扣下扳機。

槍聲跟爆炸聲幾乎是同時響起的。

●

隔天早上九點，趙科長被找進警政署署長室開會。當他獲准進門時，署長已經跟線上的檢察總長談上一段了。這位警大四十七期畢的署長，上任約一年多，因為能力出眾、膽識過人，受到總統賞識而破格擢升。比起前幾任不怒自威的武將型風格，現任署長走的是溫文爾雅的文官路線。從基層出身的他，向來也都格外照顧基層，在警界是有口皆碑的。

「趙科，坐。」署長比了一下辦公桌前的座位，同時把桌上螢幕半轉過來，讓三人能夠清楚地看到彼此。「三位同仁的情況怎樣了？」署長問。

「負責戒護的明光所林恆陽，大腿一槍、頭上兩槍，當場殉職；另外兩個人都是傷上加傷，李劍翔的傷勢比較嚴重，腹部中了一槍，子彈留在體內，右手也骨折。緊急手術並輸血六千CC後，目前在加護病房觀察；楊穎露後背中一槍，子彈穿過右腰側，四肢還有一些燒燙傷跟鋼珠穿透傷，緊急手術並輸血五百CC後，狀況穩定。」

「唉。怎麼搞成這樣……。」署長憂心忡忡地嘆口氣，交代道：「你盯一下。要是加護病房說能探望了，你就第一時間回報，大老闆要過去。」

「是。」趙科長回道。

「他們兩個能撐得過去吧？」檢察總長問。

「……楊穎露沒問題，李劍翔得加把勁。」

大老闆指的是總統。在同一天內，兩名警官被同一名槍手追殺兩回，甚至連醫院的半層樓都給毀了，自然會使得輿論沸騰，總統也不得不出面安撫民心。扣除「治安敗壞」或「槍枝氾濫」這類表象論述外，民眾最想問的是，這兩名警察到底跟槍手有什麼深仇大恨？

總長繼續問道：「我說，豐原那三口命案，你們到底查出了什麼子丑寅卯，值得這槍手連命都不要，搞到天翻地覆的？」

「沒幾個人知道神略系統的存在，近期也沒發現被入侵跡象。如果說驚動到對方，應該是他們去探訪寶石利達跟莊慕龍家這兩處，對方推測他們找到了正確的線索，怕會循線揭開真相，才不惜痛下殺手。但之所以搞出這麼大的動靜，我認為是有意把這些行動導向成私人恩怨，好掩藏他們的真正意圖。」趙科長回道。

「……有可能，難怪他會飲彈自盡，製造追查斷點。」總長沉吟道：「神略那邊的進度怎樣了？有沒有掌握什麼有力證據能翻案的？」

「天南星回報，他認為案情已解開一大半。他也會密切注意千霖集團的動向，在出了這件大事後，那邊應該會照先前模式，立刻轉移重要證物。等時機成熟後，他就馬上通報。」

「別讓他光用監視器看。地址一確定，我就派兩組人馬下去，二十四小時監控。這事你也得盯緊了。」署長交代著。

「是，了解。」

總長從旁提醒：「我提一下，到時行動你們可別找那邊的人，省得打草驚蛇。」

「不會的，我想好了，到時讓保一總隊下去處理，一舉成功。」署長回道。接著問：「莊慕龍老婆的行蹤呢？你那邊有掌握嗎？」

「是。他們凌晨已經到廈門了，應該會在人蛇集團安排的地方住上一陣子，我會讓線民注意。」

「接下來你打算怎麼做？等那兩人出院還得好一陣子吧？」署長邊提問邊劃掉手邊紙頭上的問題。趙科長偷眼看去，這已經是最後一題了，不禁暗暗鬆了口氣。

「神略提供的五個輔案裡，查完三個還剩下兩個，天南星可以接手主導，讓轄區員警幫忙就行。」

署長搖頭道：「不要再找轄區的人，冒出一個莊慕龍快把我們搞死了，一個不好連神略都給端掉，我們吃不完兜著走。我等等跟第五大隊長打招呼，支援兩名弟兄查案，要什麼資源就讓他找個北部的案子來掛。」

總長也附和道：「對，都已經到這地步了，現在千萬不能拖。要查得快、查得透。翻案官司已經夠難打了，更何況還有內神通外鬼。沒百分之百的把握，不能隨便出手。」

室內陷入一片沉默。神略試圖翻轉的這個案子，起源於一年多前的受害者家屬卓映辰的網路爆料。雖然裡頭的內容沒有真憑實據，最終被視為烏龍一場，但他的悲慘際遇，卻意外觸動了警界中不想同流合汙的幾個人。

他們各自透過網路爆料與內部舉發，表示豐原三口命案另有隱情，但因為牽涉到一宗「驚天」警界醜聞，所以被有心人士銷跡滅證，並把真凶栽贓到死者身上。

爆料者表示，這醜聞源頭指向千霖集團，但他們的行事方式相當低調周密，所以儘管爆料者隱約知道一些內情，卻苦無實質證據。而在新一屆總統大選後，特別拔擢的警政署長也注意到這件事，總統希望他上任後能導正警界風氣，於是他以此事為切入點，讓政風單位祕密調查豐原三口命案的偵辦過程，也確實發現了不少疑點，當時的很多證據詮釋或刑偵策略，明顯地被有意或無意地導往特定方向。

由於神略系統正進行實戰評估，於是在確認李劍翔跟楊穎露的背景是乾淨的之後，安排兩人加入神略計畫，並讓這已結案的案件，有個新名義來重啟調查。當然，趙科長已事先跟李劍翔打過招呼，確保能以豐原三口命案來作為調查案件。

但這計畫中唯一失算的，還是熱衷現場查案的李劍翔。原本以為循規蹈矩的楊穎露、負責監控的天南星與他本身的PTSD症，能讓所有小組成員安於辦公室作業，但沒料到另外兩人居然都被李劍翔說服而幫忙打掩護，搞到最後整個事態失控，反讓兩人陷入險境。看來這小組配置得砍掉重練了。

「好吧，接下來按照共識，莊慕龍這案子，先當成仇警襲警事件，不要跟豐原三口命案有任何瓜葛……。」

趙科長豎起右掌，打斷總長的話：「抱歉，長官。我有個大膽的計畫，也許可以讓我們確定組織裡的『內神』到底有多少人。」

「哦?說說看。」

「莊慕龍這案子，仍以仇警襲警為主軸，但也要重新調查他之前的自殺案，我想這會讓很多『內神』開始緊張。」

「嗯，有趣。」兩名長官都聽懂了他的意思。這麼一來，或許會有以前沒注意到的人選浮出檯面。三人再討論了執行細節後，趙科長準備退下，但走到門前突然想起一事，轉過頭來說道：

「對了，長官。神略那邊意外發現了一件案外案。最近那個網紅被無人機的火攻案，跟豐原三口命案可能也有些牽連。」

這番話頓時讓署長來了興趣。「有這事？就是那個什麼薯條的案子？南港專案小組還在搞地毯式搜查，一票人都幾個禮拜沒回家了。」

「是，就是那個案子。神略發現主案裡有個重要關係人，跟這案子有些交集，走訪時會一併列入調查。」

「呵，有點意思。有進度馬上報告。」署長舉起食指隔空朝他點了點：「趙科啊，你每次出手，都讓人刮目相看呀。」

十三、卓映辰：真正的地獄

等待述衡連繫的那幾天，卓映辰的「911即刻救機」都正常開店營業。他自認為已找到案件的突破口，大姊的冤屈有望被平反昭雪，因此不必再像無頭蒼蠅般東奔西跑，心情反而能放鬆下來，不再那麼浮躁不安了。

對他這樣一個門外漢來說，憑藉看過幾部推理動漫還是小說的經驗，就想學刑警辦案，真的是太過勉強了。想想過去幾天，他硬著頭皮跟無數的警察、教友、陌生人打交道，裝模作樣地問著自己也無甚把握的問題，有時甚至得虛張聲勢，使出些恐嚇、利誘等手段，卻遭對方嗤之以鼻……想想都覺得汗顏。

最後能歪打正著地發現破案關鍵，有機會早日結束這一切，真的是得感謝上蒼，或許也是大姊在天之靈的保佑吧！他在心中不禁這般想著。只不過，當今天傍晚，那位讓他望穿秋水的述衡師兄，突然透過LINE與他連繫上，同時提出換取命案真相的條件時，反而讓他陷入新一波的苦惱漩渦裡，愈發無所適從了。

當晚他回到家後，跟妻兒一起吃完晚飯，三人窩在沙發上看電視新聞。這期間，詹悅然跟卓逢時見他心情不好，一直想找話題跟他聊天，但卻都被他煩躁地三兩句打發掉了，客廳的氣氛變得十分壓抑。

等到新聞開始播放天氣預報時，卓映辰移動到電視機前的地板上，分揀從大姊家帶回來的那些雜物。已經過去兩天了，但那些收納箱仍在客廳地板上堆得老高，嚴重影響日常通行。其實還有另一半臨時用垃圾袋打包的雜物仍堆在車上，但他實在不知道要怎麼從不到三十坪的住處，挪騰出更多的空間了。

詹悅然看著老公一臉鬱悶，無精打采地蹲在地板上，似是忙碌地在整理遺物。但仔細一看，他只是把右手的東西改換到左手，來來回回在兩個收納箱裡瞎忙。夫妻多年，她知道他只是想藉無意義的體力勞動，來排遣心中的煩悶罷了。

她關掉電視，打發卓逢時上樓去做功課，然後對著卓映辰說：「你這樣收來藏去的，到頭來還不是全放回收納箱，是要收到民國幾年啊？」

「……妳不用管，我自己來就好。」他頭也不抬地回道。

「你大姊的事有進展了吧？」

卓映辰訝異地抬頭問：「妳怎麼知道？」

「吃飯到現在，你整個人都失魂落魄的，要不是在外頭有小三，那肯定是大姊的事有什麼變化。連卓逢時都看出來了。」詹悅然沒好氣地回道。

卓映辰悶悶地「嗯」了聲，停下手上動作。他的內心在反覆地掙扎著，不知道是否該這麼早就跟老婆討論。過了半晌，他心事重重地坐回沙發上。詹悅然好整以暇地等著他開口。

「……妳知道，我這幾個禮拜，都在調查大姊一家的線索。」

「很好，我也想跟你討論這件事。你的手機店到底還想不想開呢？」詹悅然直截了當地反問。當卓映辰往外跑，她就被找去代班。但要是碰上技術性問題，還是得等老闆回來才能處理，有些客戶等不及，白白流失了許多生意。

「……這晚一點再談吧。重點是呢，有個邪教教徒，他有參與這件事，但害怕被滅口，現在躲了起來。他可以證明當晚在大姊家，其實有第三人、甚至第四或第五人。」

「然後？」詹悅然不解其意。

「現在警方都認為是大姊一人殺害全家，現場沒有任何外力介入的跡象，到時檢察官會不起訴處分，真正的凶手就逍遙法外了。」卓映辰耐著性子解釋：「但如果有人可以跳出來證明，當時現場其實還有別人在，那麼很明顯就是他殺，警方會被要求重新調查，找出真正的凶手了。」

「這樣啊……。」詹悅然的心中，希望每個人都能早點翻過不幸的篇章，讓生活重回正軌，但她又很清楚卓家的姊弟之情不同一般，她不知道該怎麼啟齒。

卓映辰似是想爭取老婆的認同，繼續遊說：「對方說了，他是去善後的，但之後愈想愈不對勁，所以保留了物證，也拍了一些照片自保，那些拿上法庭都是鐵證。如果條件允許的話，他個人甚至願意出庭作證。」

「那很好啊……不過，是什麼條件？」

「……那位教友被追殺，帶著全家到南部躲了起來，目前只能靠老婆打零工負擔家用。他希望能拿到一筆安家費，至少先把妻小送出國。解決後顧之憂，他就敢站出來，跟邪教公然對抗了。」

「安家費要多少？」

「……八百萬。不過他說這個數字買他一條命、買一個公道正義，不算貴。」

「八百萬？」詹悅然吃驚地倒抽一口冷氣。「你就沒想過可能是詐騙嗎？」

「絕對不是，他知道很多連警察都沒查到的內幕。」卓映辰猛搖頭，斬釘截鐵道：「而且他也同意，我先付五百萬就好，他會把物證照片全都傳給我，剩下的三百萬等他出庭後再給。」

最讓卓映辰深信不疑的是，當他一開始加入述衡的LINE帳號時，就先請他拍一張左邊脖子的刺青照片。果然，他的脖子上有個頭戴紅玫瑰的日本戰國鬼頭刺青，與那位車輪餅阿伯所指述的相符。

「五百萬就好？」詹悅然不禁長嘆一聲，靠倒在沙發上道：「你這個月沒開幾天店，我都還在擔心明天的生活費……你是要去哪裡生五百萬？」

「能把這間公寓拿去抵押嗎……。」這話到了嘴邊，卓映辰卻怎麼都說不出口。這間公寓是靠著兩人多年來的省吃儉用，好不容易才買下的，至今貸款都還沒還完。為了彌補當年聘金給得太少的遺憾，以及老婆無怨無悔的付出，房子掛的還是詹悅然的名字。

真的要把老婆名下給全家人遮風避雨的小窩、讓兩人生活踏實的不動產，拿去抵押借錢，只是為了已不在人世的大姊討個公道嗎？全世界除了他自己外，真有誰會在乎這件事？可是話說回來，壞人要是沒受到懲罰，依然在人間活得舒服自在，他良心上過得去嗎？

從小到大，大姊為他付出的種種，何止八百萬？有生之年沒來得及回報大姊的恩情，讓他感到萬分遺憾，現在他只要回報萬一，就能揭開近在咫尺的真相……假如他現在選擇放手，那以後每想起大姊一次、他肯定都要狠狠譴責自己一次。

正反意見在卓映辰的心中不斷交戰，只是當下他什麼都說不出口，唯有默然以對，同時感到全身乏力。

詹悅然仍無法理解。「我就是不懂，為什麼找凶手這件事會落在我們一家子頭上，這明明就是警察的責任啊。你就直接告訴警察，有人知道這些事，讓他們把他抓出來作證嘛。」

卓映辰臉色痛苦地否決了。「警察裡面肯定也有信徒的，妳看那些專案小組辦案完全不積極，他們要是知道還有其他知情人，在證據拿上法庭前，他全家就會跟大姊一家一樣的下場。」

詹悅然無語地仰頭看著天花板，並在心中謹慎地措辭。沉默良久後，她輕聲說道：「你付出那麼多，能帶來什麼好事嗎？回不來的還是回不來，但我們家的苦日子，肯定沒日沒夜了。」

卓映辰做個深呼吸，壓抑心中的怒氣。一字一頓地說：「所以，妳覺得卓逢時的同學對他說，是你姑姑殺害了全家人，這樣也可以嗎？」

詹悅然很討厭被情緒勒索，更何況這問題沉重到讓人不知從何答起。難堪、緊繃的氛圍籠罩著夫妻倆，久久不散。

「……算了，我只是隨便聊聊而已。今天很累，我先去躺一下。」卓映辰心灰意冷地說著，起身走進臥室。

他躺在床上，瞪大眼睛看著天花板，心中紛亂如麻。在黑暗中，他沒有一點睡意，只是想一個人清靜下來，試著好好思考。

他聽見卓逢時躡手躡腳地走出房間，坐到客廳沙發上，接著是妻兒間的竊竊私語。「爸比怎麼啦，今天臉好兇。你們是不是吵架了？」

「誰吵架啦，你幹麼想這麼多？爸比就心情不好啊。」

「為什麼心情不好？」

「……唉呀，反正很多事啦。所以你更要乖乖的，不要讓他的心情更不好。」

「好啦好啦……可是為什麼我同學要問我姑姑的事？」

卓映辰哭笑不得。他可以想見，詹悅然那頭冒三條黑線的尷尬表情。

「……姑姑他們家的事有上電視嘛，很多人都知道，但爸爸怕你同學會亂講話。要是有人亂講話，你不要理他們，直接跟老師報告，懂嗎？」

「我的同學怎麼會知道，我自己也不知道啊……。」卓逢時疑惑地嘀咕道：「所以姑姑怎麼了？秀秀呢？我以後是不是都看不到她了？」

他們帶著卓逢時參加過大姊一家的告別式。再熟悉不過的臉孔，變成了香燭案上一張張的彩色遺照。儘管他跟著又跪又拜，親戚們在旁痛哭流涕，但這小子顯然仍搞不懂「死亡」是怎麼一回事。

卓映辰夫妻倆覺得在他上小學前，還沒必要解釋得這麼清楚。兩人也曾討論過，是不是該找個他比較能接受的比喻，但始終沒下文。他聽見詹悅然沉吟片刻後說：「你不是最喜歡玩手機遊戲嘛？像是跟別的網友一起玩的那種？」

卓逢時開心地拍手大叫道：「對啊對啊，我都開柯博文打他們，好好玩哦……可是，所以咧？」

「有時候其他人玩到一半，可能網路斷了、手機沒電，還是媽媽叫他吃飯了，他不能再玩，只好關掉遊戲。那你在遊戲裡面，還看得到他嗎？」

「看不到啊。然後咧？」卓逢時還是一臉困惑。

「但他其實人還是在的啊，只是遊戲裡面看不到他。所以也許哪一天，你可能就會在外面碰到他，對不對？」

「喔、喔……我知道了，所以姑姑跟秀秀只是現在看不到，可是以後還是會碰到。」

「對了，就是這樣，寶寶真聰明。」

聽到這回答，換卓映辰的額上冒出三條線了。這樣教小孩真的好嗎？把人生比喻成遊戲，會不會害他整個價值觀錯亂？但當他聽到兒子恍然大悟的笑聲，或許這樣的答案也不壞，不會太殘酷但也足以讓他釋懷。

是啊，大姊一家肯定都還在的，只是我們暫時看不見，因為她們從我們的生活中離線了。未來的某一天，當自己下一段的旅程啟航時，大家一定會在某處重逢的。

卓映辰思潮起伏。淚眼矇矓間，他不自覺地陷入夢鄉。不知睡了多久，忽然感覺床面一沉，他驚醒過來。翻個身後，他看到詹悅然正坐在床沿。

「幾點了？」他問。

「快十二點了。」

卓映辰伸個懶腰，半坐起身打算去刷牙。詹悅然突然遞給他一個A４大小的夾鍊式資料袋。他打開一看，裡頭放著房屋權狀、身分證跟印章。

「你想做的事，就去做吧。說不定這是個難得的機會，反正錢再賺就有了。」她淡淡地說。

卓映辰愣住幾秒後，隨即緊緊抱著老婆，她也輕輕地撫拍著他的後背。他的心中充滿著感激之情，喉嚨哽咽著難受，深怕一開口就會哭出聲來。還好，相知相惜多年，感謝的話說再多，都是多餘。

此刻，一切盡在不言中。

●

「師兄，我正盡快籌錢，但銀行貸款可能要七到十天才會撥下來。」

「了解，感恩。」

「等錢一入帳，我們馬上交易。不過你能不能先告訴我，我大姊一家到底是被誰殺害的？」

「……卓哥，不是信不過你，只是我怕跟你說了後，你找警察直接抓他，這樣就沒必要交易了吧。對不起，我是貪心，但我想照顧好我家人。」

「沒關係的，師兄。那你可以至少告訴我那人的背景嗎？讓我有點心理準備。這樣你也比較有說服力嘛，不然我老婆很擔心是詐騙呢，哈哈。」

「我不是詐騙，你們放一百個心。但我也不能告訴你凶手背景，因為一說你馬上就知道是誰了。」

「別這樣嘛，莎米思一下。我都展示誠意了，你不必這麼小心吧。」

「對不起，卓哥。假如你跟我一樣的處境，就知道我不能不小心。你也有家人，請你諒解。」

卓映辰訕訕地結束了ＬＩＮＥ對話。依對方所言，真凶的背景應該很特別，到底會是誰呢？卓映辰的心中紛亂如麻。他想問的問題還有很多，像是為什麼要破壞姊夫的遺體？那名疑似姊夫小三的女人跟這命案有關係嗎？

只是ＬＩＮＥ訊息來來去去，沭衡始終很謹慎，完全不露絲毫口風，只推說手上物證很齊全，只要一擺出來，就可以解釋卓映辰的所有問題。於是他現在只能耐心地等到款項湊齊。

出於謹慎，這段期間他也跑了趟豐原，跟沭空碰了個面。不過對方說他只負責居中牽線，也不肯接受任何謝禮，更希望卓映辰別再來找他，免得給其他教徒撞見反而橫生枝節。這讓卓映辰對沭空、沭衡兩師兄弟更有信心。

這段期間，警方的調查也告一段落，全案移送臺中地檢署。卓映辰很希望能盡快取得有力證據，讓檢察官能核退案件，要求警方重新調查。

只不過，銀行的核發作業比預期中還慢，直到申請後的第二週才撥下來。卓映辰已等得心急如焚，深怕拖延太久會有變卦，於是當手機一通知五百萬元已入帳時，他就立刻連絡沭衡提供轉帳帳號，自己則關上手機維修店門，衝往銀行準備臨櫃匯款。

由於現今詐騙猖獗，因此轉帳前行員先確認不是警示戶頭後，再詢問匯款用途，以及這個「黃忠萊」帳戶是否為收款者本人。因為此帳戶已經三年沒有使用紀錄了。

「這當然不是我自己的戶頭，我哪敢用啊？我幾個銀行帳戶一有資金出入，馬上就會被鎖定。我是借我朋友帳戶的，我現在住他這裡。」沭衡在ＬＩＮＥ上解釋著。為了取信卓映辰，他建議道：「你先別急著匯款，我把證據圖檔傳給你，但是有密碼鎖著的。等我這邊錢一入帳，我就馬上發密碼給你。」

幾分鐘後，述衡果然傳來一個三十ＭＢ大小的壓縮檔。卓映辰打開一看，裡頭有十多張圖檔與兩個影片檔，圖檔名稱標示著「處理屍體」、「放火前準備」、「善後處理」與「行凶者」……等，而影片檔則分別為「行車紀錄」與「車內對話」等。時間標示都是在八月六日十點至十一點半間。雖然每個檔案都被密碼保護，無法看到內容，但卓映辰已放下心中大石。

「是朋友做生意有急用，帳戶沒問題的，請你現在匯款。」卓映辰向行員交代道。

完成手續後，卓映辰回覆給述衡，對方表示只要一入帳，他就會立刻傳密碼過來。同時也不忘提醒，這些證據務必做好備份，不要一股腦兒全交給警察。卓映辰連連稱是，感謝不已。

離開銀行後，他決定去附近咖啡館等著。就算回去開店，恐怕他的心也定不下來。不如找個安靜地方分析證據，如果有什麼新發現的話，也可以立刻送交檢察官。

他在咖啡館內點了份三明治跟拿鐵咖啡。每隔一小時就發訊問一下述衡，確認五百萬元是否入帳。

十一點三十二分：師兄，請問入帳了嗎？

十一點三十二分：還沒有

十一點三十三分：如果我把匯款證明拍照給你看可以嗎？

十一點三十三分：再等等吧，應該很快就入帳

十二點三十分：還沒入帳？

十二點三十一分：沒有

一點二十九分：還沒入帳？

一點三十二分：師兄你在嗎？

一點三十五分：可以回我一下嗎？應該入帳了吧？

二點四十分：LINE電話無人接聽

二點四十一分：LINE電話無人接聽

三點十分：LINE電話無人接聽

直到三點十一分，卓映辰才確認對方已封鎖自己的LINE帳號。他立刻轉連絡逑空，但同樣也呈現被封鎖狀態。

他腦袋一片暈眩，續杯的第三杯拿鐵從他手中摔落到桌面，引起一旁顧客的驚呼。儘管全身大半都被熱咖啡潑灑、杯子撞擊到地面發出巨響、服務生驚訝地跑來探問，但他絲毫沒有任何感覺。

不得不接受這殘酷真相的瞬間，他的靈魂早就脫離肉體了。

如果還剩下一絲感覺，他只想立刻死去。

因為他不知道往後該怎麼面對自己的老婆與兒子。

眼看都晚上九點半了，卓映辰竟還沒回家。詹悅然打了七八通電話、發了十幾二十則訊息，但彼端卻始終沒有回應。這是自兩人結婚以來的罕有情況，記得最近一次還是發生在七年前，他在國中同學會上意外地被灌酒灌到斷片。

於是，趁著卓逢時入睡後，她輕手輕腳地走出家門，騎上摩托車往「911即刻救機」一探究竟。但店裡一片漆黑，空無一人。她詢問隔壁的水果行老闆，對方表示今天都沒看到卓映辰人影。另外也提到他這個月的開店狀況很不穩定，好幾個撲空的客人都找來隔壁打聽。

「三天打魚兩天晒網的，你們是要搬了還是不想做了？」老闆打趣道。

接下來，詹悅然不死心地沿著他固定回家的路線再巡過一遍。她知道他早上特地開車跑了趟銀行，該不會是身懷鉅款而出事了吧？不過沿路上除了沒有老公的身影外，其他一切如常。

她慢慢地騎回住家附近再繞了一圈，仍沒看到他的車子。她碰運氣地往鄰近他可能停車的區域逐個找去，直到快十一點，她正心急如焚地想去警局報案時，居然還真的在公園旁的停車格上，看到了老公的車。

她的心中有些納悶，明明住家附近還有幾個空車位，為什麼要捨近求遠地停在這裡？她忙騎過去一看，發現人還真的就在車子裡頭。他仰靠在駕駛座椅上，眼神空洞、嘴巴微張，一動不動地看向遠方，一整個魂不守舍的模樣。

詹悅然沒好氣地伸手敲了敲車窗，但他卻恍如未聞。直至她敲到第三次後，他才像是受到驚嚇的小動物般，全身忽然大幅度地彈跳了一下，從放空的情緒中回神過來，並花了幾秒鐘確認當前所在。而當他看見敲窗者是自己的老婆時，臉上瞬間出現了驚慌、羞慚的表情，他飛快地別過臉去，不發一語。

「卓映辰！你到底在這邊搞什麼鬼，還不回我電話？」她氣沖沖地罵道，接著駐停摩托車，繞到助手座旁想坐進車內，但她卻拉不開車門。卓映辰再次把臉轉向另一側，沒有幫忙開門的意思。

詹悅然的心中猛然一沉！憑著女人的直覺，她知道有件非常糟糕的事情發生了，糟糕到連最親愛的老公都不敢面對她，而且此事恐怕無從挽回。不用說，這也絕對跟那筆五百萬有關。

在雙親幾乎是天天按三餐吵架的家庭中長大，她很早就認知到，面對眼前這種狀況，女人愈是採高壓態度，男人就只會把心事埋藏得愈深。於是她定下心神、平緩情緒，放軟音調俯身道：「不好意思，老公，我太擔心你了，所以口氣比較衝。但我知道，你是碰到什麼事了吧？你不要想太多，我只要你人好好的，不管發生什麼天大的事，一點都不要緊，好嗎？」

卓映辰轉過頭來，感激地看了她一眼，卻欲言又止。她注意到他的眼神裡滿是絕望，淚水布滿了他的雙頰，而臉上還有幾處瘀青紅腫。她嘆了口氣，以平和的語氣說：「是那五百萬的事吧，就算那些錢全丟到水裡又怎樣？錢是小事，再賺就有了。映辰，你不可能永遠把自己鎖在車內吧，我們談談好嗎？我是你老婆，這輩子注定要同甘共苦，不管什麼事，我們都要一起面對。」

這番溫情喊話，讓卓映辰又掩面痛哭起來。冷靜下來後，他按下車鎖開關，詹悅然忙拉開車門，但濃重的酒氣撲鼻而來，使得她腳步一滯，隨即發現助手座下方扔著一支威士忌空瓶。

她坐進助手座，一言不發，只是傾身緊緊抱住了他，這是一位哀傷、脆弱的男人所最需要的。卓映辰的身體不斷顫抖著，在妻子的擁抱中，他哽咽地反覆叨念：「對不起、對不起……。」

「沒關係、沒事的……。」詹悅然也持續地輕拍著他的背並回應著他。一直以來，與她最親密的這位男人，總是給她堅強可靠的印象，但這一個多月來，她卻親眼目睹他二度絕望崩潰的模樣，也不禁心碎而淚流滿面。

好不容易，雙方的激動情緒緩和下來。卓映辰艱難地把被詐騙的事說了一遍。雖然才剛說過「錢是小事」，但聽到五百萬就這麼憑空消失了，詹悅然仍感到一陣椎心刺骨的痛。她連聲嘆氣、五指緊掐著大腿，但此刻還是不敢多加苛責一句。

「……我會解開那些照片看看。說不定會有用。」卓映辰像是要彌補過錯似地說道。

「別浪費時間了，那只是誘餌。不然他拿到錢後沒必要封鎖你。」

「……。」

「你去找過中間人了嗎？把你介紹給述衡的那位？」

卓映辰點了點頭。「我晚上就是去豐原找那個述空。可是那些邪教徒一直阻攔我，推說連絡不上……然後他們罵我鬧事，就報警了。」

這部分他含糊帶過。完整版劇情則是他一發現被詐欺後，就立刻衝到豐原般若堂找述空興師問罪，但那邊的人卻說他今晚沒來，也不肯透露他的連絡方式。更詭異的是，會內確實有個叫述衡的師兄，他人就在現場，並沒躲到南部去，對卓映辰的質問更是一頭霧水。

於是卓映辰開始在般若堂裡大吵大鬧，分會長慧渡不得不出面安撫他，讓幹部調出述空的個人資料，先是用電話試著連繫，但市話跟手機都是空號。接著幹部想派人去他留下的地址處查看，用網路地圖查詢後，卻赫然發現，那門牌號碼根本就超出了那條街的範圍！

這下般若堂的幹部們明白了，這個迹空留的全是假資料，入會時就別有居心。但這樣的說法，卓映辰並不買帳。他認定迹空跟紫陽萬靈聖道會全是一夥的，不但殺害大姊一家、用凶手特徵詐騙了他，現在還演戲給他看。因此他當下大暴走，在般若堂裡到處翻桌倒櫃，與信徒發生了肢體衝突，最後警察趕到將他帶回警局。雖然警方想讓他報案並做筆錄，但被他給拒絕了。

「你不報案，怎麼把那個人找出來？」詹悅然煩躁地問：「那麼多人知道他的長相，警察總有辦法找到人吧。」

卓映辰的聲音如蚊鳴低細，鬱悶地說：「……要是報案了，專案小組一定會知道……我不想上新聞。」

儘管刑警們之前多次向他打包票，要相信他們、相信法制，但他從一開始的依賴態度逐漸轉為輕蔑、排斥，所以才會自己去私下調查。被詐騙這事要是給他們知道了，想必個個都是幸災樂禍的嘴臉。而這也是記者們最愛的題材，他很害怕自己的蠢事被放到媒體、網路上，全世界都來盡情嘲笑他。

詹悅然勸道：「現在是擔心面子的時候嗎？我們明天還是去報警，錢拿不拿得回來是其次，但讓警方知道大姊的案子是有人在善後的，這樣對破案不是也比較有幫助嗎？」

「……我還不夠慘嗎？我這樣還不夠慘嗎？」卓映辰無力地將臉深埋進雙掌中，喃喃自語著。他已經受夠被戲弄的屈辱了。

詹悅然深情款款地握住老公的手。「我說過，不管發生什麼，我會跟你一起面對。五百萬沒有了，我們一起賺回來；你想幫大姊討個公道，我們一起去找答案；假如有誰要笑我們，我們就一起被笑。」

卓映辰感動地再次抱住了她。

「先回家吧，幫你的臉上擦個藥。然後，把這五百萬當作還大姊的債，你就不要再繼續想了，好嗎？」她在老公的耳邊說道。他默默地點了點頭。

●

雖然「９１１即刻救機」這個月的開店狀態不穩定，白白流失了不少老客戶。但老闆尚有重任在肩，兼且心情極度惡劣，所以今日仍無法開門營業。

卓映辰一早踏進店裡是為了取東西的。他連燈都沒開，熟門熟路地拆下標的後，隨即步出店外，重新鎖上店門。儘管隔壁水果行老闆熱情地朝他道早，但他卻恍若未聞，冷漠地與對方擦身而過，坐進了停在店門外的自家車。

詹悅然在助手座上等著。他把口袋裡的針孔攝影機遞了過去。

「沒想到你還在店裡裝這個呀？不會是用來亂拍其他小妹妹的哦。」詹悅然新奇地看著這半個巴掌大的主機小方盒，整合了影像處理與無線網路模組，盒子頂端延伸出一條細長的柔軟排線，頂端是個偽裝成螺絲釘的迷你鏡頭。

「嗯……只是備用的啦。」卓映辰低聲回道，沒心情解釋太多。他昨晚的睡眠品質極差，真正入睡的時數不足一小時，肝火旺盛且情緒低落，開不起玩笑。

詹悅然輕拍他的肩膀打氣道：「好啦，不鬧你了。嘿，小辰辰，給我打起精神來。我們先去吃頓豐富早餐，然後手牽手去整死那些王八蛋！」

卓映辰勉強擠出個笑容回應。她幫忙把針孔鏡頭的偽裝套件，從螺絲釘改換成鈕釦，然後拿出針線盒，拆換了卓映辰襯衣的第二個扣子，仔細布好排線，再把主機小盒藏在夾克的內層口袋。

夫妻倆已徹夜擬好作戰計畫，打算先殺往豐原般若堂採證，並連絡鄭懷宇警官一同出面。一來有他護駕可以避免那些教徒再隨便攆人出門，二來是既然被詐騙這件丟臉事，終究會傳到專案小組那兒，那不如就直接找他們報案，還能減少些二手傳播者。

兩人在豐原找了間早午餐店用餐，吃飽喝足之餘，詹悅然也不斷為另一半打氣、逗樂子，卓映辰那張形容枯槁的臉，勉強恢復了點氣色。眼看快到約定的十一點半了，兩人上車開往般若堂。

鄭懷宇警官已站在騎樓等待著。而令夫妻倆意外的是，專案小組組長郭桑山居然也來了。一看到兩人抵達，他便趕忙捻熄手上的菸頭，迎上前來跟兩人握手：「哎，卓先生卓太太，我是郭三三哪，好久不見。」

還沒等兩人開口，他繼續說：「我早上聽懷宇說了，卓先生跟聖道會這邊似乎有些糾紛是吧？畢竟跟案子有關，我想這事兒非同小可，一定要小心處理，所以就不請自來了。」

卓映辰看到他心中便有氣，冷冷地回應：「假如警察在辦我大姊的案子上能多用點心，不要讓被害家屬自己去找線索，也不用麻煩你特地跑這趟。」

鄭懷宇苦笑道：「話不能這樣說啦，卓先生。我們還是講求科學辦案，一分證據說一分話……。」

卓映辰不耐煩地別過頭去，詹悅然拍一下他的手臂，婉言道：「感謝郭組長，您真的是有心了。只是現行犯在樓上，我們是不是上去談？也可以直接跟他們對質。」

郭三三的臉上浮現複雜的神色。他瞥了鄭懷宇一眼，然後回道：「卓先生，說個你不愛聽的，辦案是我們的職責，請你相信專業。有時你覺得對方看來嫌疑很重，但人家根本就是清白的，你若是這種強硬態度，不就很容易誤傷無辜了嗎？」

「明明就是罪證確鑿了，哪有什麼無辜？你們刑警不是要抓壞人的嗎？怎麼我老是感覺，你們總是站在壞人那邊，還很努力地幫他們說話啊？」卓映辰激動地說：「你們從頭到尾說要我相信專業，重點是你們要表現出來啊。不好意思，我們受害者看不下去了，實在看不出你們在辦案上有什麼專業。」

這番話說得刺耳，讓在場眾人都很尷尬。郭三三氣得臉色都變了，似乎想辯駁回去，但最終強忍下來，僅別過頭去不滿地哼了聲。鄭懷宇雖然也老大不爽，但仍沉住氣出示手機畫面：「卓先生，這是你早上傳給我們的壓縮檔，科技組已經破解了，裡面都是不相關的東西。順帶說一下，沒有我們的專業，一般人是沒辦法解開這種檔案的。對了，壓縮密碼是hahaha。」

哈哈哈？騙走五百萬然後還諷刺受害者，簡直是極度惡質的詐騙分子！卓映辰拿過手機一看，壓縮檔裡的影片跟照片，全都是網路上隨意抓取的無意義檔案，只是被改了檔名跟儲存時間，看起來煞有介事的模樣。

再三確認後，卓映辰的臉上浮現悲哀的神色。他直到此刻才能真正接受自己被詐騙的事實。他對壓縮檔內容、對人性下限、對自我價值，原本都還寄存著一絲絲希望，但現在全都蕩然無存了。

鄭懷宇補充道：「我們組長想說的是，其實令姊一家的案子，真的跟紫陽萬靈聖道會無關。我們查核過會長、幹部和教徒等共十六人，你大姊沒有會籍、沒在這裡聚會，也沒有人認識她。」

卓映辰就等他說這句。他馬上回道：「按照你們給我的說法，因為我姊是信徒，所以殺害丈夫後，才會在浴室裡焚燒遺體。可是現在你又跟我說，其實我姊不是信徒，那她房間裡的那些經書、法器，還有浴室牆壁上的鬼畫符，肯定都是有人栽贓的吧？這不就證明我姊不是凶手嗎？你們應該努力去抓真凶啊。」

「雖然不是記名信徒，平常沒參加聚會，但她平常也可以自行蒐集資料、研修經文，按照教義來行事。這也是一種可能性嘛。」郭三三從旁提醒。

卓映辰怒道：「我說她沒制服，你就說她參加聚會不想讓家人知道？你們就是先射箭再畫靶，一開始就咬定我大姊是凶手，然後再把手上的線索全往那裡編，是吧？好，你們不想重新調查就算了，但騙我的那個人就在這邊聚會，確實有會籍，他可以證明當晚在現場有其他人，還有專門善後的。你們既然都來了，好歹跟我上去抓個現行犯吧，我以納稅人的身分拜託你們了，可以嗎？」

說完後，他怒氣沖沖地轉身走進大樓。兩名刑警互望一眼，不知該拿他怎麼辦，只好無奈地跟著走進大樓。不過出乎眾人意料的是，卓映辰沒能順利地搭上電梯，而是被嚴陣以待的總幹事與兩名保全給擋在大廳裡。

「這位先生，你是本大樓的不受歡迎對象，禁止入內。」總幹事的神情看著有些緊張、害怕，但仍克盡職責地挺身而出。詹悅然不禁有些好奇，前一晚衝進來討公道的溫柔老公，到底是有多凶神惡煞。

「我今天是帶著警察過來的。」卓映辰朝後一比，但後邊的兩人都不想出示服務證。「我們要上五樓，根據刑法第一六四條，藏匿人犯及湮滅證據罪，逮捕現行犯。」

總幹事等人的目光著落在兩名刑警身上。保全走上前問道：「可以看一下你們的證件嗎？如果有搜索令還是逮捕令，我們才可以放行。住戶要求我們不能隨便放人進去，尤其是這位先生。」

「你們根本就是一夥的，還要包庇那些犯罪分子到什麼時候？我直接上去找人對質。」卓映辰痛罵道。

總幹事與兩名保全組成人牆，擋住他的去路。詹悅然也有點覺得老公在無理取鬧，但她想起昨晚在公園的對話，就算全世界都跟他為敵，她也保證挺他到底。一打定主意，她突然拔腿往安全梯飛奔，轉眼間就衝上了二樓。

離得最近的保全員「嘿」了聲，連忙跟著追上去。卓映辰也晃動身形，假裝要跟著衝安全梯，當總幹事與保全一分散站位，他馬上改向衝往電梯口。不料這時他還是被人從後緊抓住了兩邊手臂。

居然是郭三三跟鄭懷宇從後架住了他。後者無奈地說：「卓先生，別鬧了。」接著兩人連拖帶拉地將他架離大樓外。不到一分鐘，兩名保全也尷尬地護送不斷高喊「不准性騷擾」的詹悅然出門。

郭三三長嘆一聲。「別無理取鬧了，卓先生。我們不是來陪你私闖民宅的，辦案不是這樣搞的，有標準程序好嗎？我再跟你說一次，這案子跟他們沒關係。」

「怎麼會沒關係，你有證據能證明嗎？你們還要包庇犯人到什麼時候？」卓映辰氣呼呼地說：「現行犯不是可以當場逮捕？上禮拜就是他們的人把我趕出來，詐騙了我五百萬。人就確實在樓上，為什麼你們不辦？」

鄭懷宇說：「你說詐騙還是藏匿人犯什麼的，我們可以分案處理。但請你先跟我回隊上做筆錄，一切照程序走，有證據我們就抓人法辦，不會姑息。」

卓映辰不管不顧地繼續說：「那個人知道當晚現場有個義警，脖子上有刺青，他就是負責善後並關後門的人，他還叫附近鄰居去救火。這些你們都不去查！」

「是，隔壁鄰居確實有說，有位義警催他去報案，但他跟命案有沒有相關、他是不是真的去關後門的，這些沒證據呀。」鄭懷宇回答。

「卓先生，你明明都被騙五百萬了，為什麼你到現在還要相信那個詐騙犯？」郭三三一副哭笑不得的表情，一手握拳拍擊另一手掌心：「車輪餅伯有跟我們說，他也可能跟別人說。詐欺犯知道這些細節最能引起你的興趣，因為你早就有成見，就是一定要找到其他人當兇手嘛。有心人多看點報導內容，就可以讓你上鉤了，不是嗎？」

眼看雙方愈講火氣愈大，詹悅然在後頭不斷拉著卓映辰的衣角，催著他離開。最終他怒道：「算了、算了，找你們沒用，你們就是寧願站在壞人那邊，也不肯幫一下受害家屬。我一定要投訴你們！」

說罷，他拉著老婆氣呼呼地離開了，留下兩名杵在原地無奈相望的刑警。

坐進車內後，卓映辰忙確認袋內的針孔攝影機是否正常運作。看到盒上持續閃爍的綠色指示燈，這才鬆了一口氣。

詹悅然抱怨道：「我也覺得他們的態度真的有問題。這樣對待被害者家屬，也太粗暴了。」

卓映辰冷哼一聲。「反正都是蛇鼠一窩。那邪教勢力很大，警界裡都有他們的人，當然幫忙袒護自己人了。」

「有點不一樣……那組長一副有話想說，但又不敢說的樣子，好像是知道什麼內幕，很擔心我們殃及無辜。」詹悅然若有所思地問：「你會去跟他們的長官投訴嗎？他們會不會官官相護？」

「沒必要去投訴，我有讓他們一招斃命的方法。」卓映辰按壓針孔攝影機盒旁的卡槽，拈出微型記憶卡。這就是他反敗為勝的最大利器。

●

從豐原回來後，卓映辰就把自己給鎖進書房裡，埋頭處理爆料素材。對已心力交瘁的他來說，或許這是最後一次為大姊申冤了，他必須盡其所能做到最好，博取更多網友關注，期許沸騰的輿論能逼得那些刑警不敢掩蓋案情、全力緝凶。當然，若有機會拿回被詐騙的五百萬元，那就更完美了。實現這些重大目標，正在此一舉！所以這個下午他必須全神貫注、卯盡全力。

決戰，就在今晚！

此刻的詹悅然正半躺在客廳沙發上，盯著手機裡的貸款契約文件直發怔。雖然她信誓旦旦地說會相挺老公到底、說那五百萬根本就不算什麼、說天大的事都要攜手面對，但……但在二個月後，每個月就要開始繳交本金利息共四萬六千餘元……而家裡唯一的經濟來源就是「９１１即刻救機」，每個月的淨利不到八萬元，這兩個月的開店天數又屈指可數，能不能留下一萬元的生活費都很難說。

平時家裡的用度已然捉襟見肘，現在又平白背上一條巨債，怎能讓她不頭疼？她願意盡可能地支持老公的每一個決定、包容他每一次任性，可是激情過後總得面對現實生活。噬人的困境明明白白地擱在眼前。再看一次契約上那帶著一串零的天文數字，她簡直要崩潰了。

因為卓映辰的特殊背景，自從她嫁過來後，早就做好過苦日子的準備。節儉度日多年，眼看即將苦盡甘來，但現在卻得一切推倒重來，再重複不知多少年的苦日子。她禁不住要對一家子的未來感到悲觀。

她朝緊閉的書房門投去一眼，一股憤恨難平的情緒在心中油然而生。

中午時她去幼稚園接卓逢時，順道買了兩個便當回家。送飯進書房時，兒子也想跟著進來，詹悅然連忙將他揪了出來。

「爸比今天沒去上班喔。」他問道。

「爸比有重要的事要做，所以沒上班，你下午也不要進去吵他哦。」

卓逢時臉上流露出失望的表情。「人家的鉛筆盒壞了，彈不起來，想說找爸比修一下。」

詹悅然拿起鉛筆盒一看，原來是底部的彈簧斷了。「好啦，晚上爸比就有空了，到時候再說。」

「……同學有買鬼滅的鉛筆盒，很好看耶。」卓逢時低聲回了一句。

詹悅然感到好氣又好笑。這小子！原來繞這麼個彎兒就是想討個新的。只是現在跟她一提到「錢」這個字，就像是當面對她潑一盆冷水，情緒立即消沉下來。「你這個鉛筆盒才買多久？小孩子不能喜新厭舊，知道嗎？」她扳起臉念道。

「……都用一年了說。」卓逢時悶悶不樂地走開了。

豈止鉛筆盒？詹悅然不禁嘆了口氣。出國旅遊、新手機、新衣服、保養品……恐怕之後的很多很多年，都要跟這些奢侈品無緣了。

整個下午，卓映辰一步都沒離開書房，就連晚餐也是幫他裝盤送進去的。一直忙碌到八點左右，他才步出房門，把精心製作的爆料內容傳送給詹悅然。

「大功告成！不管誰看到這標題，一定都會想馬上點進去看。這是妳老公的年度力作，一起欣賞吧。」雖然他一臉疲憊，神情也很是委靡，但說起自己的成果卻眉飛色舞。

「好啦，看你這種得意嘴臉，還真以為貼到網路上，就會天下太平了。」詹悅然故意損了他幾句，但也被他的一腔傻勁給鼓舞，心情變得好些。只是當她點開文件，看到第一句標題後，臉上的笑容驀然消失了。

——天理難容！市刑大勾結邪教　炮製滅門焚屍並詐五百萬

「等等……你的標題確定要這麼寫？事實不是這樣吧？警察也有在幫我們的，不是嗎？」詹悅然忍不住詰問著。一開頭就是這麼誇張偏激的用字，使她心生不安。

「哼，妳別被他們騙了，警察就愛搞黑臉白臉那套。」卓映辰嗤之以鼻道：「反正網路爆料不就是這樣嘛，不夠辛辣、聳動，根本沒人會點進去看，更不會有人分享了。哎，我承認這標題寫得是有點重口味，反正妳再往下看就知道了。」

只是詹悅然愈往下看，愈是心驚肉跳。為了方便之後網路貼文，卓映辰製作了五百字說明，搭配三張圖片與一支二分鐘影片。文字內容極盡聳動之能事，影射市刑大多位幹員與邪教有不可告人的合作關係，聯手將不聽話的教徒一家滅門後，並清理現場掩蓋罪證，偽裝成夫妻吵架釀成的慘案。事後還交換情資，詐騙受害者家屬五百萬元云云。

而那支影片就是今早在豐原偷拍下來的，透過卓映辰「精心」的剪輯與壓字後，郭桑山與鄭懷宇搖身變成極力袒護邪教、箝制真相的壞警察，一副咄咄逼人的可惡嘴臉；身為被害家屬的拍片者，反而成了被打壓恐嚇的弱勢方。

詹悅然看完影片後更是頭皮發麻。「卓映辰！你不要這樣亂搞，我怕你真的會出事。」

「出事？還能出什麼事，還能比現在慘嗎？」他不滿地回道：「那些垃圾媒體還不是天天在製造假新聞，好煽動網友賺點擊率。憑什麼他們能做我們就不能做？反正這年頭沒人在乎事實，只在乎夠不夠震撼。我們就有樣學樣，只要有愈多人注意到，就對我們愈有利，反而會更安全。」

詹悅然默然無語。看看卓映辰這文案，哪是什麼爆料，根本就是公然抹黑了，而且對象還是警察！但她也知道，要是沒被澈底激怒，一介小老百姓根本就沒這個膽。

「妳說過，不管發生什麼，我們都會一起面對，不是嗎？現在就需要妳的幫忙。」卓映辰凝望著她的雙眼，鄭重其事地說道。

遲疑良久，她終於妥協，點了點頭。

卓映辰開心地拍了拍老婆的肩膀。他把影片與圖片都上傳雲端後，接下來的二十分鐘，夫妻倆開了兩部筆電與手機，各自分頭上網貼文，稍有知名度的社群、論壇或留言板他們都沒錯過，包括爆料公社、Dcard、ＰＴＴ、各家媒體的爆料信箱，甚至是城市官方粉絲團、官網留言板等，就是要最大程度地讓全世界都能同步看到。

好不容易完事後，夫婦倆坐在客廳，邊看著電視新聞邊盯著網路回應，坐等議題發酵。他們並沒有等得太久，網路爆料的威力遠比他們想像得要強大得多。

十分鐘後，各處貼文留言就累積了一百多則，但幾乎都是「拉板凳看戲」或「記者快來抄」這種湊熱鬧言論，也有二十多名網友幫忙分享。

十五分鐘後，鄭懷宇打電話過來，確認是卓映辰張貼該文章。他的語氣很急促，表示這些是未經證實的謠言，除了會觸法外，也將被提告民事求償。要求他盡快撤下所有貼文。「觸犯社會秩序維護法第六十三條，處三日以下拘留或罰三萬對吧？我負擔得起啊。」卓映辰淡淡地回道，給他個軟釘子碰。他氣急敗壞地掛斷電話。

二十二分鐘後，臉書跟ＰＴＴ都出現第一則詢問訊息，對方表示自己是紫陽萬靈聖道會的委託律師，詢問此爆料是否有所本，否則不排除提告。之後在各處貼文的帳號，如雪崩般地於一個小時內傳來了三十多個訊息，有恐嚇的、咒罵的、勸說的，都是要求他們立刻撤掉文章。也有少數幾人想主動爆料聖道會的醜事。

五十分鐘後，紫陽萬靈聖道會的官方粉絲頁分享此貼文，並表示將提告到底。

五十五分鐘後，郭桑山組長親自來電，但卓映辰還是隨口敷衍。對方的語氣顯然很不開心，表示開始進行蒐證並立案，很快會請他到警隊說明。

以上這些反應都在夫妻倆的預期之內，但八十分鐘後，詹悅然臉書上有一位十多年前加入的前公司同事，平時已經沒有任何互動，此刻卻突然打市話過來，讓她驚訝不已。電話一接通，對方跳過寒喧客套，劈頭就問：

「那篇爆料文章是妳還是妳老公貼的吧？」

「對。」

「現在就拿掉，馬上、立刻！沒跟妳開玩笑，這樣下去會出事。」

「我大姑一家已經出事了，我們想幫她討公道。」

「不要亂來！你們現在回頭還來得及，算我求妳行嗎？」

「請問你是不是知道什麼內幕？可以跟我說嗎？」卓映辰搶過電話問道。但對方隨即斷線。

兩小時後，共有三家媒體主動傳訊連絡，除了詢問更多細節外，也希望能取得更多證據。

直到午夜，一切的紛紛擾擾突然都平息下來了。彷彿網路世界已經認可這則爆料，網友們被勾起了好奇心，齊聲敲碗真相早日水落石出。接下來就等著傳統媒體上菜了，也許是各大報的頭條新聞、電子媒體的三餐輪播，然後還有狗仔週刊的深入報導，躲在暗處的妖魔鬼怪都將現形。

每個人都要知道，正義不死，終有伸張的一天。如果不堅持這樣的價值觀，那未來大家還要怎麼教小孩呢？

卓映辰看著社群貼文上共四千多個讚、七百多則留言的成果，欣慰地說道：「看看，這就是正義的力量，有那麼多網友跟我們站在一起，我們不必再孤軍奮戰了。等明天這事上電視後，警方肯定也會轉過來幫我們撐腰的。」

他的臉上浮現燦爛笑容，彷彿明天之後一切都會雨過天晴。只是詹悅然仍高興不起來，來自前同事的強烈警告，讓她心中沉甸甸地，總感覺有什麼壞事即將要爆發。

這麼高張力地拚搏一天下來，夫妻倆早已身心俱疲，決定上床休息。但直到三點過後，情緒仍高昂的卓映辰，翻來覆去地睡不著，索性從床頭拿起手機再看看新的網友留言。

不料臉書一開就看到讓他震驚的通知。管理者表示因為他的貼文違反「社群守則」，故刪除該篇文章，並將他的帳號暫時停權。他趕忙翻查其他網站的貼文，居然有一半都已經消失或只限本人可見了。

果然有個強大的團體在對付自己！

這下子他睡意全無，氣沖沖地起床回到客廳，打算力拚到底。不管對方刪多少文章、停權多少帳號，他就通通再申請再貼回。只是他筆電還沒來得開機，手機就突然有通新來電，他看了下號碼，竟然是「911即刻救機」隔壁水果攤的老闆打來的。

三更半夜地，難不成他也是被誰找來關說的嗎？卓映辰納悶地接起電話，不料一接通，只聽得對方慌張地喊道：「卓老闆，你快來店裡啊，燒起來了！」

卓映辰大驚失色，趕忙把老婆喚醒，兩人騎上摩托車衝往維修店。隔著兩個街口時，就看到那區域的夜空被火光映得通紅，遠處也傳來多輛消防車的警笛聲，他的心中焦灼不已。當他趕抵現場時，整個人呆若木雞，不知該作何反應。

他灌注多年心血的維修店，已陷入一片熊熊烈火中，火勢極為猛烈，就算跟街坊鄰居們一起站在二十多公尺遠的對街，也能感受到一波波灼人熱風，根本不可能衝進去搶救什麼值錢東西。雖然消防員已在快速地布線打火了，但也只能做到不讓火勢朝兩邊蔓延，維修店本身連同所有存貨、工具注定逃不過燒成一把灰的下場。

卓映辰悲從中來，突然跪倒在地，痛哭失聲。詹悅然的腦袋也一陣暈眩，全身的力氣彷彿一股腦兒被抽空，不由自主地蹲在老公身旁，緊緊抱住他，熱淚盈眶。

如果可以的話，她很想告訴下午時天真的自己，那時她還以為背債五百萬已經是地獄，但顯然大錯特錯。

對平凡百姓來說，真正的地獄，是從此再也無法回到過去的平凡生活了。

十四、楊穎露：槍戰之後

醫院槍戰後的第三天下午，傷勢較輕的楊穎露就被移出加護病房，入住到九樓的VIP病房。這裡的安全措施更嚴密，除了有樓層駐警外，電梯也得有專屬感應卡才能直達，無須擔心不速之客。當然，從電視上得知消息的父親，特地南下來看她時，也得多費些手腳。

「查案很重要，但會比命重要？」拎著大包小包住院用品的楊柏凜，即使坐在陪病床，看著身上纏滿滲血繃帶的女兒時，仍改不了用上最容易激怒女兒的語法，但還是聽得出對女兒的滿滿不捨。

「我的同事還在插管，你不要講這些好嗎？反正你人都在醫院了，去排個診檢查你的肝啦。」楊穎露沒好氣地回道。

本該住院的癌症末期父親，現在反過來照顧她，讓她過意不去。只是身負有生以來最嚴重的身體創傷，讓她此刻的情緒格外低落，有親人在旁就能帶來莫大慰藉。

身上大小傷口中，就屬後背穿前腰這槍傷讓她苦不堪言。凡是會用上腰力的姿勢或動作，幅度稍大些都讓她痛得齜牙裂嘴，最痛苦的莫過於是換衣服跟上廁所這兩件事。熟睡時不經意翻個身，也常突然讓她痛得清醒過來，接下來就是滿身大汗，無法再入眠了。

這該死的槍傷，除了逼使她做任何事都變成慢動作外，站坐躺臥都很不舒服，連看本書、滑手機都有些困難。於是她開始習慣讓全身放鬆、閉目養神。這時她會在腦海中反覆思考整個案子，偶爾讓天南星傳些資料過來。慢慢地，她也逐漸想通了其中一些關鍵點。

在楊穎露與父親大眼瞪小眼的同時，保一總隊三峽營區的第五大隊，支援兩名偵查員前往市立納骨塔，確認莊慕龍的骨灰罈狀況。他們向塔方人員確認，該骨灰罈入塔後，始終無人來祭拜，年度法會也從未參與。

兩名偵查員在塔位上看到莊慕龍的大頭照，感覺很是諷刺。眼前這個「死人」竟是日前造成三名警官傷亡的冷血元凶。在管理員與攝影機的蒐證下，偵查員打開骨灰罈檢驗，裡頭竟是空的，所幸在罈內最深處與罐蓋的旋紋上，仍殘留極少許的骨粉，偵查員小心地收集起來放入證物袋內。很明顯地，這罈內曾被放入過某人的骨灰，但在入塔前卻給倒掉並簡單地沖洗過了。

接下來兩名偵查員會同北岡派出所警力，前往方陣廢車回收場，針對大型粉碎機重新取證，並約談了當時負責ＤＮＡ鑑證的人員。距離案發時日已久，雖然明知不可能採集到什麼有用證據，但這兩名欽差偵查員這麼大張旗鼓的動作，仍在警界引發了騷動與流言。有些高階警官開始沉不住氣到處打聽，這些都正中趙科長下懷。

兩名偵查員在外奔波時，天南星也沒閒著，開始著手調查神略給出的最後兩個輔案，這兩個案子彼此間也有著某種關聯性：一〇九年的「９１１即刻救機」店面縱火案，以及一〇二年的「紫陽萬靈聖道會」與「紫玉聖宮」鬥毆糾紛。

根據檔案紀錄，「911即刻救機」遭縱火的導火線，來自於店主卓映辰在網路上到處張貼的一篇爭議爆料。他認為豐原一家三口命案另有真凶，只是被紫陽萬靈聖道會與警方聯手掩蓋。文章上傳各網站、論壇後不到六小時，他的手機維修店面就陷入了一片火海。

值得注意的是，根據路口的監視畫面，騎著變造車牌的摩托車前往手機店縱火的歹徒，除了戴著鴨舌帽與黑色口罩來遮掩臉面外，最搶眼的莫過於身上的黃色POLO衫與紫色領巾，也就是紫陽萬靈聖道會的普通信眾會服。這讓該會幹部們百口莫辯。

雖然這種栽贓手法太過頭，但警方仍清查了大臺中分會共五千餘名信徒的當晚行蹤，最後查無實證，不了了之。此事在網路上引發後續風波，尤其卓映辰的悲慘經歷遭披露後，許多網友認為本地法令對新興宗教太過寬鬆，應該援引美、法兩國的調查委員會方式，聯合國稅局對宗教進行查帳。不過喧騰一週後輿論便平息下來，卓映辰想集結網友之力來翻案的期待，終究是落空了。

天南星在電腦上點開這位苦主的筆錄。他固執地認為，因為前一晚在網路上的爆料貼文，戳中了警方與紫陽聖道會的痛處，所以才派人放火燒了他的店面作為警告。此外他也提出跟「述空」、「述衡」的LINE對話紀錄，並強調他確實是在紫陽萬靈聖道會的豐原分會中，被教徒詐騙了五百萬元，他們也知道豐原三口命案的內幕。

事後經警方調查，這兩組LINE帳號是用人頭預付卡手機所申請的。雖然紫陽萬靈聖道會承認有「述空」這個人，但他留下的資料都是假的，之後也沒再看過這個人。有意思的是，警方根據這兩組門號的通話與定位紀錄發現，「逑空」、「逑衡」其實都是同一個人。

一路看下來，天南星陷入沉思。從豐原一家三口命案、五百萬元詐騙案到手機維修店縱火案，這裡頭存在不少「標準化」的犯罪手法。比方在寶石利達社區裡，也曾懸掛假車牌來躲避追蹤。最耐人尋味的是，從三口命案到五百萬元詐騙、手機維修店縱火，都留下了指向紫陽萬靈聖道會的相關線索，而且似乎擔心辦案人員會錯過，這些線索還設置得特別顯眼。

接下來天南星開始研究「紫陽萬靈聖道會」與「紫玉聖宮」的鬥毆糾紛案件。仔細分析案情後，他開始有種撥雲見日的感覺。無須藉助神略，光用肉眼在蒐證照片中就能發現，鬥毆現場中出現的廂型車，至少有一輛曾出現在寶石利達。雖然車牌不同，但它的輪框改裝成黑色螺旋扇形款式，跟標配的五爪鋁圈差異很明顯。

根據參與者的口供，紫陽萬靈聖道會跟紫玉聖宮在早期是有些淵源的。紫玉聖宮本是一個小型地方神壇，在民國八〇年代由黃拌池所主持，九〇年代後買下附近土地，改建成中型宮廟，並由其子黃奕然接手。由於廟方也承攬廟會、科儀等相關活動，需要大量廉價人力，於是他們也開始吸收少年中輟生，其中就包括莊慕龍。

紫陽萬靈聖道會的創辦人兼理事長張廣嶽，也曾是紫玉聖宮的董事之一。但他跟黃奕然的經營理念不同而交惡，他更傾向正規的企業經營方式，而非黃所堅持的拉幫結派路線。九九年張廣嶽卸任紫玉聖宮董事，並在一〇一年成立紫陽萬靈聖道會，主打為上班族設計的身心靈療癒與網路課程，讓聖道會的規模迅速超越了紫玉聖宮。

但黃奕然對張廣嶽宿怨已久，將其「另創門派」視為對聖宮的背叛。當時有兩名與張廣嶽交好的宮廟幹部也前往聖道會任職，並帶走了數名固定捐款信徒，這讓黃奕然更是恨得牙癢癢的，常對信徒宣傳聖道會是天理難容的「萬惡邪教」，聖宮弟子必須替天行道。

回到兩方鬥毆案本身。一〇二年十一月九日，紫陽萬靈聖道會總部在臺灣大道三段上風光開幕，並舉辦迎賓茶會。而當時從沙鹿出完陣頭返回的紫玉聖宮車隊，也「恰好」在旁邊的便利商店停車休息。然後看到前董事在隔壁開幕致詞，一夥人便決定過去道賀恭喜。

由於紫玉聖宮的弟子們，在祝賀時用上了過多的「嘲諷」、「挑釁」言詞，加上雙方人員多次「不經意」的身體碰撞，於是雙方從肢體衝突升級成各種法器的多人械鬥。十分鐘後，警方的快打部隊到場鎮壓，事態才平息下來。之後雙方有動手的人全被帶進第六分局製作筆錄。

儘管被帶進警局裡，雙方人馬還是不斷地怒罵叫囂，所以警方不得不將兩邊人馬隔開，雙方勢力涇渭分明。但在四十多張的蒐證照片裡，天南星還是發現一個特殊狀況：有一名身穿黃色ＰＯＬＯ衫與紫色領巾的中年男子，身上的衣服被撕裂了好幾處口子，臉上的傷勢也比旁人來得嚴重，但他卻窩身在紫玉聖宮那方的人馬中！

天南星的心中登時有了想法。為了掌握證據，他還是把相關資料與擬好的問題，發送給支援偵查員，讓他們完成手邊的任務後，繼續前往聖道會、紫玉聖宮與當初處理此案的警員處製作口供。

接下來天南星讓神略系統根據紫玉聖宮的金流紀錄與使用車輛，在全國民刑事案件資料庫中進行探勘，很快地他就獲得了一個新的調查方向。主掌紫玉聖宮的黃家，三代都從事殯葬業，而黃奕然開設的「祈福園」網站上，有一條加亮閃爍的營業項目引起了他的注意：「本公司承辦命案現場等特殊清潔服務」。

正當他回溯豐原一家三口命案的細節時，神略忽然又來了條新通知。一時間，過量的資訊一股腦兒地倒了進來，天南星覺得腦袋快爆炸了。

●

楊柏凜的身體狀況本來就不好，這幾天不分晝夜地陪在病榻旁，體力消耗得更大，照顧者反而比被照顧者更疲憊不堪。還好楊穎露的槍傷恢復得不錯，可以用助行器下床走路，氣色也愈來愈好。於是她今早便催著父親回臺北好好休息，自己則把筆電搬上病床，繼續鑽研主案內容。

「哎唷，我們的女神探還是這麼用功，真凶要嚇到皮皮挫了。」冷不防地，門口傳來熟悉的打趣口音。楊穎露聞聲看去，李劍翔正坐在輪椅上，讓護理師推了進來。

「你可以出來了？」她又驚又喜地挪動身子到床尾。原本下意識地想拍拍他的肩膀，但看到他渾身貼滿繃帶、打著石膏，深怕一個不小心拍中傷處，只好朝他揮了揮手。

李劍翔俏皮地指了指自己的頭。「妳可以拍這裡，我全身上下就剩這裡沒中槍，護理師都叫我機器戰警。」

「不要，都幾天沒洗頭了。」楊穎露拒絕。雖然老李看起來精神還不錯，不過臉色仍蒼白憔悴，時不時還因某處突然疼得厲害而表情扭曲。她擔心地問：「昨天下午我才進加護病房看你，還一直在昏睡著，怎麼今天就能轉普通病房了？」

「狀況都很穩定，差不多了。我底子好，中槍經驗也挺豐富呢。」李劍翔自我解嘲道：「醫生讓我休養兩天，就要安排復健了，苦日子才要開始哩。怎麼樣，神略那邊有沒有什麼新進度？」

楊穎露將天南星接手處理最後兩個輔案，以及保一總隊從旁協助的事扼要地說了，而最新情報則來自於神略的新發現。

「豐原一家三口命案裡，不是一直懷疑男主人汪海彬在外頭有個小三嗎？自稱是盧婉華還跟他聯手製造假車禍那個女的。神略似乎找出她的真實身分了。」楊穎露點開筆電上的檔案，將螢幕轉朝李劍翔。

先前走訪寶石利達社區時，天南星就讓神略根據監視器畫面與「曼莉」、「孟黎」等諧音，在國內的女性失蹤人口資料庫中進行比對，但卻始終沒有結果。之後他重新審視當時與總幹事的對話內容，提到這位女子帶中國口音，於是靈機一動，由神略提出查詢國安局資料庫的申請。果然很快就找到相符的人物。

蒙麗，一九八七年生，福建省福州市人。二〇一五年三月參加一條龍環島旅行團，在臺中市脫團失聯。她的身分有些敏感，曾在二〇一〇年加入公安民警，但在來臺半年前解職。國內的情報單位懷疑她來臺身負特別任務，但迄今仍未掌握其下落。

李劍翔反覆審閱著蒙麗的檔案，思考片刻後，說道：「我想，被推入方陣的廢車粉碎機裡面的，其實就是她吧。」

「咦，你也猜到了？」

「這還要用猜的？本來以為是莊慕龍的自殺案，但他還能活蹦亂跳地追殺我們，所以掉進粉碎機裡的另有他人。目前還下落不明、而且是女性身分，也就只剩下這位蒙麗了。」

「喔……。」楊穎露不敢讓他知道，自己可是花了些功夫才想通個中環節，還得意地找天南星討論一番，不過他也似乎早發現這點了。

「這招確實挺高明的。用一個人的假死抹除兩個人的身分，還解決棄屍的問題。看來這個莊慕龍，真的是千霖集團想用來解決各路麻煩的棋子啊。」李劍翔感慨地說道。

在病房裡悶了這麼多天，楊穎露好不容易有個能談天的對象，正想多討論些案情細節時，看護卻出聲提醒：「先回房吧，醫生說你今天要多休息。」

不到五分鐘的談話，似乎就抽乾了李劍翔全身的能量，使他疲態畢露。但在被推往隔壁的單人病房前，他還不忘朝楊穎露眨了眨眼，說：「……對了，下午兩點一定要把我叫醒，因為有場超級直播秀，千萬不能錯過。我可是為了這場大戲才拚了老命，拜託醫師把我轉出ＩＣＵ的。要記得啊！」

楊穎露不知道老李的葫蘆裡又在賣什麼藥了，但這番充滿懸念的預告，倒是成了她住院的這幾天來，滿心期待的時刻了。

●

兩名偵查員走訪卓映辰一家。前一天已由天南星先打過招呼，因此卓映辰特地排休在家等待。手機維修店被燒毀後，出於減輕債務與人身安全等考量，夫妻倆決定把潭子的公寓賣了，但六百多萬的交易所得，在扣除貸款與店面房損後，能動用的金額剩不到二十萬。卓映辰一時間走投無路，也只能聽從老婆建議，先投靠南投娘家了。

詹家兩老住在一棟舊社區大樓，三房二廳的格局已不太寬裕，現在又多擠了一家三口，生活空間更顯侷促。早前因為卓映辰的孤寒背景，兩老本來就不待見這女婿，之後又平白惹出了這麼多事，連累女兒、金孫跟著受苦，平日的臉色自然不會太好。但一家子寄人籬下，卓映辰也只能咬牙苦撐。他之所以選擇開多元計程車，圖的也是想多往外頭跑，少待在家裡受氣。

「你們是警察？那太好了，趕快幫幫那個被騙的笨蛋，把五百萬拿回來呀！」兩名偵查員一表明身分，來應門的詹老太太就不留情面地這般說著，讓現場的氣氛萬分尷尬。

偵查員們偷眼看著坐在客廳小凳上的卓映辰。儘管是第一次見面，但細數他這一年多來的遭遇，也能理解他活得很不容易。生命裡的重大波折接連而來，把他摧殘得有些過頭。他總像個小媳婦般彎著腰、低下頭，表情木然。

偵查員用偵查不公開的理由，先把岳父母們給支開了，雖然他們也知道兩老可能躲在牆角處偷聽。

「上回跟卓先生提過，有個新單位重新調查令姊一家的案子。」

卓映辰點了點頭。

「你提供的ＬＩＮＥ帳號很有幫助，雖然是用預付卡申請的，不過我們還是從４Ｇ連線紀錄找到這個人了。」

「你們真的找到了？」卓映辰的眼中迸發出一絲光采。這或許是一年多來他難得聽見的好消息。

「是，我們找到跟你描述相符的人。如果明天上午有空的話，可以過來指認並做個筆錄。」

卓映辰心中一陣激動，連連點頭應允。總算有人願意相信他並深入調查，他感覺大姊一家命案的關鍵就在其中。只是他一想到自身再次曝光的可能後果，心中又猶豫不已。

偵查員說道：「你不必擔心，這次我們會特別安排有單面鏡的偵訊室，你在隔壁單間指認的時候，對方是完全看不到你的。」

「所以……這個人就是紫陽萬靈聖道會的教徒吧？是不是這個邪教在背後搞出這一切的？」不知為何，卓映辰仍很執著聖道會在全案中所扮演的角色。

「我們還在釐清紫陽跟案子的關係，這部分無可奉告。」偵查員說。

雖然他們昨天才走訪過紫玉聖宮，將兩邊的恩怨情仇研究得差不多，也知道他們一直以來，故意把幾個生面孔的弟子送進紫陽萬靈聖道會當「臥底」，尋找合適機會來破壞其形象與聲譽。但在掌握更多證據前，這些都不適合向外人道明，尤其是被害者家屬。

只是卓映辰並不明白其中道理，臉上再次被慣常的失望神色所覆蓋。他始終認為，是紫陽萬靈聖道會一手遮天，這些新單位再次展開調查，只不過是幕後元凶想栽贓給這個什麼……紫玉聖宮的。但隔天一早，他還是前往第二分局報到，畢竟只要有機會幫大姊翻案，哪怕希望再渺茫，他都要全力以赴。

他在第二分局的偵訊室裡，果然看到了當初詐騙他的「述空」，他怒火中燒、心緒沸騰，要不是有單面鏡隔著，他應該會衝上前狠揍對方一頓，這一年多來他被害得有多慘！

調查員並未說明，是怎麼找到「述空」，其實他是在北投分局投案的。由於當時的專案小組成員幾乎都轉調其他單位了，於是趙科長居中運作下，這案子便由神略小組接手。

而逑空之所以投案，是因為莊慕龍殺警案鬧得很大，警方擺出追查到底的架勢。趙科長故意將此案與豐原一家三口命案連結的風聲，也在內部傳開了。原本是希望能逼得脖子有鬼頭刺青的知情者現身，但出乎眾人意料的，居然是那位詐騙分案裡的小角色「逑空」主動來投案。

逑空的真正身分，是綽號「幫浦」的張綱維，四十五歲，臺南人。通訊工程背景，曾待過民間電信公司，因為玩期貨賠很多錢，嫌死薪水賺得慢，於是在二十二歲時被朋友找去搞電話詐騙。一開始只提供線路技術服務，但之後自己下海操盤，領導成員們拚業績。

因為有這樣的特殊專長，所以幫浦很快地被吸收到大幫派裡，先是從事東南亞海外電信詐騙，協助網路機房建置，出師之後再拉起自己的小組，遠赴巴拉圭、北馬其頓等地。但他的賊運不佳，出國五次被抓四次，最後一次險些被送往中國審判，於是他決定金盆洗手。

之後幫浦經朋友介紹，開始跟紫玉聖宮有往來。因為是圈內新面孔，所以被送去紫陽聖道會臥底伺機搞破壞。之後幫浦碰到卓映辰上門找線索，他覺得是一石二鳥的良機，可以破壞紫陽名聲兼且弄些外快，於是也沒先跟紫玉聖宮打招呼，就直接重操舊業。

「那個脖子上有鬼頭刺青的人是誰？八月六日那晚，他也在案發現場嗎？」偵查員詢問道。

幫浦點點頭，大方回道：「那個人哦，叫翔仔，是祈福園的人，毀屍滅跡滅證都幹。那天晚上他也確實在現場，負責清理跟關後門的。」

「他真名叫什麼？」

幫浦的眼神閃爍，扁了扁嘴。「這個哦，之後再跟你們說。他沒前科，你們在檔案裡查不到啦。」

「他人現在在哪？」

「不知道，連絡不上。可能躲在南部，還是出國深造了。」

「也可能被人間蒸發了，對不對？」

幫浦的臉色微變。其實，這幾天他一直想連絡翔仔，卻怎麼都找不到人，他懷疑翔仔已被滅口了。前幾天，他走在路邊險些被一輛廂型車撞上，那輛車的外觀跟紫玉聖宮常出動的任務車一模一樣，他擔心會成為下一個被滅口的對象，所以才決定主動投案。

偵查員繼續試探：「你知道什麼就全講出來，不要像擠牙膏一樣，問到哪講到哪。要是千霖還是紫玉聖宮知道你投案了，還提供很多情報，不知道會怎麼想呢？」

偵查員研判，當初向卓映辰詐五百萬這件事，或許不是紫玉聖宮讓他做的，不然他也不至於錢一到手，就立刻躲到北部去。現在若重提舊事，恐怕會讓很多人不開心。

「……大哥，不用這樣啦，談個條件行不行？說實在的，我提供的情報可寶貴了，驚爆內幕那種，你們絕對賺到好嘛。」幫浦那狡詐的小眼睛再次閃動著。

「你現在跟我們講的，還不都是聽來的，值得了十塊錢嗎？有什麼寶貴的，你先預告一下，我們再看看怎麼跟老闆報告。」偵查員故意擠兌他。

「喔，這情報只有裡面的人知道，你們怎麼查都查不到啦。」幫浦發揮老王賣瓜的本事，積極地遊說道：「紫玉聖宮大老闆黃奕然，他的主業是殯葬業，也承包那種命案現場清理的案子，但你們肯定不知道，他暗地裡幫忙毀屍滅跡多少次了吧？為什麼千霖集團跟他合作，還不是他們也有這種需求，嗯？還有啊，翔仔的手機也在我手上，光這條就保證你們回本了。」

天南星隔著監控系統觀看偵訊過程。看到這裡他也明白，幫浦的策略很簡單，就是先設法把紫玉聖宮跟千霖這兩個始作俑者給弄死後，才有可能確保自身安全，同時還可以免除罪刑，確實是一舉兩得。不過大致來說，這跟他們的方向是一致的，或許真有合作的可能。

「那你想要什麼條件？」偵查員問。

幫浦答道：「條件真的沒什麼啦。我想轉汙點證人，詐騙案跟湮滅證據這兩條要給我豁免，其他小打小鬧的案子，你們愛怎麼判都行。那個五百萬我早就花光光了，要我賠也賠不出來啊。」

雖然是因詐欺罪來投案的，但他卻要求不能用這罪名辦他？看到對方機關算盡的模樣，偵查員冷笑以對，不置可否。

「你們就答應他吧，我不計較那五百萬。反正這筆錢，本來也是為了幫我大姊的案子找線索用的。」卓映辰向偵查員說道。

偵查員回道：「我們會轉達你的意見，但決定權在長官身上，幫浦這人講的話能不能信，也還要再確認。」

接下來天南星將幫浦提出的交換條件回報上去。趙科長蹙眉道：「明天下午咱們不是要出動了嗎？到時應該會有讓千霖集團一刀斃命的證據，紫玉聖宮那邊肯定脫不了關係，我們也未必需要這個傢伙的幫忙。」

但檢察總長則持反對意見。「我覺得審慎一點兒準沒錯，人證物證從不嫌多，光靠單一證據，未必就能扳倒鄭沃霖。我們手邊能用的籌碼，哪怕再小再少，一個都別放過。」

於是警方決定先讓幫浦在看守所裡待一天，等明天行動後再看情況。簡而言之，若是明天的行動不順利，那麼幫浦的身價必然水漲船高，轉當汙點證人的機率大增，但這麼一來，卓映辰被詐騙的公道恐怕是討不回來了。

天南星看著被暫時保管的幫浦手機，又再看向監控畫面裡洋洋自得的幫浦本人，心中突然湧起一股行俠仗義的衝動。

「卓先生，感謝你的配合，在這裡簽個名就可以離開了。」當偵查員們把嫌犯指認筆錄拿給卓映辰簽名時，像是不經意地提起：「……對了，還有一件事。你聽過白爛薯條嗎？是個拍片的網紅。」

「嗯……哦，我知道，我兒子看過他的頻道。」

偵查員仔細注視著他的表情變化。「那上個月，他的南港工作室被燒了，新聞鬧得很大，你也應該知道吧？」

卓映辰點了點頭。

「那天，你人有在南港嗎？」

面對著偵查員的銳利目光。卓映辰突然有些心虛起來，不知該怎麼回答才好。

十五、李劍翔：搜索與入侵

下午兩點，醞釀近二週的重頭戲登場！

豐原滅門慘案過後的一個月，高燦星就急著尋找新的租屋處。根據神略監控的網路紀錄發現，他尋屋的條件都頗為一致，也就是寶石利達的翻版：坪數約四十至五十坪、五樓以上的樓層、有二十四小時保全服務以及嚴禁外車進入的停車場等。

最後他選定了位於西屯區青海路上的「晴耕雨讀」住辦混合大樓。這棟大樓共十六層，八至十四樓都是住家專屬樓層，高燦星租下的是第十層B室。由於該室已空置一個多月，因此他與房東一簽完約，立即付清半年房租，隔天就開始動工布置，而千霖集團所屬的千盾保全也趕來安裝警報系統。

確認地點之後，保一總隊出動兩組人馬，在附近民宅與車輛內，對該室進行二十四小時監控。高燦星大概每週會來一至兩次，多半選在凌晨時分，待個半小時左右便離開。大多數時候只有他隻身前來，只有一次多帶了兩名男女職員。但就在三天前的午夜時分，探員們發現高燦星載運了許多搬家用紙箱到公寓裡，接連兩天都是中午一點後過來，而且一待就是大半天。

現場指揮官研判，高燦星正在著手打包大量物品，準備轉移到其他地方，但也不排除銷贓滅跡的可能。如果要抓人抓贓，此刻就是最佳時機。於是他立刻回報隊上。

負責此案的杜姓檢察官在隔天一早便向法院申請搜索票，並於今日下午兩點，率領三輛休旅式偵防車，一行共十二人，浩浩蕩蕩地開赴晴耕雨讀大樓，要搜索十樓B室。同時警方也連絡一間中部的搬家公司，要求他們三點後出車前往支援。

這就是李劍翔所預告的「超級直播秀」了。當然檢警的現場行動不可能開放媒體跟拍，而是靠隨行的錄影採證人員來傳送影音訊號，臺北方面自然也有高層長官在同步監看著。

李、楊兩人並肩坐在病房內的會客小桌前，透過電視機緊盯著事態發展。雖然這是他們的案件，理應在現場指揮的，此刻卻只能看著轉播畫面，心中不無遺憾。

「所以趙科長他們大概知道，房間裡頭有什麼了?已經認為整間都是罪證，所以也安排搬家公司來打包嗎?」楊穎露好奇地問道。

睡過午覺後，李劍翔的氣色好了些。他笑道：「我看，妳也應該猜得到是什麼了吧?我在想，待會看到的證物數量，應該會讓人挺震驚的。」

「不過這既然會牽涉到警界醜聞，不可能讓媒體知道吧?」

「肯定要低調快速擺平的。」

隨著杜檢率隊進入大樓，兩人的注意力回到電視機上。他們一直以為，這頂多是場一小時的搜索行動，而且檢警將取得一刀斃命的證據，千霖集團很快就要認栽了。只是他們作夢也想不到，他們即將目睹一場將近五小時的災難級挫敗，之後還被列為警界教材的「晴耕雨讀大樓搜索事件」。

考慮到日後在法庭上，將會跟千霖律師團進行漫長的法律攻防戰，因此檢察總長要求每個環節都必須嚴格遵照法規來進行，將對手見縫插針的機率降至最低。也因此，杜檢在率隊抵達前，就先通知租屋人高燦星到場。他預期對方會拒絕配合，於是也帶齊了破門工具。

杜檢是搜索老手了，他一走進大樓，就立刻分派人手封鎖現場，包括電梯、安全梯、中控臺與停車場等。出乎他意料的是，這棟大樓的保全人員，居然全給千盾接手了，而且他們表示電梯全都在檢修中，顯然是想給檢警一個下馬威。

杜檢冷笑道：「四部電梯同時都不能用？你們就愛出這種奧步是吧？我告訴你們，不用心存僥倖，今天不要說十樓，就算是三十樓，我們照樣爬上去。」

他吩咐兩名刑警把守中控臺，取得十樓安全門的鑰匙，並馬上連絡電梯維修人員到場。接著帶領六人，二話不說爬樓梯上十樓。當一行人氣喘噓噓地爬完最後一階、開了安全門的鎖頭後，卻發現門推不開！杜檢立刻打電話給高燦星讓他來開門，但他卻推說那道門鎖故障了，本來就無法開啟。

其他人去測試其他樓層的安全門，都可從內外輕鬆打開。「管他們奧步再多，我們一律兵來將擋、水來土淹！」火氣漸升的杜檢，命人用撬棍跟剪切鉗伺候。十多分鐘後，破壞了安全門的鎖舌，總算來到了十樓的廊道上。而高燦星跟四名保全、兩名律師站在B室前恭候多時。

杜檢冷冷地朝對方人馬掃視一眼。只見那四名保全全副武裝，穿戴防彈背心、防彈頭盔，皮帶上還掛了警棍、電擊棒與防狼噴霧。四人如門神般，勾緊彼此手臂站在B室門前，擺明要築人牆阻擋。看來今天有場硬仗要打。

杜檢向高燦星出示搜索令，兩名律師立刻上前，隨意檢視一番後來個雞蛋裡挑骨頭，列舉案由不明確、搜索範圍有疑慮、法官僅蓋章沒簽名等等缺失，要求將搜索行動改期。杜檢懶得跟他們浪費脣舌，依法宣告屋主的權利後，要求入內展開搜索，但高燦星一言不發也不肯開門，一副頑抗到底的模樣。

眼看公權力受到挑戰，杜檢立即要求六名員警排除障礙。當六人上前要拉開那四名保全時，保全們怒目相對僵持片刻，忽然整齊劃一地盤腿坐在地上，來個寸步不讓。

李劍翔看到這兒，也開始為杜檢感到頭痛了。這些傢伙當然不怕警察用槍恫嚇，唯一的解決手段，是將他們當成現行犯上銬帶走。但杜檢的人手顯然不足。

果然，杜檢當場宣告這四名保全觸犯妨害公務罪，要求在場警察準備施行拘捕。他打算使出對付抗議靜坐的招數，安排五名警員抬離一名保全，然後用手銬來限制行動。

「搜索票的效期到明天中午，杜檢是否明早再來？我們一定全力配合。」律師一臉誠懇地建議道。

杜檢冷笑道：「明早來？我看晚上你們就搬空了吧？你們擋著有什麼用？我們今天不進去就不收隊，別說今天了，三天、五天我都跟你們耗著，我就不相信這房子會長腿跑了。」

接著他下達破門命令。兩名律師隨即要求保全們不要反抗，接著走到了人牆最前邊，也手勾著手盤腿坐下。警員們一擁上前，從律師開始進行抬離行動。好不容易抬到第三名保全時，大樓空調的風切聲突然停了，走廊上的照明燈也跟著熄滅。

停電？杜檢馬上用無線電詢問把守中控臺的警員，對方無奈答道：「杜檢，電梯檢修人員說是電源被關掉，但他們要復電時，整棟大樓的電力突然都中斷了。」

「監視器呢？」

「全都斷了。備用電力也沒運轉。」

杜檢氣極反笑：「好啊，我倒是要看看他們還有哪些招數。你留在中控臺，然後其他人都拉上來。」接著他擔心高燦星從內搞鬼，拿起手機打給在對邊大樓監控的偵查員：「你們那邊有動靜嗎？」

「B室的窗簾都拉上了，這邊什麼都看不到。」

「好好盯著。聽說千盾保全都是找特種部隊退伍的，要是有哪個大膽的想來個垂降攀岩進屋的，馬上開槍不用客氣。」杜檢故意大聲說道。

不過高燦星此時想啟用的，卻是人海戰術。樓梯間響起一片整齊腳步聲，杜檢等人以為是本地支援來了，沒想到迎面而來的，居然是十多名裝備齊全的千盾保全人員。他們排成一長列，徑直走到B室門前，在僅剩最後一名的保全員旁勾起手坐下，重新築起三道人牆。

才氣喘吁吁地把兩名律師與三名保全「搬到」一旁拘束起來的警員們，看到眼前這大陣仗，全都傻眼了。

遠在臺北的署長也得知狀況，緊急出動了兩輛警備車，載運共八十名裝備齊全的保一隊員南下。同時他也要求臺中勤務中心出動快打部隊支援，但卻遭到消極應對。中心回報，快打部隊已派往南區的苑霖營造廠，應付移工的鬥毆事件……這間營造廠也是千霖集團的子公司之一，一聽就知道這裡頭有什麼蹊蹺了。於是署長再親自致電各分局局長，要求派出所有非值勤人員，趕往晴耕雨讀大樓。

搜索行動已過去一個多小時。楊穎露從警以來，還沒碰過這種抗拒搜索的狀況，緊張地追看直播畫面。倒是嚷著要看大戲的李劍翔，已經體力不支而睡著了。

此時大臺中各區、甚至部分彰化、南投的千盾保全員，幾乎已全數動員奔赴現場。更誇張的是，不論是開車或騎摩托車來的，每個人全都把車輛直接扔在大樓前的馬路上，橫停、直停甚至斜停全都來，於是城市動脈之一的四線道青海路，隨即給癱瘓了一半。

十多分鐘後，各分局的人馬才姍姍來遲，但他們大部分與千盾人馬在騎樓與大廳相互對峙。因為通往十樓的各層樓梯已給各式路障占滿了，保全員們動用手邊能找到的東西，桌椅、盆栽甚至是自身，強占各樓樓梯來阻擋通行。

兵家必爭的十樓又再上去了四十多名保全員，長廊裡的空氣混濁得快讓人窒息，而B室門口層層築起五道人牆，已經貼到了對邊牆面上，杜檢等人在廊道上已無立足之地。接著他們開始有意無意地往前推擠，想把檢察官等人「推回」樓梯間去。這下子形勢逆轉了，只剩十二人的檢警方反成了弱勢，必須也互相勾起手臂來抵抗壓力。

四點半，雙方展開第一波肢體衝突。有保全險些將警員推下樓道，警員抽出警棍反擊，對方也趁機亂噴防狼噴霧，想逼使警方退出十樓。混亂中，杜檢的眼鏡被打飛了，同時被嗆得涕泗橫流，狼狽不堪。此刻八名中區刑警排除萬難地攻上十樓支援，檢警們總算反攻回到廊道。

「一步都不准退！」兩邊高層都下達了同樣的軍令。對檢警來說，退出十樓，就是給千霖銷贓滅跡的良機；對高燦星來說，讓檢警進入B室，就是敲響千霖的喪鐘。兩邊都有死守不退的理由。

五點過後，千霖集團動員了所有男女職員前往助陣。他們同樣豪邁地把大路當停車場，青海路已全線癱瘓，整座城市的交通大亂，下班車潮堵在路上動彈不得。遠從桃園前來支援的警備車，距離目的地還有四公里，同樣陷在車陣寸步難行。帶隊官不得不要求隊員們下車整隊，朝大樓快跑前進。

五點半，晴耕雨讀的大廳已擠得水泄不通，並有領頭者背起擴音器，帶著群眾齊聲高喊：「警察濫權違法搜索」、「公民抗命拒絕警暴」等口號。保一大部隊此時抵達現場，開始第一次舉牌警告，要求非法集會立刻解散，同時安排公私立拖吊業者到場，要清空已擠滿周邊道路的上百輛違停汽機車。

此時各大媒體記者也都聞風而來，對著帶隊官劈頭就問：「請問這次搜索行動跟警界醜聞有關嗎？」顯然千霖也故意放大傳言，希望警方因投鼠忌器，最終知難而退。但一場單純的搜索行動卻演變成示威暴動，這已經不是某方退讓就能擺平的事。

五點四十五分，眼看再次警告無效，帶隊官決定進行驅離，不料大廳與十樓同時引發新一波的衝突，群眾高呼口號，用身體向警員推擠，試圖將他們趕離原位。這回十樓的檢警全被推進樓梯間，險些要開槍示警，最後在一陣推擠反擊後，總算又勉強回到原位。但在一片兵荒馬亂中，沒人注意到高燦星已悄悄消失了。

「沒有用的，今天我們不進去，絕不離開。夜間照樣搜索！誰阻擋我們的，我們全部蒐證，該負刑責的一個都跑不掉。」杜檢忿忿地高喊著，但隨即給群眾的鼓譟淹沒。

六點過後，大樓已陷入一片黑暗，擁擠悶熱且充斥嗆人氣味的長廊上，只剩下此起彼落的手機螢幕亮光。忽然間，所有的保全員一起用力跺腳、大聲狂呼口號，樓層地板也跟著共振，聲勢十分嚇人。但在驚天動地的鼓譟音浪中，杜檢還是聽到某處隱隱傳來沉悶巨響，同時腳下也感受到頻率不同的震動。

「怎麼了?怎麼回事?」杜檢透過無線電詢問，但負責觀測B室周邊的警員都紛紛回報無異狀。

「不對，一定有什麼事發生了！」杜檢仍直覺有異。但是眼前站滿了千盾的人，根本就不可能靠近B室半步。也許一開始高燦星想用人海戰術把屋裡罪證給偷偷弄出來，但在這樣的對峙態勢下，他根本做不到，所有出口都在警方的監視下……

保全員們的口號足足喊了三分多鐘才停下來。此時，杜檢也清楚地聞到一股燒焦味，向其他警員確認後，他心中暗叫不好。對街的監控人員也回報：「從窗戶這邊看過去，有火光閃動，有人進去了。」

杜檢心中大急，朝廊道上硬擠，對著保全員們大喊：「讓開！誰不讓開我辦誰。讓開！」

他沒料到，這次的警告居然生效了。擠滿長廊的保全員們，突然聽話地列隊開始往樓梯下走，不到幾分鐘全走得乾乾淨淨，十多名警員的壓力瞬間解除，但詭異的狀況讓他們不安地面面相覷。

杜檢快步趕到B室前，白鐵柵門後方的橡木門，已經開始有些變形了，隱約聽得見「嗶嗶剝剝」的火炙聲，下方門縫也不斷有帶著火星的濃黑煙霧飄出。

杜檢長嘆一聲。「撤吧，都撤吧。」

「可是杜檢，我們……。」跟著他南下的偵查員大驚，想再確認命令時，杜檢搖頭阻止了他。

「來不及了，快點撤吧，所有人立刻下樓。通知消防隊，把整棟大樓的人都撤出去。」

一行人如敗戰的將士們，失落地帶著被上銬的幾名律師、保全員往樓下走。杜檢走在最後頭，臨下樓前，他向B室投去憤恨不甘的一瞥。這或許是他的檢察官生涯中，最為灰頭土臉的一次行動了。

三分鐘後，木門被從中燒穿了一個裂縫，接著大量的新鮮空氣灌入，一團巨大的火球轟然衝破了兩道門，一路噴發出電梯前的公共空間，越過手工雕花欄杆的後陽臺，在離地三十公尺的大樓外牆處狂暴地綻放開來，也瞬間照亮了整座城市的半邊夜空。

●

醫院的頂樓有一座迷你雅致的空中花園。極目望去，包括錯落有致的城市天際線、險峻危崖的鳶嘴山與橫嶺山。而眾所公認最美麗的風景，則是位於西側的落日視角。因此晚餐前的一個小時，此處向來是病友們透氣放風的最佳景點。

晴耕雨讀搜索事件後的某日下午五時許，天南星總算將蒐證照片與高燦星等筆錄都整理出來。此時也正逢散步時分，楊穎露已無需助行器，自己推著點滴架上頂樓，李劍翔則讓看護推著輪椅過來會合。兩人挑了個能看見夕陽且有靠背的休息長椅並肩坐下。

「剛剛的復健把我搞得死去活來的，沒心情看文件了。妳幫忙說一下吧，昨天高燦星那傢伙是怎麼放的火？」李劍翔一臉倦容地問道。

楊穎露拿起平板電腦，在相簿裡搜尋一陣後，展示一張B室的蒐證照片。房內的所有物品、壁面被上千度的高溫灼烤了大半個小時，全都焦黑難辨。其中最突兀的，是客廳靠外牆角落的地板上，出現了一個約一公尺見方的洞口。

「高燦星趁著雙方對峙的時候，偷偷跑到九樓B室跟屋主談判。他用一間自家集團在十四期重劃區的高級公寓，以及現金五百萬的代價，把九樓B室的公寓跟裡面所有家具都買下來。十分鐘內簽完約，屋主拎個行李箱就直接搬家了。」

楊穎露邊看著筆錄邊說：「之後他找來兩名爆破小組退伍的保全，在天花板上安裝自製定向炸藥，然後把臥室裡的床墊全堆在下方地板，讓破碎建材落下時的聲音減至最低，同時要外邊的人踩腳呼號來幫忙掩蓋。之後他們炸塌樓板，從洞口爬上去縱火。」

為了避免被檢警識破詭計，高燦星在九樓廊道也塞滿千霖人員，這樣就算事跡敗露，他們仍趕不及救援。由於有人偷偷破壞大樓的消防系統，加上城市交通嚴重堵塞，消防隊在半小時後才展開滅火，但猛烈的火勢除了把九樓、十樓B室燒得面目全非外，十樓以上的三排樓層也全都跟著遭殃。

李劍翔翻看著蒐證照片，不禁嘖嘖稱奇：「這燒得也太嚴重了，是怎麼搞的？」

「汽油，跟咱們的老朋友，鋁熱劑。」楊穎露回道。

從蒐證照片中，依稀可見木製展示櫃與裡頭物品的殘餘部分，但都是一些平凡無奇的物事，如老舊的電鍋、髒汙的行李箱以及生鏽的菜刀等等。李劍翔看著這些東西，饒有興味地笑道：「這些東西，高燦星是怎麼解釋的？」

「他說自己喜歡蒐集一些老古董、舊東西，擺著欣賞心情好。」

若真如此，擺自個兒家裡也就算了，何必特地租間公寓來收藏，被搜索時又把場面搞得這麼大？只是知情的高層沒透露隻字片語，偵訊人員一時間也搞不清楚，這些日常用品到底有什麼特殊之處。

李劍翔埋頭翻找圖檔。楊穎露知道他想找什麼，報了個圖檔編號。果然，他很快地就看到了那把抗戰大刀。刀把上的纏繞布條已燒得精光，刀身燒鎔一小半，刃口也捲曲變形。上頭的髒汙血塊都消失了，露出部分燦亮刀身。他還注意到，大刀旁邊還躺著一把焦黑的弩弓、一支小型斧頭。

「妳覺得高燦星的這些寶貝是怎麼回事？」李劍翔問道。

楊穎露臉上浮現得意笑容。「躺在病床的這幾天，我連滑個手機都不太舒服，所以腦袋全用來想案情了。還真的給我想出答案了呢。」

除了自己的推理外，也有些是來自天南星的情報，以及被害者家屬卓映辰的紀錄。透過這些，她總算拼湊出可能的真相。

李劍翔似乎頗感意外，試探道：「那妳說說看吧，說得正確的話，有獎勵喔！」

「什麼獎勵？」

「我先賣個關子，但保證是妳最感興趣的。」

「從花蓮地檢署的那把大刀採樣報告上，我們可以知道，這刀被人掉包過了。有人精心仿造了同款式的證物，甚至連血汙、鏽斑都考慮進去。只是他失算的是，當年的證物保管並不嚴謹，原本按照規定要在五年後銷毀的結案證物，卻因為有長官認為這是歷史古物，所以被刻意保存下來了。」

楊穎露拿起平板，翻閱各張蒐證照片邊說道：「我原本以為，也許是這把大刀對某人有紀念意義，或者想蒐藏這類古董，才這樣偷天換日。但後來我聽說，整件事牽扯到警界醜聞，然後高燦星又像做賊似地到處換窩，甚至屋內的格局像個博物館……於是我上網搜尋一下，看到那些樣式跟汙點幾乎都一模一樣的證物時，我就全明白了。」

她指著照片上的那口綠色電鍋：「民國七十五年陳雲輝殺害岳父母分屍案，他將岳母的心臟放在電鍋裡烹煮。」

在照片上能指認出來的各種「居家用品」，還包括了民國七十九年井口真理子命案的中型十字弓、八十七年林清岳殺害雙親的菜刀、一〇二年韓岳霖殺害女房東並棄屍的黑色行李箱，以及二〇一六年林哲農砍殺伯父一家三口的斧頭……

「這些東西大部分給燒得支離破碎了，不然看這展示櫃的規模，數量應該會讓人很震撼吧……很不可思議，居然有人會特意蒐集這類物事，光用想的都覺得毛骨悚然。」

調閱警方資料庫可以發現，陳雲輝案裡的那口電鍋，早在民國八十一年時就按照規定銷毀了，由此可推知，最遲在當年便有人開始蒐藏各種涉案凶物了。但要把這些東西弄出來並不容易，除了得找到能進入贓證物庫且願意交易的公務人員外，還得花大錢找人做個仿製品。高燦星今年才三十五歲，肯定後面是有人指使的。

李劍翔贊同道：「這種興趣也太奇葩了。假如是真心喜愛的話，應該擺在自己家裡就近賞玩吧，也不至於老跑外頭租房子存放了。但我也想過，有人蒐集這些東西，或許還有另一種用意。」

「這些東西都跟命案有關，一般人避之唯恐不及了，還能有什麼用途？難不成可以用來招鬼、詛咒還是降靈什麼的嗎？」楊穎露半開玩笑道。

「企業拉攏警察的傳統手段，不外乎就是威脅利誘。但直接把一百萬元現金塞給對方，對方可能還不敢收。而若是採用某種看來無害的交易，比方說用極為相似的贗品，掉包即將銷毀的已結案證物，就能換得一百萬元現金，這樣可能很多人就會心動。但長期以往，這規模愈來愈大、企業掌握的把柄愈來愈多，就算高層知道之後，也可能會投鼠忌器，甚至還幫忙護短。這要比賄賂單一地區的警察還更為有效。」李劍翔分析道。

與其綁定流動性高的蝦兵蟹將，還不如用溫水煮青蛙的方式，來綁架整個體制！

「這……真的會這樣嗎？難怪署長要親自跳下來指揮。但他真的會想掩蓋這件事嗎？」楊穎露還真沒想過這種可能性，訝異地問道。

李劍翔聳肩道：「不好說。我覺得他是有決心的，但年代這麼久遠，就不知道會往上延燒到哪個層級了。」

楊穎露想到這交易早從民國八〇年代就開始了，當年掉包證物的小警員，現今又居於什麼樣的地位？整件事要是曝光的話，又會牽連多少人？想到這裡就讓人不寒而慄。

「好吧，接下來回到咱們的主案，豐原一家三口命案真相呢？」李劍翔問。

此時太陽已半落西山，金色餘暉自雲端灑落，為周遭景色套入一層復古濾鏡，讓人如置身在老電影畫面裡。楊穎露想了會兒說：「該從哪裡說起呢……那我從汪海彬開始說起好了。根據他同事的說法，他是去上海回來後，才一直往外跑，並跟前公安蒙麗走在一起。之後我們調查發現，兩人曾聯手布局，蒙麗故意被車撞上後，他再從後跟蹤高燦星。」

「由此我們可以推測，上海那邊有人希望他去找到某樣東西，而那東西屬於千霖集團的收藏，也就是某件命案的凶器或證物。為了找出千霖『展覽館』的位置，於是汪、蒙兩人才決定設局尾隨。」

李劍翔頷首贊同。之後警方重啟調查，從鄭沃霖的電子郵件中找到線索。原來高燦星曾為老闆自上海取得一個銅獅古印，那是發生在民國一〇二年的一起鬥毆命案凶器。一名上海的官二代因車輛擦撞糾紛，當街用古印打死了一名老百姓，之後雖鬧上法院，但仍花錢和解擺平，並找了個人頭來頂罪。

由於銅印是清朝古物，當時想在對岸開拓版圖的鄭沃霖聽聞此事後，打算故技重施來籠絡公安，於是讓高燦星買通了證物保管單位，將那顆古印用贗品換了出來。誰知五年後，其他派系想將官二代的父親拉下馬，於是在民間製造聲浪要求重新調查此案，這下保管單位慌了，急著想把銅獅古印給找回來，但千霖集團此時已退出中國市場，於是只好找上汪海彬來想辦法。

楊穎露繼續說：「汪海彬確認展覽館位於寶石利達社區後，便立刻安排蒙麗住進裡頭的公寓，方便就近觀察。汪海彬常趁上班時過去找她，設法找到展覽館的所在，並策劃如何把想要的東西拿出來。我想他上班時總這麼光明正大地往那邊跑，公司合夥人肯定也知情，但不敢跟警察明說，只好推說是外遇了。」

她點開平板上的另一份筆錄，用手指畫線其中一句：「卓映辰的筆錄裡有提到，卓映萱曾看到汪海彬的車後廂裡，有一個裝滿開鎖工具、手套、鐵撬的運動背包。很顯然地，當時汪海彬與蒙麗兩人，已經確定了展覽館的位置，而且研究過該怎麼侵入，並準備好相應工具了。」

「嗯，我也注意到裡頭還有咱們的老朋友，鋁粉、氧化鐵跟鎂帶，是用來組合鋁熱劑的。應該是暴力開鎖還是破窗用的。」李劍翔看著平板說道。

「沒錯。我猜他們順利入侵展覽館了，但應該也觸動了千盾警報。保全員，也可能是莊慕龍等人趕到現場。我們目前不知道兩方是否起了衝突，或是莊慕龍制服兩人後，擔心他們會洩密所以決定殺人滅口……。」

「應該是雙方起了意外衝突。不然不太可能會用那把大刀當武器，傷口太過特殊了。」李劍翔打斷道：「假如那把大刀也是跟花檢署一樣，掛在牆上做鎮邪用的，那麼雙方打鬥時被拿下來當武器，感覺合理多了。」

「好，那如老李你說的那樣，最後那把大刀插進汪海彬的胸腔，而蒙麗則是給制服了。接下來他們得設法清理現場，於是把汪海彬的屍體運到地下室，放到他自己的車裡頭。我猜蒙麗可能跟他們談了什麼條件，被迫冒著風險執行這個任務，應該也有人在後頭盯著。但出乎意料的是，當她開著汪海彬的車離開地下停車場後，突然被懷疑老公有外遇的卓映萱給當街攔了下來。」

接下來的脈絡就比較清楚了。由於卓映萱威脅要報警，蒙麗只好藉口要回她家談判，先穩住了她。之後兩車開回汪家，跟監的人也跟著應變，找出房子附近的監控死角。他們發現，汪家後門有大半區域的巷口監視器損壞，於是有人先進屋埋伏，心狠手辣的他們殺死了汪妍秀……

「不，從死因跟死亡時間來看，我比較傾向汪家小女兒是被控制起來，但因為氣喘發作來不及給藥而死亡的。我認為這也很可能是凶手決定將卓映萱一併殺害的重要原因。」

楊穎露默默在心中走了遍過場：蒙麗開著載有汪海彬屍體的車子，故意放慢速度朝汪家開，憤怒的卓映萱緊跟在後頭。與此同時，其他同夥可能躲在車上或跟蹤其後。等到兩車抵達，莊慕龍與同夥制服屋內的卓映萱與汪妍秀，原本想透過威脅、談判的方式來處理問題，但沒想到汪妍秀因為氣喘而死亡，於是他們決定一不做二不休，將卓映萱也殺害了。

他們行事的最高目標，就是不讓展覽館被曝光，因此炮製了妻子殺害丈夫的生硬劇情。他們擔心汪海彬身上的特殊刀痕會讓法醫起疑，於是試著用屋內的水果刀來製造傷口，之後為求保險起見，他們從汪海彬背包內的物品得到靈感，索性用鋁熱劑來澈底破壞屍身。

只是這作法違反常理。為了使其合理化，協助善後的人很可能是紫玉聖宮的臥底弟子，乾脆趁此栽贓給紫陽萬靈聖道會，在牆上寫了不知所云的經文、並將紫陽的經書、法器放到屋內。最後其他人從後門撤離，再安排一名偽裝義警的人員鎖上後門、縱火，但他們不希望火勢四處蔓延，把這件事鬧得太大無法收拾，所以還特地讓鄰居通知消防隊。

「以上是我的想法。老李你覺得如何？」楊穎露旋開保溫瓶，仰頭喝了一口養生茶，接著有些悵然地問：「只是我覺得，這案子的罪魁禍首，應該就是躲在幕後的千霖集團總裁鄭沃霖，說不定連掉包凶器這事，他父親那輩可能也涉入其中。但高燦星肯定會把責任全攬在自己或莊慕龍身上，始作俑者真的可以獲得制裁嗎？」

「妳分析得很好，我想跟真相不會差太遠。」李劍翔輕拍雙手給予鼓勵。「至於能不能定罪，那是檢察官的事了。看來，神略小組可以放心了，妳一個人也能獨撐大局。」

當時的楊穎露只以為這是稱讚，不曾想會有弦外之音。她得意笑道：「不錯吧，我也是很有刑警潛力的。不過，我的獎品呢？」

「獎品是另一個謎題的答案，妳一定感興趣。晚上七點換完藥後，換個外出服溜過來找我。帶妳去一個地方。」

十六、天南星：神略計畫

醫院的VIP病房管制嚴密，而且護理站正對著電梯口，當然不可能隨便讓患者溜出去。李、楊兩人也只能找理由向主治醫師請假兩小時，表示要到地下室咖啡廳坐坐。兩人一到大廳，立即跳上預約好的無障礙計程車。李劍翔朝司機報了一個市中心的地址。

楊穎露看著儀表板上的GPS路徑，憂心地問：「距離十二公里？到底要去哪兒呀，咱們十點前能趕回來嗎？」

「就找個老朋友聊聊。來回四十分鐘、聊個一小時出頭，我們回來後，還趕得上八點檔的明日預告哩。」李劍翔老神在在地回道。接著話鋒一轉，問：「妳覺得神略系統這玩意兒怎樣？有什麼想法？」

楊穎露偏著頭想了會兒，答道：「它很強大，不管是查案或翻案都很有幫助。不過啊……我們平時想調個手機通聯，都得要找檢察官向法官申請，流程跑個半天。可是有了神略，就好像在自己的電腦開個Word檔一樣方便，別說是通聯紀錄，就連銀行金流、網路定位甚至家裡附近的監視器畫面，幾分鐘內就全調出來了，完全沒把隱私權放眼裡，一整個無法無天了。這套系統要是落在有心人士的手裡，應該是大災難吧。」

她聳聳肩，下了結論：「所以你問我的想法嘛，我一直以為這就是個實驗性質的計畫，到此為止。不然神略強大到令人擔心，我看還是採用傳統辦案手段，比較不會有副作用。」

李劍翔不置可否地笑了笑。車行約二十分鐘後，抵達了指定地址。司機協助李劍翔下車並坐上輪椅，約定一小時後過來接他們。楊穎露幫忙推著輪椅前行，一邊打量著四周。此處是市中心的一條雙向道長巷，來往人車不若外圍大街頻繁，有些鬧中取靜的味道。

李劍翔看著門牌，指了指前方的一棟二層平房。這平房占地頗大，大概是鄰近四間透天厝的連棟規模。房外築起約一人高的矮牆，光是巷道這邊就有約三十步的長度。稍稍探頭看進牆內，這平房有個寬敞舒心的日式庭院，在這寸土寸金的市中心內，顯得太過奢侈。

「你這老朋友應該很有品味吧？」楊穎露說道。

李劍翔哈哈一笑。「會嗎？我覺得他品味不太好。其實這間是國有財產，情治機關把它當安全屋用，不然這位朋友大概會把這院子全改建成電腦機房吧。」

「電腦機房？」楊穎露狐疑道。李劍翔要她幫忙按下大門的對講機按鈕，當揚聲器有回應時，他大聲說道：「你好。李劍翔跟楊穎露來訪，想問問天南星在不在？」

楊穎露震驚地張嘴瞪眼。李劍翔得意地一笑，這正是他希望她拿到「獎品」時的最佳表情。

一分鐘後，一位穿著T恤與牛仔褲的年輕男子過來開了門。李、楊兩人饒有興味地瞅著他，忖度這位是不是天南星本尊，男子先開口招呼：「兩位，老師在裡面，往這邊走。」

楊穎露推著李劍翔的輪椅穿過前院。往主屋大廳有三道臺階，中央處架設了一塊木板斜坡，寬度剛好容輪椅推行。而那木板模樣看起來已有些年頭了。

領路的男子推開主屋大門，迎面而來的是一張八人座的會議桌與白板、投影機等各式設備，左方則是近二十坪的工作區域。占地最多的是兩組大型伺服器機箱，透過黑色玻璃箱體，可看到無數紅綠藍燈光在頻繁閃爍。牆上沒有任何裝飾，只掛了三臺大型電視機，其中一臺在播放國內新聞、一臺在做某個影片中的車輛影像分析，最後一臺則是如瀑布般地翻騰著一堆電腦數據。

機箱的前方設置了四組開放式電腦桌，桌上各有兩個大螢幕、無線電與網路電話。著便服的一男一女員工，頭戴著耳麥，專心致志地盯著螢幕上的各項數據，嘴裡時不時地向遠端發出指令。楊穎露注意到，他們的脖子上都掛著貼有大頭照的藍色證件。

「這些人也是警察？」她納悶地想著。此外她也注意到，室內飄盪著與醫院相同的獨特氣味，那種抗生素混合沙威隆洗劑的味道。

領路的男子朝他們比畫一下對外窗，點個頭後便告退，回到自己的電腦桌前投入工作。李、楊兩人的目光，隨即被靠窗那側的光景給吸引住了。那裡是個獨立工作空間，有一張設備齊全的病床，以及一架特製的大型電動輪椅。輪椅前方架著一臺電腦與兩支手機，周邊還有很多用途不明的接線，其中幾條甚至接到了輪椅裡那名年約四十多歲的男人身上。

那男人的頭顱不自然地歪斜在軟枕上，全身沒有絲毫動作，輪椅正慢慢地撥轉角度，但他拚命偏著頭，似乎盡了全力想先看清來客。滿是皺紋的臉上，浮現著痛苦、猙獰的表情，他奮力撐起嘴角，想給個近似笑容的回應。兩名警官也注意到，除了那雙犀利通透的雙眸外，他的身體缺乏了常人應有的生機與律動。

「是李劍翔與楊穎露警官吧！」下一瞬間，渾厚宏亮的招呼聲讓兩人都嚇了一跳。定睛一瞧，對方並沒開口，聲音是來自懸掛在輪椅外側的小型揚聲器。

「天南星，真的是你。」這嗓音讓楊穎露再熟悉不過，她隨即推著李劍翔走到對方的輪椅前相認。

兩人都很驚訝，從沒想過隔著螢幕談笑風生的伙伴，在現實中竟會是這副模樣。他們一直以為天南星應該是個開朗外向、二、三十歲的電腦宅男，對警務工作總有著過分的熱情與活力。親眼目睹這天壤之別的反差後，楊穎露心中百感交集。

「真沒想到，我們三人工作小組，原來有兩個是坐輪椅的呀。只是你比我們想像中的成熟多了。」李劍翔打趣道。

「是啊，真的被你的手機形象給騙了。我們一直以為你是個很厲害的……小屁孩之類的。」楊穎露附和道。

「A型魔羯座的特色，就是成熟穩重嘛。你們應該比較喜歡手機裡的那個Avatar（虛擬化身）吧，我這種盜版霍金的形象怎麼辦案啊？」接著他話鋒一轉，問：「你是怎麼找到我的？」

李劍翔面露得色。「上次我們在醫院遇襲時，你幫忙報了警，勤務中心那邊都有發話者的電話號碼紀錄。我假裝是快遞打來騙地址，不過你的同事都很機警，要我把東西放到這巷內的某輛車上。我馬上想起這是安全屋的慣用手段，於是再比對一下本地所有安全屋的處所，這不就找上門啦。」

天南星瞇起眼睛，做個微笑表情，揚聲器隨之傳來的爽朗笑聲顯得很突兀。「誰叫那時的情況太緊急，我大意了。難怪趙科長對你的評價那麼高。」

楊穎露好奇地趨前看了下天南星眼前的螢幕。上頭顯示一個由大量詞彙組合的球體，劃分成十多組區域，會隨著李劍翔的對話快速翻轉。每翻轉一次，就有數十組不等的方形快捷選項，彈現在球體四周。接著一個反白光標跟隨著天南星的視線，在各選項中飛快地閃滅，光標若停留在某個選項上，該組詞語就會從揚聲器發出字音，很有種未來科技的感覺。

李劍翔繼續說：「假如不是你及時警告，我跟小楊兩人恐怕連住院的機會都沒有了。我們是想來登門道謝，跟你吃個熱炒、喝個酒。但恐怕……。」

「其實天南星不是一個人，是一個團隊。這三位夥伴是來自偵九隊的，他們可以跟你們吃頓飯、喝杯酒。」

李、楊兩人沒接話，只是帶著遺憾的眼神看著他。天南星沉默片刻，幽幽回道：

「肌萎縮性脊髓側索硬化症，也就是俗稱的漸凍人。拖了五年多，現在就剩顆頭能勉強動動。我很羨慕手機裡的那個天南星，可比本尊靈活多了，能幫我多跑些地方、多交些朋友。」

楊穎露感受得到他對警察工作的憧憬，也有些理解為何他沒像趙科長吩咐的看緊他們，反而跟著四處跑外勤。

「我知道，你們特地找上門來，有很多問題想問。我們上二樓去談。」不過天南星並沒挪動輪椅，而是直接啟用了李劍翔手機上的視訊通話：「我來帶路吧！本尊說他很累了，而且比較習慣用這種方式跟你們聊天。」

李、楊兩人不捨地看了本尊一眼，接著朝屋內另一側走去。這平房裡設置了一個可容納四人的氣動式電梯，李劍翔的輪椅輕易地爬升到二樓，這裡的四個房間主要作為休息與庫房之用。手機裡的天南星直領著他們到外邊的陽臺，此處有個帶陽傘的休息座，能夠俯瞰庭院景色。

「你為什麼會想做這個神略系統？」楊穎露開口問道。

「因為吳朝淵。」

就是殺害她大哥楊振華的凶手！這讓她永世難忘、痛恨不已的名字，竟在此刻突兀地出現，她不禁愕然。「為什麼……那個人會跟神略……跟你有關？」她語氣顫抖地問著。

「我跟前妻生的女兒，那年剛上國中，她跟同學跑去西門町追星，然後就碰到了。從那以後，我就一直在想，這種悲劇有沒有可能靠科技手段解決？在各路朋友的幫忙下，神略慢慢有了雛形。」天南星以和緩的語氣說道。

日後他們才知道，天南星其實「成名」很早。他在高中時自學程式設計，撰寫出能透過網路散播、癱瘓電腦的病毒程式而聲名大噪。之後被電腦犯罪組抓獲，因其出色的電腦技術而受到組長賞識，讓他協助追緝其他駭客，成就了一段「戴罪立功」的佳話。

他在退伍後與朋友合資創立一家電腦資訊公司，並與同公司女職員結婚，生有一女。之後兩人離婚，女兒在吳朝淵隨機殺人事件中喪生，天南星陷入人生低潮。他為了尋找答案，不惜以身試法，駭入警方資料庫系統，想用自創的模型來分析吳朝淵的行凶動機。不到半個多月他便被循線逮獲，但在他提出「神略」的構想後，高層非常感興趣，反而開了個研究專案讓他的公司來投標。三年多後，神略系統展開試行，並與超級電腦協同運作。

「其實我當年本想駭進警方資料庫找吳朝淵的筆錄，但卻意外地看到了一個『安邦專案』。這是臺美合作的一個反恐項目，又被稱為『太上皇』系統，因為只要總統緊急授權，它就可以保存、分析並調閱所有民眾的各種數位資訊，實務上還包括逕行搜索、偵訊甚至逮捕，可說是極度侵害人權。」

「但也只有這樣的資源，我夢想中的規劃才得以實現。我希望能用這套反恐系統來為治安服務，但高層覺得這麼做副作用太大，最後只同意先用在未決懸案的調查上。剛好新上任的署長想優先處理涉及警界醜聞的案子……後來的事你們都知道了。」

受限於保密合約，天南星只能大略提了神略的起源，細節部分不能交代得太清楚。但楊穎露還是對其中一項的「黑科技」耿耿於懷：

「我最想知道的，就是神略裡總會出現一些取景角度很奇怪、畫面又特別清楚的影片，但現場明明就沒有任何監視器。這到底是怎麼辦到的？」

天南星沒回答，反而要她返回二樓庫房，取出兩把星光夜視鏡，並讓兩人看向大街上的一棟十層大樓樓頂，外側的女兒牆上，豎立了多家手機基地臺的天線桿。天南星要他們將夜視鏡對準該區。

「……剛好，現在有一臺極鳶已經充飽電，即將起飛。你們注意看著。」

楊穎露聚足目力看去，果然數秒後，有一架外表黝黑、圓塔造型的多軸無人機，正從基地臺的天線叢裡緩緩升空。爬升數十公尺後，忽然朝左方優雅地飄移而去，眨眼間就消失在夜空中。

「這是安邦專案的一環。由ＡＩ操控的極鳶無人機，搭載軍用級攝影系統。目前的出勤設定是當勤務中心收到通報時，它就會自動飛到案發現場進行側錄，並把路口監視畫面都一併轉存到神略進行分析。」

李、楊兩人心中的疑惑總算解開了。原來汪海彬跟蒙麗製造假車禍來布局的同時，頭頂上就有無人機在進行拍攝，而且還會自動調度路口監視片段來分析。這也是為什麼早該被覆寫的片段仍被保存著的原因了。

「天啊，每次出警就去拍，這資料量該有多大啊？咱們警方有這麼多後勤預算嗎？」李劍翔驚訝地問道。

「這幾年不是很多跨國公司到我們這裡設伺服器基地嗎？要是每家都義務提供百分之一的安全儲備容量，那就夠嚇人了。」

楊穎露訥訥地問道：「這種無人機有幾架啊？」

「這城市的空域共有三架。因為體積小、飛得高，加上透過太陽能或手機基地臺的感應充電，不必常回收保養，所以還沒被民眾發現過。」

「……我還是不能接受這樣的系統，每個人連在家裡的隱私都沒有了。」楊穎露嘆氣道：「就算用這種手段能夠解決懸案，但這又跟你『夢想中的規劃』有什麼關係呢？」

天南星幽幽說道：「我常在想，如果我能提早知道吳朝淵的犯案計畫，哪怕提早個半小時，甚至五分鐘，我的女兒今天是不是還在人世？其實目前的神略僅做了半套，只能算個過度系統。我真正想做的，是犯罪預防機制。如果老天爺願意再多給我兩年，這會是我對國家社會最好的貢獻。」

楊穎露默默無語，但她的表情還是傳達了「不認同」三字。天南星續道：「楊警官，說不定妳是這個新概念中的第一個受惠者呢。」

「什麼意思？」她詫異地反問。

「五分鐘前，令尊楊柏凜訂了明日十點十五分南下烏日站的高鐵票。如果妳去接他，或許就能預防一件罪案了。」

由於急著返回醫院，李、楊兩人結束了談話，回到一樓。離開前，他們走到天南星的輪椅前道別。夜已深，但工作區內的眾人還是兢兢業業地忙碌著。天南星看著他們感慨地說：

「其實還有另外兩個小組在忙神略專案，所以這些人陪著我，天天搞得這麼晚……或許就是一直這樣沒日沒夜地工作，我的身體才在抗議，自行搞罷工，好讓我多休息。」

「這想法不傷和氣，挺好的。」李劍翔苦笑道：「反正你也不會跑遠，等我出院了一定過來看你，也許再多聊聊？」

「醫生認為，我頂多只能拖半年了。」

「還是有時間嘛。不然這樣，等我不用輪椅了，醫院一放風，我就天天過來。」

天南星的臉上浮現意味不明的笑容。「李警官，你對這病不夠了解。我最近睡著的時候比清醒的多，可能這幾天就醒不過來了。患上這種病的人，生命中的最後幾個月，都是在昏迷中度過的。」

李劍翔沉默片刻後，掏出口袋裡的iPhone放到旁邊的桌子。「這樣吧，等你有空，把我的Siri小姐換成天南星先生，以後我有問題還是喝酒吃飯時，就把你叫出來聊兩句，怎樣？」

「好啊，如果不擔心你的隱私被我看光光，那我就來當你的隨身小幫手了。」天南星爽快地回道。

「對了，我還有個問題想問……。」臨別前，楊穎露一副欲言又止的模樣。

「妳想問的是，為什麼神略會選中你們的吧？」天南星早預知這一問，說道：「我想大概是咱們三人的背景，都有個共同點。神略想讓我們聚在一起，發揮集體療癒的效果，但沒想到反而讓你們撞槍口上了。」

楊穎露默默地看著他。那瞬間，她忽然明白自己雀屏中選的原因，也知道神略在她甚至是父親的生命中，都將會是個重要的存在。

「原來是小星星你獨創的悲傷加權指數，有夠不科學，我還以為真的都是電腦選的哩！」李劍翔打哈哈道。

雖然最後三人是笑著道別的，但在返回醫院的路上，楊穎露注意到，李劍翔臉上的陰鬱神色變得更加深沉了。

十七、卓映辰：即刻救機

隔天早上十一點二十五分，楊柏凜拖著一口大型黑色行李箱，緩緩步出高鐵烏日站。憑藉長年嚴格鍛鍊出來的優異體能，他絕對可使這副七十出頭的身軀健步如飛，只是腹部的腫脹感讓他很不舒服，右上方處還痛得特別厲害，這才讓他走起路來顯得老態龍鍾。

他生平最痛恨被困在這種被動狀態裡，不然他怎麼會如此有紀律地堅持鍛鍊、控制飲食，幾乎到了走火入魔的地步。因為他對自己的要求很簡單，就是活要活得火花四射，死要死得痛快淋漓。無論死活絕不拖累別人，即使是親生子女。

只是這該死的肝癌破壞了他的簡單心願。看看現在這鬼模樣，表情痛苦不堪、一步一頓地緩緩蠕行，怎麼看都不像是火花四射的風采。為了完成今天的任務，早上在喝營養品時，他決定暫時向疼痛示弱，吞下了兩顆止痛藥，但孱弱的體態，還是讓他的精神委靡、動作遲緩。

現在的他，其實很想就近找個茶館小憩一下。但一想到後邊的事全都安排好了，就只差眼前這一件，他便強打起精神，打算不計代價把事情給辦好。唯有這樣，他才能真正放下心頭的牽掛。

他步出高鐵站大門，正在尋找排班計程車的區域時，一位中等身形的青年突然湊近，衝他笑著打招呼：「是『滅薯』吧？我是『氣呑紫陽』。」

他一眼便認出這人是卓映辰，之前的新聞上有他的照片。就是那個大姊一家被滅口，他自己跑去調查真相卻又被詐騙五百萬的倒楣蛋。但也因為這悲慘的遭遇，使得彼此惺惺相惜，催生了後續的復仇計畫。

「……你來這裡幹什麼？不是說好你要離遠點，去做好不在場證明的嗎？」卓映辰突然跑來接車，讓他愣在當場，回過神後隨即低聲罵道。

「不需要了，任務取消。」卓映辰臉上露出釋懷的笑容。他伸手幫忙拖著行李箱，邊說道：「楊先生，今天你就當來臺中一日遊，我會好好招待你。上車吧。」

「你報警了吧？」楊柏凜心生警戒，止步道：「你根本沒看過我長啥模樣，怎麼知道我就是滅薯？」為了避免某人落網後會影響另一方的行動，之前雙方交流時，彼此都用網路代號來稱呼，也盡量避免談及私事。

卓映辰回了個曖昧笑容：「我沒報警，不過……有個警察知道了。」邊說著，他指向自己暫停路邊的車子。前座的車門開啟，楊穎露步出車外，看向父親的表情五味雜陳。

楊柏凜長長地嘆了口氣，任由卓映辰幫他把行李箱搬上車，自己也坐進了後座。「妳都知道了。」他朝前座的女兒問道。

楊穎露點了點頭。卓映辰之前已向她解釋了前因後果：半年多前，他舉家搬往南投，一邊忙著考職業駕照，這是他人生最低潮的時期。他上拍賣網站想找些資源來報復紫陽萬靈聖道會，看上了一款「遙控式自殺無人機」，於是跟賣家「滅薯」連絡。對方對於他的用戶代號「氣呑紫陽」頗感興趣，深談兩次後，他把自己的遭遇全盤托出。從沒有人好好聽過他的心事，對著陌生人說出來後，讓他如釋重負。

出乎卓映辰意料的是，「滅薯」在網上擺這商品的用意，其實是想找個同樣苦大仇深的人，來執行他規劃多年的「交換復仇」行動。「滅薯」這代號很明顯就是衝著「白爛薯條」來的，但他也很清楚，要是付諸行動，警方很可能第一時間就抓他問話。因此只有找到一個復仇動機同樣強烈的人，互相交換執行目標，同時確保自身的不在場證明，這才能有全身而退的機會。

這提議對卓映辰來說簡直正中下懷，他對執法系統甚至這個社會早已心灰意冷，認為只有靠自己的雙手才能討回公道。於是經過數次深談與身分證明後，雙方約定了動手時間。楊柏凜製作了飛行器與爆破裝置，卓映辰北上到指定的置物櫃裡取件，執行了首次自殺無人機行動，但並沒有成功。

「不要緊，讓他嚇破膽，不要再這麼囂張就行了。」楊柏凜拒絕卓映辰再試第二次的提議，畢竟風險太高了。此外，「公平互惠」是他的處世原則。卓映辰已為他冒過險，他覺得自己也該先給予同等回報，才能請對方再次涉險。

但警方不是省油的燈。火攻案後，刑警曾兩次上門找楊柏凜問話，雖然他都極力撇清了，可是第二次的問話內容涉及到爆裂物的製作細節，以及從監視器裡鎖定了可疑對象身影，在在讓他感到不安。因此儘管他身體很不舒服，還是決定盡早南下，執行卓映辰的復仇任務，免得時日一久橫生枝節。

「這是我欠他的人情，一定要還！」楊柏凜以不容置疑的語氣說。

楊穎露回道：「我們已經幫他查清楚了，整個案子跟紫陽萬靈聖道會根本就沒關係，你還真繼續下去，那就是濫殺無辜、恐怖攻擊了。」

「對啦，楊先生，你不用再記掛這件事。」駕駛座上的卓映辰轉頭說道：「楊警官幫了大忙，檢察官也要求警方重新調查，我姊一家人這次會討回公道。我不想再找紫陽的麻煩了。」

楊柏凜默然無語。他今天可是來慷慨赴義，要幹它個轟轟烈烈。沒想到三言兩語間，一切變得雲淡風輕了。連當事人氣吞紫陽這回都不想吞了，他還有什麼好堅持？「你們要我停止執行，也可以。但要答應我一件事，不然我就遙控飛行器，先把我自己給炸了。」

「沒必要吧。」「爸你在想什麼！」前座兩人驚呼道。

「你們要答應我，現在就帶我到最近的警察局投案。我會把南港的案子擔下來，全都讓我來負責，不然我良心上過不去。」

「楊先生，不需要啦，我做的就我來承擔。反正沒鬧出人命，就是些毀損罪、縱火什麼的……。」卓映辰有些不好意思地說著，但旋即給楊柏凜打斷了：

「我姓楊的，這輩子絕不欠人情。你幫我出氣了，我卻沒能幫你做什麼，這樣我做鬼都不安寧。反正我再活沒幾天了，有什麼關係。你現在帶我去投案，不然我就啟動飛行器。」

「好、好，我們去投案。」楊穎露知道勸不動父親，說道：「但至少先帶你去看個醫生吧。不然看你這麼不舒服，警察還要送你去健檢，多浪費公帑。」

楊柏凜一言不發，算是默許了，楊穎露高懸著的一顆心也才放下。雖然這麼做有違她的原則，但至少能讓父親去好好看個病。之後讓醫生開個證明，爭取保外就醫，這樣老人家安心贖罪之餘，也能少點折騰吧。

一個月後，醫生同意李劍翔出院。早他十來天復工的楊穎露，一早便開車過來接他。但當她興沖沖地進入VIP病房時，房內卻空無一人。她詢問值班護理師，對方表示李劍翔在前一晚就辦好離院手續，獨自離開了。

「哦，對了，楊小姐，他要我把這個轉交給妳。」護理師遞來一個塑膠微波盒。楊穎露打開一看，裡頭是天南星送他的那支iPhone。

接下來她想盡辦法，也試著找天南星幫忙，但不知怎地這兩人都連絡不上。無奈之餘，她只好先回去文心第二市政大樓報到，趙科長已安排了一場視訊會議。

「不告而別？還真符合他的作風啊。」聽了楊穎露的回報，趙科長嘆道：「老李的心魔比想像中還要嚴重。醫生說，他的恐慌症時常發作，失眠也變得更頻繁，所以身心科醫師來會診過，發現他的憂鬱症跟焦慮症都惡化了，短期間沒辦法回來工作。」

楊穎露非常驚訝。明明這幾天去醫院探望時，老李都是有說有笑的，甚至揚言絕不放棄跑外勤。她怎麼都看不出來，他的心裡始終備受折磨。

「先別打擾他，等他自己理清楚。」趙科長續道：「他之前跟我說過了，說自己這樣的狀態，可能會連累妳，甚至又陷入之前那種要命的地步。我是說，要是你們願意待在這單位，那我就多撥兩個外勤幹員給你們，需要的話也配槍。當然，前提是妳願意留下來。」

楊穎露有些猶豫。雖然她不太喜歡當侵犯人權的幫凶，但天南星對神略的未來藍圖，她倒是很有興趣，至少已成功拯救了她的父親，免於走上一條不歸路。

「這部分妳考慮清楚再給我答覆。我看了你們交上來的報告，案情分析很到位，對目前偵辦進度有幫助。老李說，這部分主要是妳的貢獻？我覺得很出色，看來這位子適合妳。」

楊穎露點頭謝過，但仍不忘謙遜幾句，表示這是大家腦力激盪的成果，神略與天南星更是幫上大忙。接著，她發現天南星並沒有參與這次的會議。

「他的狀況妳也知道了吧？前兩天他已經陷入昏迷了，壯志未酬啊。我原本希望你們可以幫忙把這計畫好好收尾，至少完成神略這一階段的任務，然後等未來有跟他一樣出色的技術人員，讓這系統繼續升級。」

楊穎露唏噓不已。同是隨機殺人案的被害家屬，讓她對天南星有種同仇敵愾的感情，她也惋惜沒能來得及向他當面致謝。趙科長聊了幾句神略的後續發展後，把話題拉回主案的偵辦現況：

高燦星與兩名千盾保全的高階主管被收押禁見，但他們都把涉及的重罪全推得一乾二淨，異口同聲地指稱汪海彬一家三口命案是莊慕龍與蒙麗所為，動機與過程則與楊穎露的推理相近。

高燦星的「展覽館」租屋處安裝了嚴密的保全設施，當時值班的莊慕龍一發覺有人入侵，隨即率領三名保全趕抵現場，並與汪海彬發生衝突。連番格鬥後，汪海彬拿起牆上大刀對敵，莊慕龍在奪刀時失手殺害對方。

蒙麗寡不敵眾，當場表示自己願意協助棄屍，之後在汪宅時因汪妍秀意外死亡，在莊慕龍的脅迫下，蒙麗只好殺害卓映萱作為「投名狀」，但莊慕龍對她不放心，又擔心之後命案會追查到自己頭上，索性來個一石二鳥，炮製出讓自己假死又能處理蒙麗屍體的自殺案。

之後「911即刻救機」的入室刪除電腦資料與縱火事件，也都是莊慕龍一人所為，目的是避免警方的調查矛頭指向自己。之後莊慕龍奉命跟蹤神略小組，但當他發現妻女竟成為調查對象時，向來有情緒管理問題的他當場暴走了，想用優勢火力來解決麻煩，誰知卻因兩人的強力反擊而使得他的罪行曝光。

楊穎露嗤之以鼻。「高燦星的這種說法誰會信啊？他是怕我們往上查到鄭沃霖吧。要是後面沒人撐腰，莊慕龍一個人會幹出這麼多壞事？他這一年多來的安家費都沒人出？」

趙科長無奈搖頭道：「基本上他們的策略就是只認逃不掉的輕罪，殺人放火的全來個死無對證。這也是為什麼他們安排莊慕龍假死來作為偵查斷點。既然有了這種準備，自然就會透過中間人來連絡，金流也全用現金，不會留下任何證據。」

目前高燦星被指控妨害公務、教唆縱火、公共危險與聚眾施強暴脅迫等罪名，至於長期行賄警方的「凶器展覽館」這個重大案件，以及真正該為此事負責的千霖總裁鄭沃霖，因為證物被燒毀得太嚴重，無法採集到足夠跡證，還不能將其繩之以法。

「不是有汙點證人可以出來作證嗎？」

「妳說的是那個詐欺犯幫浦？這傢伙頂多只能指證莊慕龍跟紫玉聖宮的罪行，對高燦星還是鄭沃霖的定罪，一點幫助都沒有……。」趙科長話鋒一轉，說道：「不過檢察官聽說莊慕龍手上有保命證據，放在他老婆那兒，可以把命案跟千霖集團連結在一起，應該是展覽館照片還是影片之類的東西。目前他正設法讓莊慕龍的妻女從中國引渡回來。神略也在幫忙分析相關跡證，你們的第一個任務就是把這事辦好。」

之後在趙科長的規劃下，警方找上人蛇集團的蛇頭，讓他供出莊慕龍妻女的下落。曉以利害後，莊慕龍的老婆回傳一張老公先前拍下的凶器展覽館照片，來作為談判籌碼。從這張照片與火場的殘餘物，警方比對出近二十多組的凶器與相關物品，並對當時的保管單位進行究責。目前的懲戒名單多達三十餘人，包括分局長等級的高層主管。

楊穎露說：「卓映辰有提到，郭三三他們似乎早知道紫陽萬靈聖道會是無辜的，而且因為紫陽也吸收了很多政商人士，為了避免事情鬧大，所以曾經出面阻止卓映辰找紫陽麻煩，另外他也覺得專案小組辦案消極、疑似跟千霖勾結。這些都有被究責嗎？」

「市刑大大隊長剛剛找上署長自首了，他想把這一切都自己扛下來。」趙科長搖頭道：「他說他有向專案小組施壓，故意排除有力證據，也誤導辦案方向。他承認汪宅的那把假凶器水果刀，是他看到法醫報告後，才找人回現場放的。還有方陣回收廠自殺案，也是他獨排眾議，主張簡化程序，直接用車內帽子裡的頭髮做DNA比對。」

「但憑他一個大隊長，就能夠主導人事升遷嗎？」

「當然不可能，所以肯定上面還有人叫他跳出來的。我們大概知道那人是誰，但牽扯到警界裡的派系問題，不能貿然動他。所以署長也很頭痛。」

「趙科長，這一切都還沒結束。接下來，我們一定要讓鄭沃霖伏法，也會揪出所有的害群之馬！」楊穎露信誓旦旦地說道。

這番出人意表的宣言，深深震撼了趙科長。猶記得三個月前，當天南星以「系統運算出的最佳人選」理由，向他舉薦楊穎露時，他對這個迷茫、內向且被制度馴化的小警員，根本不抱一絲期待。

但現在的她，卻有著堅定的眼神、高昂的鬥志，散發出不同以往的強勢氣場。他不得不刮目相看，因為她的心中有了奮戰到底的理由。

●

趙科長跟楊穎露開會的同時，遠在南投的卓映辰，也正開著營業用車送卓逢時上學。他看著這小子一臉苦悶的模樣，不禁問道：

「幹麼，這麼不喜歡上學啊？」

「還好啦，慢慢適應。」兒子老氣橫秋地回道。

卓映辰呵呵笑著。「是喔，爸爸跟你一樣，也在適應。」

「所以你不喜歡回家，對不對？」

「幹麼這樣說？」

「你以前都會特地趕回來跟我們吃晚餐，現在都沒有了。你跟媽媽也常在吵架，以前也不會這樣。」

卓映辰有些訝異，他之前從沒想過，一年多來積累的怨氣、憤恨，時常毫無保留地在家裡各角落爆發開來。他們以為別在孩子的面前吵就沒事，但公寓就這麼點大，他要是沒注意到才是怪事。卓映辰有些自責，沒能好好處理自己的情緒。

「你們不開心，我也不能開心，我又沒很自私。」卓逢時嘀咕著。

「……不會啦，你不要想太多，爸爸的心事都解決了，以後再也不會這樣，也會天天回去陪你吃晚餐。」

這倒是實話。大姊的冤屈被洗刷了，雖然後續的處理差強人意，但已讓卓映辰釋懷許多。至少心頭不再沉甸甸的，總有種重任未了的焦慮感。

卓逢時眨著眼睛，滿懷期待地問：「那……我們可以回去嗎？搬回原本的家，跟媽媽三個人住一起。」

「爸爸也想回去，也想念那裡。可是錢還沒賺夠，所以暫時要住在外公家。爸爸答應你，我們只要一起努力，很快就可以搬出去的。」

卓逢時似懂非懂地應了聲，但難掩失落情緒。抵達校園後，卓映辰向導護老師打了招呼，並跟兒子道別。接著他把車子停到下個路口旁，趁著ＡＰＰ還沒人叫車時，吃著飯糰跟冰茶當早餐。

打從檢察官宣布要重新調查大姊一家的案子後，他就沒再夢見大姊、也沒再夢見青澀年代的往事，睡得更安穩，同時跟老婆的吵架次數也變少了。只是從剛剛兒子的反應來看，問題只解決了一半。假如手頭有錢的話，他們就可以搬出去住，這樣包括岳父岳母在內的每一個人，都會真正地感到開心吧。

是啊，有錢就好了。他覺得好難受，原來從小以來的願望始終就沒變過，他現在更痛恨一再讓兒子失望的自己。

突然間，他的手機推播新郵件通知。他點開一看，是天南星傳來的。當初就是這人來問他被詐騙的經過，最終讓案件獲得重新審理的機會。他對天南星有著滿滿的感激與信任。儘管信裡頭只有一個網路連結，看起來像是網路詐騙的套路，但他仍毫不猶豫地點了進去。手機瀏覽器隨之開啟，自動播放一段網路影片，天南星跳出來朝他道了聲早：

「卓先生，這段影片只會播放一次，所以請你先把紙筆準備好，有重要訊息要請你記牢……好的，那我們開始囉。雖然這樣的說法很俗氣，不過我即將要遠行了，去一個很遠很遠的地方，你應該沒辦法再連絡到我，哈，真的很老梗。不過我在想，我也許可以趁機做點好事吧，雖然不太合法，但我覺得啊，這個世界上，做壞事的人應該要被懲罰、善良努力的人就要獲得獎賞。不然的話，我們這麼拚死拚活地奮戰到底，又有什麼意義呢？

「我在你的身上，看到自己的影子。當年我的家裡發生慘劇後，我也是一直想找個什麼人或單位的來怪罪，把他們當作報復目標，不然滿腔怒火都不知道怎麼發洩。可是我的女兒曾經到我夢裡告訴我，這樣做幫不了我、幫不了她，也不會讓社會變得更好。如果我可以轉個念，盡一己之力，讓這樣的悲劇不要發生在其他人、其他家庭上，那她的離開與我的一生，都會變得更有意義。

「所以，我很樂意能盡點棉薄之力來幫你，至少讓你不要失去對這個世界的熱情。每個人都在生活裡努力掙扎著，但請相信總會有美好的事發生，並永遠期許自己去做那個善良的人，也對社會盡一己之力。這裡有一個交易所名稱與帳號密碼，我重複一次，你要好好記下。

「這些錢都是來自於詐騙你的幫浦，我只是從他的手機裡完璧歸趙，他大概覺得這樣可以躲過警方追查。這些錢我已經轉了幾個平臺、換了幾次幣種，目前是無法追蹤的，你就安心使用吧。目前這或許沒法彌補你的店面損失，但你要是擱著幾年說不定有機會。代我向嫂子與公子問好，希望你們一家幸福平安，再見。」

影片播放完畢後，瀏覽器隨即出現「網頁無法顯示」的錯誤訊息。卓映辰連上天南星給的交易所網站，那是個虛擬貨幣平臺，輸入帳號密碼後，他發現錢包裡已放入了五顆比特幣。

以每顆時價約新臺幣一百萬元計算，這五顆差不多就彌補了他被騙的金額。也許未來幣值還會繼續上漲，有機會回復些店面的損失。不過現在他想先兌換一顆，這樣至少一家三口能夠從岳父母家搬出來，並做點小生意，讓自己的人生重新開始。

他曾因為陌生人的貪婪傷害，對這個社會感到無比失望。但他怎麼都想不到，竟也因為陌生人的無私相助，而讓自己重新燃起對未來的希望。

「謝謝，謝謝！」他對著手機畫面，不斷地點頭致謝。他的鼻頭發痠、淚眼矇矓，但此刻的心中卻充滿著無限的喜悅與想望。

——全書完

鏡小說

062

惡念的燃點

作　　者：天地無限
責任編輯：王君宇、郭湘薇
責任企劃：劉凱瑛
整合行銷：何文君
副總編輯：陳信宏、林毓瑜
總 編 輯：董成瑜
發 行 人：裴偉

裝幀設計：海流設計
內頁排版：宸遠彩藝

出　　版：鏡文學股份有限公司
114066 台北市內湖區堤頂大道一段 365 號 7 樓
電　　話：02-6633-3500
傳　　真：02-6633-3544
讀者服務信箱：MF.Publication@mirrorfiction.com

總 經 銷：大和書報圖書股份有限公司
248020 新北市新莊區五工五路 2 號
電　　話：02-8990-2588
傳　　真：02-2299-7900

印　　刷：漾格科技股份有限公司
出版日期：2022 年 11 月初版一刷
I S B N ：978-626-7054-93-2
定　　價：420 元

國家圖書館出版品預行編目(CIP)資料

惡念的燃點/天地無限著. -- 初版. -- 臺北市：鏡文學股份有限公司, 2022.11
328 面；21X14.8 公分. -- (鏡小說；62)

ISBN 978-626-7054-93-2 (平裝)
863.57　　111015531